MOEWIG
ROMAN

W. Somerset Maugham

Vor der Party

MOEWIG

Aus dem Englischen
von Mimi Zoff, Tina und Gerd Haffmans, Kurt Wagenseil
Die vorliegende Auswahl erschien 1975 unter dem Titel
MEISTERERZÄHLUNGEN, herausgegeben von Gerd Haffmans,
als ein Diogenes Sonderband. Die Geschichten sind der zehnbändigen
detebe-Ausgabe der „Gesammelten Erzählungen"
von W. Somerset Maugham entnommen.

Umschlagfoto: Erich Lessing
Umschlagentwurf und -gestaltung: Franz Wöllzenmüller, München
Verkaufspreis inkl. gesetzl. Mehrwertsteuer
Auslieferung in Österreich:
Pressegroßvertrieb Salzburg, Niederalm 300, A-5081 Anif
Printed in Germany 1982
Druck und Bindung: Mohndruck Graphische Betriebe GmbH, Gütersloh
ISBN 3-8118-2193-8

Inhalt

Vor der Party

Mrs. Skinner verspätete sich nicht gern. Sie war bereits angekleidet. Sie trug ein schwarzes Seidenkleid, wie es ihrem Alter und der Trauer um ihren Schwiegersohn entsprach. Sie war gerade dabei, ihren Baretthut aufzusetzen. Es war ihr nicht ganz wohl dabei, da seine Verzierung mit Reiherfedern möglicherweise bei einigen Bekannten, die sie sicher auf der Veranstaltung treffen würde, bissige Bemerkungen auslösen konnte. Es war natürlich scheußlich, solche schönen weißen Vögel nur wegen ihrer Federn abzuschießen und dazu noch in der Brutzeit, aber sie waren nun einmal an ihrem Hut und sahen so hübsch und stilvoll aus. Wie hätte sie die Federn auch zurückweisen können, wenn sie ihren Schwiegersohn nicht beleidigen wollte! Er hatte sie den ganzen weiten Weg von Borneo mitgebracht in der Annahme, ihr eine große Freude zu machen. Kathleen hatte sich damals über Gebühr entrüstet; vielleicht tat es ihr jetzt, nach dem, was inzwischen geschehen war, leid, aber Kathleen hatte Harold nie recht leiden können. Mrs. Skinner stand vor ihrem Ankleidetisch, rückte den Hut auf dem Kopfe zurecht – es war schließlich der einzige nette Hut, den sie besaß – und steckte dann eine Nadel mit einem großen pechschwarzen Knopf hinein. Wenn jemand sie wegen der Reiherfedern zur Rede stellen sollte, hatte sie die Antwort bereit.

„Ich weiß, es ist schrecklich“, wollte sie sagen, „und ich würde sie natürlich niemals kaufen, aber mein armer Schwiegersohn hat sie mir mitgebracht, als er das letzte Mal auf Urlaub war.“

Dies würde zugleich als Erklärung und Entschuldigung dienen, warum sie diesen Federschmuck besaß und ihn trug. Alle waren ja so teilnahmsvoll gewesen. Mrs. Skinner nahm ein sauberes Taschentuch aus der Schublade und besprengte es mit ein paar Tropfen Eau de Cologne. Sie gebrauchte niemals Parfum, das nach ihrer Ansicht nur leichtfertige Frauen verwendeten, aber Eau de Cologne war so erfrischend. Sie war jetzt so ziemlich fertig, und ihre Blicke schweiften über den Spiegel hinweg durch das Fenster. Pastor Heywood hatte einen schönen Tag für seine Gartengesellschaft. Es war warm, der Himmel blau, die Bäume hatten ihr frisches Frühlingsgrün noch nicht verloren. Sie lächelte, als sie ihre kleine Enkelin in dem Garten hinter dem Haus sah, wie sie eifrig ein kleines Blumenbeet harkte, das ihr ganz allein gehörte. Joan war allerdings zu bleich. Sie hätte nicht so lange in den Tropen bleiben dürfen. Sie war so ernst für ihr Alter; nie sah man sie umherrennen; sie vertiefte sich in Spiele, die sie selbst erfunden hatte, und begoß ihre Blumen. Mrs. Skinner strich mit ein paar Handbewegungen ihr Kleid glatt, nahm ihre Handschuhe und ging nach unten.

Kathleen saß am Schreibtisch und arbeitete an den Listen, die sie aufstellen mußte, denn sie war ehrenamtliche Sekretärin des Damengolfklubs, und wenn Wettspiele waren, hatte sie eine Menge zu tun. Aber auch sie hatte sich bereits für die Party zurechtgemacht.

„Du hast also doch deinen Jumper angezogen", sagte Mrs. Skinner.

Sie hatten schon beim Essen erörtert, ob Kathleen ihren Jumber oder ihr schwarzes Seidenkleid anziehen sollte. Der Jumper war schwarz und weiß, und Kathleen hielt ihn für sehr schick, wenn er auch nicht eigentlich als Trauerkleidung gelten konnte. Millicent jedoch hatte nichts dagegen einzuwenden gehabt.

„Es ist gar kein Grund vorhanden, warum wir alle so aussehen sollten, als kämen wir gerade von einem Begräbnis", hatte sie gesagt. „Harold ist immerhin schon acht Monate tot."

Mrs. Skinner hatte diese Bemerkung sehr unpassend gefunden. Seit ihrer Rückkehr von Borneo war Millicent etwas sonderbar.

„Du willst doch wohl deine Witwentrauer noch nicht ablegen, Liebste?" hatte ihre Mutter gefragt.

Millicent gab keine direkte Antwort.

„Man nimmt es heute mit der Trauerkleidung nicht mehr so genau wie früher", versetzte sie, und als sie nach einer kleinen Pause fortfuhr, war etwas in ihrer Stimme, das ihrer Mutter sehr eigentümlich vorkam. Kathleen war es auch aufgefallen, denn sie hatte ihre Schwester erstaunt angesehen.

„Ich bin überzeugt", hatte Millicent gesagt, „Harold wäre der letzte gewesen, der verlangt hätte, daß ich auf unbegrenzte Zeit um ihn trauerte."

„Ich habe mich schon früh angezogen, weil ich Millicent etwas sagen wollte", erwiderte Kathleen auf die Bemerkung ihrer Mutter.

„So?"

Kathleen erklärte ihre Worte nicht näher. Aber sie legte ihre Listen beiseite und las mit zusammengezogenen Augenbrauen zum zweitenmal den Brief einer Dame, die sich bitter beklagte, daß der Ausschuß höchst ungerechterweise ihr Handikap von vierundzwanzig auf achtzehn herabgesetzt hatte. Die ehrenamtliche Sekretärin eines Damengolfklubs muß über sehr viel Takt verfügen. Mrs. Skinner begann ihre neuen Handschuhe anzuziehen. Die heruntergelassenen Jalousien hielten das Zimmer kühl und dunkel. Mrs. Skinner blickte auf den großen hölzernen und buntbemalten Nashornvogel, den ihr Harold zur Aufbewahrung hinterlassen hatte. Ihr kam er ein wenig sonderbar und barbarisch vor, aber Harold hatte ihm großen Wert beigemessen. Er war irgendein religiöses Symbol, und auf Pastor Heywood hatte er starken Eindruck gemacht. An der Wand über dem Sofa hingen malaiische Waffen, deren Namen sie vergessen hatte, und hier und da standen auf kleinen Tischen Silber- und Bronzegefäße, die Harold ab und zu geschickt hatte. Sie hatte Harold gern gehabt, und unwillkürlich suchten ihre Augen sein Bild, das neben den Photographien ihrer beiden Töchter, ihres Enkelkindes, ihrer Schwester und ihrer Neffen auf dem Klavier stand.

„Wo ist denn Harolds Bild, Kathleen?" fragte sie.

Kathleen sah sich um. Das Bild stand nicht mehr auf dem gewohnten Platz.

„Irgend jemand hat es fortgenommen", sagte Kathleen.

Überrascht und verwundert stand sie auf und ging zum Piano. Die Photos waren neu geordnet worden, so daß keine Lücke sichtbar war.

„Vielleicht wollte Millicent es in ihrem Zimmer haben", meinte Mrs. Skinner.

„Da hätte ich es bemerkt. Überdies hat Millicent mehrere Bilder von Harold, aber sie hält sie unter Verschluß."

Mrs. Skinner konnte nicht verstehen, daß ihre Tochter keine

Bilder Harolds in ihrem Zimmer hatte. Sie hatte mit ihr schon einmal darüber gesprochen, aber Millicent hatte nichts darauf erwidert. Sie war sonderbar schweigsam, seitdem sie von Borneo zurück war. Sie hatte das Mitgefühl, das ihre Mutter ihr so gern gezeigt hätte, nicht gerade zurückgewiesen, aber auch nicht danach verlangt. Sie schien nicht bereit zu sein, von ihrem großen Verlust zu sprechen. Der Kummer äußerte sich bei verschiedenen Menschen auf verschiedene Weise. Ihr Mann hatte gesagt, das beste sei, man ließe Millicent in Ruhe. Da Mrs. Skinner gerade an ihren Mann dachte, kehrten ihre Gedanken wieder zu der Gesellschaft zurück, zu der sie eingeladen waren.

„Vater fragte mich, ob er einen Zylinder aufsetzen sollte. Ich riet ihm dazu, da gegen einen Zylinder niemand etwas einwenden kann."

Der Pastor wollte die Einladung offenbar in großem Stil aufziehen. Die Konditorei Boddy sollte Stachelbeer- und Vanilleeis liefern, aber den Eiskaffee wollten die Heywoods zu Hause herstellen. Es würde eine große Gesellschaft werden. Die Gäste sollten den Bischof von Hongkong kennenlernen, der bei dem Pastor zu Besuch war. Er war ein alter Schulfreund von Heywood. Der Bischof wollte einen Vortrag über die Missionen in China halten. Mrs. Skinner, deren Tochter acht Jahre lang im Fernen Osten gelebt und deren Schwiegersohn einen Distrikt in Borneo verwaltet hatte, zeigte sich brennend interessiert. Natürlich würde sie einen solchen Vortrag ganz anders würdigen können als Leute, die nie etwas mit den Kolonien und der Welt da draußen zu tun gehabt hatten.

„Was kann einer von England wissen, der nur England kennt?" wie Mrs. Skinner sich ausdrückte.

Er kam in diesem Augenblick ins Zimmer. Er war Rechtsanwalt, wie vor ihm schon sein Vater, und hatte seine Amtsräume in Lincoln's Inn Fields. Er fuhr jeden Morgen nach London und kam am Abend zurück. Er konnte seine Frau und seine Töchter nur zu der Gartengesellschaft des Pastors begleiten, weil dieser vernünftigerweise einen Samstag dafür ausgesucht hatte. Mr. Skinner sah in seinem Gehrock und seiner grauschwarzen Hose sehr gut aus. Er war nicht besonders auffällig, aber sehr adrett angezogen. Er sah aus wie ein ehrenwerter Familienanwalt, und das war er ja auch.

Seine Firma übernahm keinen Prozeß, der nicht sauber war, und wenn sich jemand von ihm vertreten lassen wollte, der keine ganz reine Weste hatte, machte Mr. Skinner ein sehr ernstes Gesicht.

„Ich glaube, Ihr Anliegen gehört nicht zu den Fällen, auf deren Übernahme wir Wert legen", sagte er dann. „Ich halte es für besser, daß Sie zu einer anderen Firma gehen."

Er zog dann seinen Notizblock zu sich heran und kritzelte einen Namen und eine Adresse darauf, riß das Blatt Papier ab und reichte es dem Kunden.

„Wenn ich an Ihrer Stelle wäre, würde ich, glaube ich, zu dieser Firma gehen. Sie brauchen nur meinen Namen zu erwähnen, und sie wird sicher alles für Sie tun, was ihr möglich ist."

Mr. Skinner war glattrasiert und hatte einen völlig kahlen Kopf. Seine bleichen, schmalen Lippen waren fest zusammengepreßt, aber seine blauen Augen blickten schüchtern drein. Seine Wangen waren farblos, sein Gesicht voll feiner Runzeln.

„Du hast deine neue Hose angezogen", sagte seine Frau.

„Man findet selten eine so gute Gelegenheit. Ich habe mir überlegt, ob ich eine Blume im Knopfloch tragen soll."

„Das würde ich nicht tun", sagte Kathleen. „Das scheint mir nicht sehr fein zu sein."

„Aber viele Gäste werden so erscheinen", entgegnete Mrs. Skinner.

„Nur Angestellten und ähnlichen Leuten gefällt so etwas", erklärte Kathleen. „Die Heywoods haben alle möglichen Leute einladen müssen, und übrigens sind wir in Trauer."

„Ich bin gespannt, ob nach der Ansprache des Bischofs gesammelt wird", sagte Mr. Skinner.

„Das glaube ich kaum", bemerkte seine Frau.

„Ich hielte das für ziemlich geschmacklos", meinte Kathleen.

„Es ist besser, man macht sich darauf gefaßt", sagte Mr. Skinner. „Ich werde für uns alle geben. Ob zehn Shilling genügen – oder muß ich wohl ein Pfund opfern?"

„Wenn du überhaupt was gibst, Vater, solltest du ein Pfund hergeben", sagte Kathleen.

„Wenn eine Sammlung stattfindet, will ich nicht weniger als andere beitragen, aber andererseits sehe ich nicht ein, warum ich mehr herausrücken soll, als ich muß."

Kathleen legte ihre Papiere in die Schublade des Schreibtisches und erhob sich. Sie warf einen Blick auf ihre Armbanduhr.

„Ist Millicent fertig?“ fragte ihre Mutter.

„Es ist noch Zeit genug. Wir sind erst um vier gebeten. Ich denke, wir sollten nicht viel vor halb fünf eintreffen. Ich habe Davis gesagt, er solle um Viertel nach vier vorfahren.“

Gewöhnlich fuhr Kathleen das Auto; aber bei großen Gelegenheiten wie dieser zog der Gärtner Davis seine Livree an und spielte Chauffeur. Es sah besser aus, wenn man so vorfuhr, und Kathleen wollte auch deshalb nicht selbst fahren, weil sie ihren neuen Jumper anhatte. Sie sah, wie ihre Mutter Finger für Finger in die neuen Handschuhe zwängte, und das erinnerte sie daran, daß auch sie ihre Handschuhe anziehen mußte. Sie roch an ihnen, denn sie waren gerade gereinigt worden, und sie wollte feststellen, ob es noch zu merken war. Der Geruch war sehr schwach. Sie glaubte nicht, daß jemand ihn bemerken würde.

Schließlich ging die Tür auf, und Millicent kam herein. Sie trug ihre Witwentrauer. Ihre Mutter konnte sich nicht daran gewöhnen, aber sie wußte natürlich, daß Millicent sie ein Jahr lang tragen mußte. Es war schade, denn sie stand ihr nicht. Merkwürdig, anderen stand sie gut. Sie hatte einmal versuchsweise Millicents Hut mit dem weißen Band und dem langen Schleier aufgesetzt und gefunden, daß sie sehr gut darin aussah. Sie hoffte natürlich, ihr lieber Alfred würde sie überleben, aber wenn das nicht sein sollte, würde sie, wie Königin Victoria, die Trauer nie mehr ablegen. Bei Millicent war das anders. Sie war im Vergleich zu ihr noch jung, erst sechsunddreißig. Es war sehr traurig, wenn man in diesem Alter schon Witwe war. Es bestand auch keine große Aussicht auf Wiederverheiratung. Kathleen, die fünfunddreißig war, dachte anscheinend schon nicht mehr ans Heiraten. Als Millicent und Harold das letzte Mal da waren, hatte sie den Vorschlag gemacht, sie sollten Kathleen mitnehmen. Harold war nicht abgeneigt gewesen, ihrer Anstrengung zuzustimmen, aber Millicent hatte sich dagegen gesträubt. Mrs. Skinner wußte nicht, was sie dagegen einzuwenden hatte. Kathleen hätte dadurch vielleicht Aussichten gehabt. Man wollte sie natürlich nicht los haben, aber ein Mädchen sollte heiraten, und alle Männer, die sie in ihrer Heimat kannte, waren bereits verheiratet. Millicent hatte als Entschuldigung für ihre ablehnende Haltung das Klima angeführt. Sie sah schlecht aus, das war richtig. Niemand würde denken, daß Millicent die hübschere von beiden gewesen war. Kathleens Aussehen hatte sich im Laufe der Jahre verfeinert. Viele hielten sie allerdings für zu mager, aber jetzt, da sie ihr Haar geschnitten und rote Wangen hatte, weil sie bei jedem Wetter Golf spielte, kam sie Mrs. Skinner hübsch vor. Von der armen Millicent konnte man das nicht sagen. Sie hatte ihre Figur verloren. Groß war sie nie gewesen, aber jetzt, da sie dick geworden war, sah sie plump aus. Sie hatte zuviel Fett angesetzt. Mrs. Skinner führte das auf die tropische Hitze zurück, die Millicent davon abgehalten hatte, sich Bewegung zu machen. Ihre Haut war wachsbleich und unrein. Ihre blauen Augen, die ihr so viel Anziehungskraft verliehen hatten, waren matt geworden.

‚Sie muß etwas für ihre Halspartie tun', dachte ihre Mutter. ‚Sie bekommt da eine richtige Wamme.'

Sie hatte schon ein paarmal mit ihrem Mann darüber gesprochen. Er hatte gemeint, Millicent sei eben nicht mehr so jung wie früher. Das mochte sein, aber sie brauchte sich deshalb nicht so völlig gehenzulassen. Mrs. Skinner nahm sich vor, mit ihrer Tochter gelegentlich ein ernstes Wort darüber zu reden, aber sie mußte natürlich ihre Trauer respektieren und würde daher warten, bis das Jahr um war. Sie war übrigens heilfroh, einen Grund zu haben, diese Auseinandersetzung, die sie schon im voraus nervös machte, hinauszuschieben, denn Millicent hatte sich sehr verändert. Es lag etwas Verdrossenes und Mürrisches in ihrem Gesicht, das ihrer Mutter gar nicht behagte. Mrs. Skinner sagte gern alles laut heraus, was ihr durch den Kopf ging, aber Millicent hatte, wenn man eine Bemerkung machte (nur um etwas zu sagen, wohlverstanden), die scheußliche Gewohnheit, keine Antwort zu geben, so daß man sich fragte, ob sie überhaupt zugehört hatte. Manchmal fand ihre Mutter diese Haltung so aufreizend, daß sie sich, um Millicent keinen Verweis zu erteilen, daran erinnern mußte, daß der arme Harold erst acht Monate tot war.

Vom Fenster her fiel das Licht auf das stumpfe Gesicht der Witwe, als sie schweigend ins Zimmer kam, aber Kathleen hatte das Licht im Rücken. Sie sah ihre Schwester einen Augenblick an.

„Millicent, ich muß dir etwas sagen", begann sie. „Ich habe heute morgen mit Gladys Heywood Golf gespielt."

„Hast du gewonnen?“

Gladys Heywood war die einzige unverheiratete Tochter des Pastors.

„Sie hat etwas über dich gesagt, was du meiner Ansicht nach erfahren solltest.“

Millicent blickte über ihre Schwester hinweg auf das kleine Mädchen, das im Garten Blumen begoß.

„Hast du Annie gesagt, Mutter, sie soll Joan ihren Nachmittagstee in der Küche geben?“ erkundigte sie sich.

„Ja, sie wird ihn gleichzeitig mit dem Personal bekommen.“

Kathleen maß ihre Schwester mit kühlen Blicken.

„Der Bischof hat auf der Heimreise einige Tage in Singapur zugebracht“, fuhr sie fort. „Er reist sehr gern. Er war auch in Borneo, und er kennt dort einige Leute, mit denen du auch bekannt bist.“

„Da wird er sich freuen, dich zu sehen“, sagte Mrs. Skinner. „Hat er den armen Harold gekannt?“

„Ja, er hat ihn einmal in Kuala Solor getroffen. Er erinnert sich sehr gut an ihn. Er sei entsetzt gewesen, als er die Nachricht von Harolds Tod vernommen habe.“

Millicent setzte sich und zog langsam ihre schwarzen Handschuhe an. Es erschien ihrer Mutter sonderbar, daß sie alle diese Bemerkungen mit völligem Schweigen hinnahm.

„Was mir gerade einfällt, Millicent“, sagte sie. „Harolds Photo ist verschwunden. Hast du es weggenommen?“

„Ja, ich habe es entfernt.“

„Ich hätte mir eigentlich denken können, daß du es für dich haben wolltest.“

Wieder antwortete Millicent nichts. Diese Angewohnheit war wirklich scheußlich.

Kathleen veränderte leicht ihre Stellung, um Millicent besser ins Auge fassen zu können.

„Millicent, warum hast du uns erzählt, Harold sei am Fieber gestorben?“

Die Witwe rührte sich nicht. Sie richtete ihren Blick fest auf Kathleen, und ihre bleiche Haut rötete sich plötzlich, aber sie gab keine Antwort.

„Was willst du damit sagen?“ fragte Mrs. Skinner überrascht.

„Der Bischof sagte, Harold habe Selbstmord begangen."

Mrs. Skinner stieß einen Schrei aus, aber ihr Mann machte eine besänftigende Geste mit der Hand.

„Ist das wahr, Millicent?"

„Ja."

„Aber warum hast du uns das nicht gesagt?"

Millicent schwieg eine Weile. Sie spielte leicht mit einer bronzenen Schale aus Borneo, die neben ihr auf dem Tisch stand. Auch diese war ein Geschenk Harolds.

„Ich dachte mir, es wäre besser für Joan, wenn die Leute annähmen, ihr Vater sei am Fieber gestorben. Sie sollte die Wahrheit nicht erfahren."

„Du hast uns in eine äußerst peinliche Lage gebracht", sagte Kathleen mit gerunzelter Stirn. „Gladys Heywood machte mir Vorwürfe, weil ich ihr nicht die Wahrheit gesagt hätte. Ich hatte die größte Schwierigkeit, ihr beizubringen, daß ich nicht die geringste Ahnung davon hatte. Ihr Vater, sagte sie, sei hierüber ziemlich betroffen. Da wir doch so viele Jahre miteinander bekannt seien und er dich dazu noch getraut habe, hätten wir Vertrauen zu ihm haben können, meint er. Wenn wir ihm schon nicht die Wahrheit gesagt hätten, wäre jedenfalls nicht nötig gewesen, ihn anzulügen."

„Ich muß sagen, darin kann ich ihm nur zustimmen", bemerkte Mr. Skinner bitter.

„Ich habe Gladys natürlich gesagt, daß uns keine Schuld trifft. Wir haben ja nur berichtet, was du uns gesagt hast."

„Hoffentlich habe ich dich nicht um dein Spiel gebracht", meinte Millicent.

„Aber wirklich, Kind, das ist eine höchst unpassende Bemerkung!" rief ihr Vater aus.

Er erhob sich vom Stuhl, ging zu dem leeren Kamin hinüber und blieb, der Macht der Gewohnheit gehorchend, mit geteilten Rockschößen davor stehen.

„Es war meine eigene Angelegenheit", sagte Millicent, „und wenn ich sie für mich behalten wollte, sehe ich nicht ein, warum ich es nicht hätte tun sollen."

„Du scheinst überhaupt keine Liebe zu deiner Mutter zu haben, wenn du dich nicht einmal ihr anvertraut hast!" rief Mrs. Skinner.

Millicent zuckte die Schultern.

„Du hättest wissen können, daß es einmal herauskommen werde“, sagte Kathleen.

„Warum? Daß zwei alte Tratschtanten nichts Besseres zu tun hatten, als über mich zu sprechen, konnte ich nicht voraussehen.“

„Wenn der Bischof sagte, er sei in Borneo gewesen, so war es nur natürlich, daß die Heywoods fragten, ob er dich und Harold kannte.“

„Das ist alles müßiges Gerede“, sagte Mr. Skinner. „Ich meine, du hättest uns die Wahrheit sagen sollen. Dann hätten wir uns entscheiden können, wie wir uns verhalten sollten. Als Rechtsanwalt kann ich dir sagen, daß man eine Sache nur schlimmer macht, wenn man versucht, sie zu verbergen.“

„Der arme Harold!“ jammerte Mrs. Skinner. Tränen flossen ihr über die rotgeschminkten Wangen. „Es ist schrecklich. Mir war er immer ein guter Schwiegersohn. Was hat ihn nur dazu gebracht, etwas so Schreckliches zu tun?“

„Das Klima.“

„Du solltest uns besser alles erzählen, Millicent“, sagte ihr Vater.

„Das kann Kathleen besser.“

Kathleen zögerte. Es war einfach nicht zu verstehen, daß so schreckliche Dinge in einer Familie wie der ihrigen vorkommen konnten.

„Der Bischof sagt, Harold habe sich die Kehle durchgeschnitten.“

Mrs. Skinner schnappte nach Luft. Sie ging impulsiv auf ihre verwitwete Tochter zu, um sie in die Arme zu schließen.

„Mein armes Kind!“ schluchzte sie.

Aber Millicent entzog sich ihr.

„Bitte laß mich in Ruhe. Ich kann ein solches Getue einfach nicht ertragen.“

„Aber wirklich, Millicent!“ sagte Mr. Skinner und zog mißbilligend die Augenbrauen zusammen.

Mrs. Skinner tupfte sich vorsichtig mit dem Taschentuch die Tränen ab und kehrte mit einem Seufzer und einem leichten Kopfschütteln zu ihrem Stuhl zurück. Kathleen spielte nervös mit der langen Kette, die sie um den Hals trug.

„Ist es nicht geradezu lächerlich, daß ich die Einzelheiten über den Tod meines Schwagers von einer Freundin erfahren muß? Man kommt sich so dumm dabei vor. Der Bischof möchte dich gerne sehen, Millicent. Er möchte dir sagen, wie sehr er mit dir fühlt." Sie machte eine Pause, aber Millicent gab keine Antwort. „Er sagt, Millicent sei mit Joan fortgewesen und habe bei ihrer Rückkehr den armen Harold tot auf dem Bett gefunden."

„Es muß entsetzlich gewesen sein!" sagte Mr. Skinner.

Mrs. Skinner begann wieder zu weinen, aber Kathleen legte ihr die Hand auf die Schulter.

„Weine nicht, Mutter", sagte sie. „Du bekommst sonst rotgeränderte Augen, und die Leute werden das komisch finden."

Alle schwiegen, während Mrs. Skinner sich die Augen trocknete und einen erfolgreichen Versuch machte, sich zusammenzunehmen. Es kam ihr sehr sonderbar vor, daß sie gerade in diesem Augenblick die Reiherfedern auf dem Hut trug, die Harold ihr geschenkt hatte.

„Ich muß euch auch noch eine andere Mitteilung machen", sagte Kathleen.

Millicent richtete ihre Augen wieder auf die Schwester. Sie tat es ohne Hast, aber mit einem Ausdruck gespannter Erwartung. Sie sah aus wie jemand, der auf ein Geräusch wartet, das er ja nicht überhören darf.

„Ich will dir nicht weh tun, liebe Schwester", fuhr Kathleen fort, „aber ich meine, du müßtest es unbedingt wissen und dazu Stellung nehmen. Der Bischof hat auch gesagt, Harold habe getrunken."

„Oh, wie schrecklich!" rief Mrs. Skinner. „Wie kann man nur so etwas Furchtbares sagen! Hast du das von Gladys Heywood? Was hast du darauf erwidert?"

„Ich habe gesagt, es sei gänzlich unwahr."

„Das kommt davon, wenn man etwas verbergen will", sagte Mr. Skinner gereizt. „Es ist immer dasselbe. Wenn man etwas vertuschen will, entstehen allerlei Gerüchte, die schlimmer sind als die Wahrheit."

„Man hat dem Bischof in Singapur gesagt, Harold habe sich im Zustand des Delirium tremens das Leben genommen. Ich denke, Millicent, du wirst uns allen einen Dienst erweisen, indem du das energisch bestreitest."

„Wie kann man nur so etwas Schreckliches von einem Toten

sagen!“ rief Mrs. Skinner. „Wenn Joan heranwächst, könnte es ihr zu Ohren kommen und ihr schaden.“

„Aber worauf beruht denn diese Behauptung, Millicent?“ fragte Mr. Skinner. „Harold war doch immer sehr enthaltsam.“

„Hier“, sagte die Witwe.

„Hat er wirklich getrunken?“

„Wie ein Fisch.“

Die Antwort kam so unerwartet, und der Ton war so sarkastisch, daß alle drei auffuhren.

„Millicent, wie kannst du so von deinem toten Gatten sprechen!“ rief ihre Mutter und schlug ihre hübsch behandschuhten Hände zusammen. „Ich kann dich nicht verstehen. Du bist so sonderbar, seitdem du wieder hier bist. Ich hätte nie geglaubt, daß eine meiner Töchter den Tod ihres Mannes so hinnehmen kann.“

„Das laß vorläufig beiseite“, sagte Mr. Skinner. „Wir können später darüber sprechen.“

Er ging zum Fenster und sah in den sonnigen kleinen Garten hinaus, dann spazierte er wieder ins Zimmer zurück. Er nahm seinen Kneifer aus der Tasche und putzte ihn mit dem Taschentuch, obwohl er gar nicht die Absicht hatte, ihn aufzusetzen. Millicent sah ihn an, und ihr Blick war unmißverständlich ironisch, wenn nicht sogar zynisch. Mr. Skinner war ärgerlich. Er hatte seine Wochenarbeit hinter sich und war bis Montag morgen ein freier Mann. Er hatte zwar seiner Frau gesagt, die Einladung passe ihm durchaus nicht in den Kram und er würde viel lieber seinen Tee ruhig im eigenen Garten trinken, aber innerlich hatte er sich doch darauf gefreut. An chinesischen Missionen lag ihm nichts, aber die Begegnung mit dem Bischof würde sicher interessant sein. Und jetzt dies! Er liebte es nicht, in solch unerfreuliche Sachen hineingezogen zu werden. Es war wahrhaftig nicht angenehm, plötzlich von einem Schwiegersohn zu hören, der ein Trunkenbold und Selbstmörder war. Millicent strich sorgfältig ihre weißen Ärmelaufschläge glatt. Ihre Gelassenheit reizte ihn, aber anstatt sich an sie zu wenden, redete er seine jüngere Tochter an.

„Warum setzt du dich denn nicht hin, Kathleen? Ich meine, es sind doch genug Stühle im Zimmer.“

Kathleen zog einen Stuhl heran und setzte sich, ohne ein Wort zu erwidern. Mr. Skinner blieb vor Millicent stehen und sah sie an.

„Ich begreife natürlich, warum du uns gesagt hast, Harold sei am Fieber gestorben. Ich halte es aber für einen Fehler, weil solche Dinge früher oder später doch herauskommen. Ich weiß nicht, inwieweit das, was der Bischof den Heywoods erzählt hat, den Tatsachen entspricht, aber wenn ich dir einen Rat geben darf, so erzähle uns alles so genau, wie es möglich ist; dann können wir weiter sehen. Wir können nicht hoffen, daß diese Unglücksbotschaft auf den engen Kreis, der jetzt von ihr Kenntnis hat, beschränkt bleiben wird. In einem so kleinen Ort können die Leute kein Geheimnis bewahren. Es wird leichter für uns alle sein, wenn wir die volle Wahrheit wissen."

Mrs. Skinner und Kathleen hielten die Form seiner Ansprache für ganz vorzüglich. Sie warteten auf Millicents Antwort. Die hatte mit unbewegter Miene zugehört. Die plötzlich aufgetretene Röte war wieder aus ihrem Gesicht gewichen, und es war wie gewöhnlich teigig und blaßgelb.

„Ich glaube, wenn ich euch die Wahrheit sage, wird sie euch nicht sehr gefallen", wandte Millicent ein.

„Du wirst hoffentlich wissen, daß du auf unser Mitgefühl und Verständnis rechnen kannst", sagte Kathleen ernst.

Millicent warf ihr einen Blick zu, und der Schatten eines Lächelns schwebte um ihren fest geschlossenen Mund. Sie sah alle drei nacheinander an. Mrs. Skinner hatte den unangenehmen Eindruck, daß ihre Tochter sie alle anblicke, als seien sie Mannequins auf einer Modenschau. Sie schien in einer anderen Welt zu leben und keine Verbindung mit ihnen zu haben.

„Wie ihr vielleicht wißt, liebte ich Harold nicht, als ich ihn heiratete", begann sie nachdenklich.

Mrs. Skinner wollte gerade eine Bemerkung dazu machen, als eine schnelle, kaum sichtbare, aber ganz eindeutige Kopfbewegung ihres Mannes sie davon abhielt. Millicent sprach weiter, langsam, ohne die Stimme zu erheben und in kaum wechselndem Tonfall.

„Ich war siebenundzwanzig, und kein anderer war in Sicht, den ich hätte heiraten können. Er war zwar vierundvierzig und kam mir ziemlich alt vor, aber er hatte eine gute Stellung, nicht wahr? Eine bessere Partie würde sich kaum zeigen."

Mrs. Skinner wurde wieder weinerlich zumute, aber sie dachte an die Party.

„Jetzt weiß ich natürlich, warum du sein Bild weggenommen hast", sagte sie betrübt.

„Still, Mutter!" ermahnte Kathleen sie.

Es war eine Aufnahme aus ihrer Verlobungszeit und ein sehr gutes Bild von Harold. Mrs. Skinner hatte ihn immer für einen tadellosen Mann gehalten. Er war groß und stark, vielleicht ein wenig zu dick, aber er hielt sich gut, er wirkte achtunggebietend. Schon damals neigte er zur Kahlköpfigkeit, aber Männer werden heutzutage eben leicht kahl, und Harold hatte seiner Schwiegermutter erklärt, die Topis, die Sonnenhelme, seien verderblich für den Haarwuchs. Er hatte einen kleinen schwarzen Schnurrbart, und sein Gesicht war tief von der Sonne gebräunt. Am besten wirkten seine Augen, die braun und groß waren. Joan hatte sie von ihm geerbt. Er konnte interessant erzählen. Nach Kathleens Meinung war er eingebildet und gespreizt, aber Mrs. Skinner konnte einen Mann nicht verurteilen, der selbstbewußt auftrat. Sie sah bald, daß Millicent Eindruck auf ihn machte, und von da an gewann sie ihn Tag für Tag lieber. Er war immer sehr aufmerksam zu seiner Schwiegermutter, und wenn er von seinem Verwaltungsdistrikt sprach und von dem Großwild, das er erlegt hatte, hörte sie zu, als sei sie wirklich interessiert. Nach Kathleens Ansicht hatte er eine ziemlich hohe Meinung von sich, aber Mrs. Skinner gehörte einer Generation an, die das für richtig und ganz in Ordnung hielt. Millicent sah sehr bald, woher der Wind wehte. Sie sagte nichts zu ihrer Mutter, aber diese wußte, daß ihre Tochter nicht nein sagen würde, wenn Harold ihr einen Antrag machte.

Harold war zu Besuch bei Bekannten, die dreißig Jahre in Borneo gewesen waren und das Land über alles rühmten. Es war nicht einzusehen, warum eine Frau dort nicht behaglich leben sollte. Die Kinder mußten natürlich heimgeschickt werden, wenn sie sieben Jahre alt waren, aber so weit vorauszudenken hielt Mrs. Skinner für unnötig. Sie bat Harold zum Essen und sagte ihm, sie seien immer zur Teezeit zu Hause. Er schien nicht zu wissen, was er mit sich anfangen sollte, und als der Besuch bei seinen alten Freunden sich dem Ende näherte, erklärte sie ihm, sie würden sich alle freuen, wenn er zwei Wochen zu ihnen käme. Nach Ablauf dieser Zeit verlobten sich Harold und Millicent. Die Hochzeit war großartig. Das junge Paar verbrachte die Flitterwochen in Venedig und reiste dann nach dem Fernen Osten. Millicent schrieb aus verschiedenen Häfen, die das Schiff anlief. Sie schien glücklich zu sein.

„In Kuala Solor waren alle sehr nett zu mir“, sagte Millicent. Kuala Solor war die Hauptstadt des Staates Sembulu. „Wir wohnten bei dem Gouverneur und wurden überall zum Essen eingeladen. Ein paarmal hörte ich, wie Männer Harold etwas zu trinken anboten, aber er lehnte ab. Er sagte, mit der Ehe habe für ihn ein neues Kapitel begonnen. Ich hatte keine Ahnung, warum sie lachten. Mrs. Gray, die Frau des Gouverneurs, sagte mir, sie seien alle sehr froh, daß Harold sich verheiratet habe. Für einen Junggesellen sei es auf einer Außenstation entsetzlich einsam. Als wir Kuala Solor verließen, verabschiedete sich Mrs. Gray so sonderbar von mir, daß ich ganz überrascht war. Es war, als lege sie mir Harold feierlich ans Herz.“

Sie hörten sie schweigend an. Kathleens Augen ruhten die ganze Zeit auf dem unbewegten Gesicht ihrer Schwester, aber Mr. Skinner starrte geradeaus auf die malaiischen Waffen, die Kreise und Parangs an der Wand über dem Sofa, auf dem seine Frau saß.

„Erst als ich anderthalb Jahre später nach Kuala Solor zurückkam, entdeckte ich, warum sich alle so sonderbar verhalten hatten.“ Millicent gab einen Laut von sich, der wie das Echo eines verächtlichen Lachens klang. „Ich wußte damals bereits etwas mehr als zuvor. Harold war nach England gekommen, um zu heiraten. Erinnerst du dich noch, Mutter, wie wir uns anstrengten, ihn zu kapern? Wir hätten uns nicht so viel Mühe zu geben brauchen.“

„Ich weiß nicht, was du damit sagen willst“, entgegnete Mrs. Skinner nicht ohne Bitterkeit, denn das Wort ‚kapern‘ war eine Unterstellung, die ihr nicht gefiel. „Ich sah, daß du Eindruck auf ihn machtest.“

Millicent zuckte ihre schweren Schultern.

„Er war ein richtiger Säufer. Er ging jeden Abend mit einer Flasche Whisky zu Bett, und am Morgen war sie leer. Der Erste Sekretär des Gouverneurs sagte ihm, er müsse sein Amt niederlegen, wenn er nicht aufhöre zu trinken. Es sei dies die letzte Warnung, aber er wolle ihm noch einmal eine Chance geben. Er konnte seinen Urlaub nehmen und nach England fahren. Es wurde ihm der Rat gegeben, zu heiraten, damit er nach seiner Rückkehr jemand hätte, der auf ihn aufpaßte. Harold hat mich geheiratet, weil er eine Wärterin brauchte. In Kuala Solor schloß man Wetten ab, wie lange ich ihn nüchtern halten würde."

„Aber er war in dich verliebt", unterbrach ihre Mutter sie. „Du weißt nicht, wie gut er immer von dir gesprochen hat, und als du damals nach Kuala Solor gingst, um Joan zur Welt zu bringen, schrieb er mir einen so reizenden Brief über dich."

Millicent blickte wieder zu ihrer Mutter hinüber, und eine tiefe Röte färbte ihre blasse Haut. Ihre Hände, die ruhig in ihrem Schoß lagen, begannen ein wenig zu zittern. Sie dachte an jene ersten Monate ihrer Ehe. Die Regierungsbarkasse brachte sie bis zur Flußmündung. Sie verbrachten die Nacht in dem Bungalow, den Harold scherzend seine Seeresidenz nannte. Am nächsten Tage fuhren sie in einem Prahu* stromaufwärts. Nach den Romanen, die sie gelesen hatte, besaß sie eine ganz andere Vorstellung von den Flüssen Borneos. Sie sollten dunkel und unheimlich sein, aber der Himmel war blau, mit weißen Wölkchen getüpfelt, und das Grün der vom Wasser bespülten Mangroven und Nipahs glitzerte in der Sonne. Zu beiden Seiten erstreckte sich der pfadlose Dschungel, und in der Ferne sah sie als Silhouette gegen den Himmel die zackigen Umrisse eines Berges. Die Luft am frühen Morgen war erfrischend und klar. Sie schien in ein freundliches, fruchtbares Land zu kommen und hatte ein Gefühl grenzenloser Freiheit. Auf den Zweigen der dichtverschlungenen Bäume saßen Affen, und einmal zeigte Harold auf etwas, das wie ein Baumstamm aussah, und sagte, das sei ein Krokodil. Harolds Stellvertreter, im weißen Anzug und Topi, war am Landungssteg und begrüßte sie, und ein Dutzend schmucker kleiner Soldaten präsentierte das Gewehr vor ihnen. Harold stellte ihr Mr. Simpson, seinen Mitarbeiter, vor.

„Wahrhaftig, Sir", sagte er zu Harold, „ich bin froh, daß Sie wieder da sind. Ohne Sie ist es hier verteufelt einsam."

Der Regierungsbungalow war von einem Garten umgeben, in dem alle Arten bunter Blumen wild wuchsen. Das Haus lag auf einem niedrigen Hügel. Es sah ein wenig schäbig aus und war nur spärlich möbliert, aber die Zimmer waren kühl und sehr geräumig.

* Eingeborenenboot

Harold streckte die Hand aus. „Der Kampong* ist dort unten.“

Ihre Augen folgten seiner Gebärde. Aus Kokospalmen stieg der Klang eines Gongs auf. Es gab ihr tief im Herzen einen seltsamen kleinen Stich.

Obschon sie nicht viel zu tun hatte, vergingen die Tage ziemlich rasch. Wenn der Morgen dämmerte, brachte ihnen ein Boy ihren Tee. Sie nahmen ihn draußen auf der Veranda ein und genossen die duftige Frische der Frühe (Harold im Trikothemd und Sarong**, sie im Morgenrock), bis es Zeit wurde, sich für das Frühstück anzukleiden. Dann ging Harold in sein Büro, und sie lernte ein bis zwei Stunden Malaiisch. Nach dem Tiffin*** kehrte Harold zu seiner Arbeit zurück, während sie schlief. Später erfrischte eine Tasse Tee sie beide wieder, und dann machten sie einen Spaziergang oder spielten Golf. Unter dem Bungalow hatte Harold ein ebenes Stück Dschungel roden lassen und auf ihm einen Golfplatz mit neun Löchern angelegt. Um sechs wurde es dunkel. Dann kam gewöhnlich Mr. Simpson herüber. Sie plauderten bis zum Abendessen, und manchmal spielten Harold und Simpson Schach. Die balsamischen Abende waren herrlich. Die Glühwürmchen verwandelten die Büsche unter der Veranda in kalt funkelnde, zitternde Leuchtfeuer, blühende Bäume würzten die Luft mit süßem Duft. Nach dem Essen lasen sie die Zeitungen, die vor sechs Wochen in London erschienen waren, und gingen dann zu Bett. Millicent genoß das Gefühl, jung verheiratet zu sein. Die einheimischen Diener in ihren bunten Sarongs, die barfüßig, still, aber freundlich im Hause umhergingen, gefielen ihr. Sie hatte das angenehme Gefühl, als Frau des ersten Regierungsbeamten eine wichtige Rolle zu spielen. Harold inponierte ihr durch seine völlige Beherrschung der Eingeborenensprache, durch sein herrenhaftes Auftreten und durch seine Würde. Dann und wann ging sie ins Amtshaus, wo er als Richter die Streitigkeiten der Einheimischen entschied. Die Vielfältigkeit seiner Aufgaben und die geschickte Art, mit der er sie erledigte, nötigten ihr Achtung ab. Wie Mr. Simpson sagte, wurde Harold mit den Eingeborenen besser fertig als andere. Festigkeit, Takt und gute Laune wirkten bei ihm

* Eingeborenendorf

** rockähnliches Kleidungsstück der Malaien

*** anglo-indischer Ausdruck für Mittagessen

zusammen, und das war wesentlich im Umgang mit dieser furchtsamen, rachsüchtigen und argwöhnischen Rasse. Millicent begann eine gewisse Bewunderung für ihren Mann zu fühlen.

Sie waren ein Jahr verheiratet, als zwei englische Naturforscher auf ihrem Wege ins Innere für einige Tage bei ihnen haltmachten. Sie brachten eine dringende Empfehlung vom Gouverneur mit, und Harold wollte sich nicht lumpen lassen. Ihre Ankunft war eine angenehme Abwechslung. Millicent lud Mr. Simpson zum Essen ein (er wohnte im Fort und aß nur an Sonntagabenden bei ihnen). Nach dem Essen setzten sich die Männer auf die Veranda, um Bridge zu spielen. Millicent ließ sie allein und ging bald zu Bett, aber die Spieler machten einen solchen Lärm, daß sie eine Zeitlang keinen Schlaf finden konnte. Wie spät es war, als Harold ins Zimmer schwankte, wußte sie nicht. Sie verhielt sich still. Er entschloß sich offenbar, noch ein Bad zu nehmen, bevor er zu Bett ging. Der Baderaum war direkt unter ihrem Schlafzimmer. Er stieg die Treppe hinab. Offenbar glitt er aus, denn es gab ein gewaltiges Getöse, und sie hörte ihn fluchen. Dann erbrach er sich heftig. Sie hörte, wie er Kübel Wasser über sich schüttete, und kurze Zeit darauf kam er, diesmal sehr vorsichtig, wieder nach oben und schlüpfte ins Bett. Millicent tat so, als schliefe sie. Sie war entsetzt. Harold war betrunken. Sie nahm sich vor, ihn deshalb am Morgen zur Rede zu stellen. Was würden die zwei Naturforscher von ihnen denken! Aber am Morgen trat Harold mit solcher Würde auf, daß sie nicht den Mut hatte, auf die Sache zu sprechen zu kommen. Um acht Uhr setzten sich Harold und sie mit den beiden Gästen zum Frühstück. Harold warf einen Blick auf den Tisch.

„Hafergrütze“, sagte er. „Millicent, ich glaube, meine Gäste möchten gern ein bißchen Worcestersauce zum Frühstück. Nach mehr werden sie kaum Verlangen haben. Ich persönlich werde mich mit Whisky und Soda begnügen.“

Die beiden lachten beschämt.

„Ihr Mann ist ein furchtbarer Mensch“, sagte einer von ihnen.

„Ich würde glauben, die Gebote der Gastfreundschaft nicht richtig erfüllt zu haben, wenn ich sie am ersten Abend ihres Besuches nüchtern ins Bett geschickt hätte“, sagte Harold in der offenherzigen und etwas pompösen Art, in der er sich manchmal ausdrückte.

Millicent lächelte säuerlich, tröstete sich aber mit dem Gedanken, daß die Gäste ebenso betrunken gewesen waren wie ihr Mann. An diesem Abend blieb sie bei ihnen, und man ging zu einer vernünftigen Stunde zu Bett. Sie war froh, als die Fremden Abschied nahmen. Das Leben floß wieder ruhig dahin. Einige Monate später machte Harold eine Inspektionsreise durch seinen Distrikt und kam mit einem schlimmen Malariaanfall zurück. Zum erstenmal sah sie nun die Krankheit, von der sie schon so viel gehört hatte. Als Harold sich langsam erholte, fiel es ihr nicht weiter auf, daß er sehr schwach war; sie fand jedoch sein Verhalten sonderbar. Wenn er vom Amt zurückkam, starrte er sie mit glasigen Augen an. Er stand auf der Veranda und schwankte leicht, aber doch würdevoll, und hielt lange Ansprachen über die politische Lage in England. Dann verlor er den Faden und sah sie mit einer schalkhaften Durchtriebenheit an. Da er sonst so ernst und gemessen war, wußte sie nicht, was sie davon halten sollte.

„Sie zwingt einen in die Knie, diese verfluchte Malaria. Ach, liebes Frauchen, du hast keine Ahnung, wie anstrengend es ist, am Aufbau des Empire mitzuwirken."

Mr. Simpson sah manchmal, wie ihr vorkam, so besorgt aus, und wenn sie allein waren, schien er etwas sagen zu wollen; aber aus Schüchternheit unterließ er es dann im letzten Augenblick. Dieses Gefühl wurde so stark, daß es sie nervös machte, und eines Abends, als Harold, sie wußte nicht warum, länger als üblich im Büro blieb, konnte sie nicht mehr an sich halten.

„Was haben Sie mir zu sagen, Mr. Simpson?" platzte sie heraus.

Er wurde rot und zögerte.

„Nichts. Was veranlaßt Sie zu der Annahme, ich hätte Ihnen etwas Besonderes zu sagen?"

Mr. Simpson war ein hagerer, hochaufgeschossener junger Mann von vierundzwanzig, der sich große Mühe gab, seinen mächtigen welligen Haarschopf glatt und anliegend zu halten. Seine Handgelenke waren von Moskitostichen geschwollen und fleckig. Millicent sah ihn fest an.

„Glauben Sie nicht, es wäre besser, Sie sagten es mir, wenn es etwas mit Harold zu tun hat?"

Er wurde jetzt krebsrot. Er rückte unruhig auf dem Stuhl hin und her. Sie drang weiter in ihn.

„Ich fürchte, Sie werden mich für frech halten“, begann er schließlich. „Es ist scheußlich von mir, hinter seinem Rücken etwas über meinen Chef zu sagen. Malaria ist eine schlimme Sache, und wenn man einen Anfall gehabt hat, fühlt man sich gänzlich erledigt.“

Er zögerte wieder und zog die Mundwinkel nach unten, als wolle er weinen. Millicent kam er wie ein kleiner Junge vor.

„Ich werde alles mit Grabesschweigen bedecken“, sagte sie lächelnd. Sie versuchte ihre Unruhe zu verbergen. „Erzählen Sie es mir doch.“

„Dann muß ich Ihnen leider sagen, daß Ihr Mann immer eine Flasche Whisky in seinen Amtsräumen hat. Es ist ein Jammer. Er nimmt nämlich dort oft einen Schluck mehr, als er sonst tun würde.“

Mr. Simpson bekam vor Aufregung eine heisere Stimme. Millicent fühlte, wie ein kalter Schauer sie durchfuhr. Sie nahm sich zusammen, denn sie wußte, sie durfte dem jungen Mann keine Angst machen, wenn sie alles aus ihm herausholen wollte. Er scheute sich, mit der Sprache herauszurücken. Sie drängte ihn, bat ihn, appellierte an sein Pflichtgefühl und brach schließlich in Tränen aus. Dann sagte er ihr, Harold sei in den letzten zwei Wochen immer mehr oder weniger betrunken gewesen. Die Eingeborenen sprächen bereits darüber und sagten, es würde mit ihm bald wieder so schlimm sein wie vor seiner Verheiratung. Er habe damals regelmäßig zuviel getrunken. Trotz aller ihrer Versuche, Näheres über jene Zeit aus ihm herauszubringen, lehnte es Mr. Simpson ab, ihr Einzelheiten zu berichten.

„Meinen Sie, daß er jetzt drüben geblieben ist, um zu trinken?“

„Das weiß ich nicht.“

Millicent glühte plötzlich vor Scham und Zorn. Das Fort, wie es genannt wurde, weil man dort die Gewehre und die Munition aufbewahrte, diente auch als Gerichtssaal. Es stand dem Bungalow gegenüber, umgeben von einem Garten. Die Sonne war gerade am Untergehen, und so brauchte sie keinen Hut. Sie eilte hinüber. Sie fand Harold in dem Büro hinter der großen Halle, in der er die Gerichtssitzungen abhielt. Vor ihm stand eine angebrochene Flasche Whisky. Er rauchte und sprach mit einigen Malaien, die ihm mit unterwürfigem und gleichzeitig verächtlichem Lächeln zuhörten. Sein Gesicht war hochrot. Die Eingeborenen verschwanden sofort aus dem Zimmer.

„Ich bin hergekommen, um zu sehen, was du tust", sagte sie.

Er stand auf, denn er behandelte sie stets mit ausgesuchter Höflichkeit, und schwankte auf sie zu. Da er sich unsicher auf den Beinen fühlte, richtete er sich hoch und steif auf.

„Setz dich, meine liebe Millicent, setz dich, nimm Platz. Ich hatte noch dringend zu tun. Deshalb konnte ich nicht eher kommen."

Sie sah ihn mit zornfunkelnden Augen an.

„Du bist betrunken", sagte sie.

Er starrte sie an, seine Augen traten etwas hervor, und sein breites, fleischiges Gesicht nahm einen hochmütigen Ausdruck an.

„Ich verstehe nicht im geringsten, was du damit sagen willst."

Sie hatte sich vorgenommen, ihm heftige Vorhaltungen zu machen, brach aber plötzlich in Tränen aus, sank auf einen Stuhl und bedeckte ihr Gesicht mit den Händen. Harold blickte sie eine Weile an, dann kollerten auch ihm die Tränen über die Wangen. Mit ausgestreckten Armen ging er auf sie zu und fiel schwer vor ihr auf die Knie. Schluchzend zog er sie an sich.

„Verzeih mir, verzeih mir", stammelte er. „Ich verspreche dir, es soll nicht wieder vorkommen. Es war diese verdammte Malaria. Sie hat mich dazu gebracht."

„Es ist so erniedrigend", stöhnte sie.

Er weinte wie ein Kind. In der Selbsterniedrigung dieses großen gesetzten Mannes lag etwas Rührendes. Millicent nahm die Hände vom Gesicht. Mit flehendem und zerknirschtem Ausdruck schaute er zu ihr auf.

„Willst du mir dein Ehrenwort geben, daß du nie wieder Alkohol anrührst?"

„Ja, ja. Ich hasse ihn."

Da sagte sie ihm, sie erwarte ein Kind. Er war überglücklich.

„Darauf habe ich mich schon lange gefreut. Das wird mir Kraft geben."

Sie gingen zum Bungalow zurück. Harold badete und schlief dann ein wenig. Nach dem Essen hatten sie eine lange und ruhige Aussprache. Er gab zu, er habe vor seiner Verheiratung gelegentlich mehr getrunken, als gut für ihn war. Wenn man von der Welt abgeschnitten sei, könne man leicht einem solchen Laster verfallen. Er willigte in alles ein, was Millicent von ihm verlangte. Es waren noch einige Monate, bevor Millicent sich zur Entbindung nach Kuala Solor begeben mußte, und in dieser Zeit war Harold ein ausgezeichneter Gatte, aufmerksam, untadelig und liebevoll. Als die Barkasse sie abholte und sie ihn für sechs Wochen allein lassen mußte, versprach er feierlich, während ihrer Abwesenheit keinen Alkohol anzurühren.

„Ich breche niemals ein Versprechen", sagte er in seiner würdevollen Art. „Aber selbst wenn ich nichts verspräche, könntest du dir vorstellen, daß ich in der Zeit, in der du so viel durchmachen mußt, etwas täte, was dir Kummer bereiten könnte?"

Nach Joans Geburt wohnte Millicent im Hause des Gouverneurs, und Mrs. Gray, seine Frau, war sehr gut zu ihr. Die beiden Frauen hatten während der langen Stunden, in denen sie allein waren, nichts zu tun als zu reden, und so erfuhr Millicent mit der Zeit alles über die alkoholische Vergangenheit ihres Mannes. Am allerwenigsten konnte sie sich mit der Tatsache abfinden, daß Harold nur unter der Bedingung, sich zu verheiraten, seinen Posten behalten konnte. Sie rief in ihr ein dunkles Rachegefühl hervor. Und als sie entdeckte, was für ein unverbesserlicher Trunkenbold er gewesen war, bekam sie starke Beklemmungen. Sie hatte eine entsetzliche Angst, er könnte während ihrer Abwesenheit wieder seiner Sucht nachgegeben haben. Sie fuhr mit ihrem Kind und einer Pflegerin zurück. Sie blieb eine Nacht in dem Bungalow an der Flußmündung und schickte einen Boten in einem Kanu voraus, der ihre Ankunft ankündigen sollte. Ängstlich blickte sie nach dem Landungssteg, als die Barkasse sich dem Ufer näherte. Dort standen Harold und Mr. Simpson. Die adretten Soldaten waren in einer Reihe aufmarschiert. Ihr wurde schwach ums Herz, denn Harold schwankte leicht hin und her wie ein Mann, der versucht, auf einem rollenden Schiff sein Gleichgewicht zu behaupten. Sie erkannte, daß er betrunken war. Es war keine sehr angenehme Heimkehr.

Millicent hatte ihre Eltern und ihre Schwester, die ihr schweigend zuhörten, fast vergessen. Sie spürte jetzt wieder deren Gegenwart und richtete sich auf. Alles, was sie da erzählte, schien so weit weg zu sein.

„Da wußte ich, daß ich ihn haßte“, sagte sie. „Ich hätte ihn umbringen können.“

„Oh, Millicent, sag doch so was nicht!“ rief ihre Mutter. „Vergiß nicht, daß der Arme tot ist.“

Millicent sah ihre Mutter an, und ihr Gesicht wurde plötzlich finster. Mr. Skinner wurde es unbehaglich zumute.

„Sprich weiter“, sagte Kathleen.

„Als er entdeckte, daß ich alles über ihn erfahren hatte, ließ er sich vollständig gehen. Nach einem Vierteljahr hatte er wieder einen Anfall von Delirium tremens.“

„Warum bist du nicht von ihm fortgegangen?“ fragte Kathleen.

„Was hätte ich damit erreicht? Er wäre nach vierzehn Tagen entlassen worden. Wer sollte für mich und Joan sorgen? Ich mußte bleiben. Wenn er nüchtern war, konnte ich mich ja über nichts beklagen. Liebe fühlte er nicht für mich, aber er hatte mich gern. Ich hatte ihn ja auch nicht geheiratet, weil ich in ihn verliebt war, sondern weil ich verheiratet sein wollte. Ich tat alles, um den Alkohol von ihm fernzuhalten. Ich erreichte sogar, daß Mr. Gray die Übersendung von Whisky aus Kuala Solor verbot, aber Harold erhielt ihn von den Chinesen. Ich beobachtete ihn wie eine Katze eine Maus. Aber er war zu schlau für mich. Nach kurzer Zeit ging es von neuem los. Er vernachlässigte seine Amtspflichten. Ich hatte Angst, es könnten Beschwerden einlaufen. Wir waren zwei Tagereisen von Kuala Solor entfernt, und das war unser Glück, aber es mußte doch etwas durchgesickert sein, denn Mr. Gray schrieb mir einen privaten Warnungsbrief. Ich zeigte ihn Harold. Er tobte und fluchte, aber ich sah, daß er Angst bekam, und einige Monate war er ganz nüchtern. Dann begann es wieder. Und so ging es fort bis zu unserem Urlaub.

Bevor wir hierherkamen, bat ich ihn und flehte ihn an, sich ja in acht zu nehmen. Es sollte keiner von euch merken, was für einen Mann ich geheiratet hatte. Solange er in England war, ging alles gut. Bevor wir fortfuhren, warnte ich ihn. Er hatte Joan sehr liebgewonnen und war stolz auf sie. Sie hing sehr an ihm, mehr als an mir. Ich fragte ihn, ob ihn sein Kind später als Trunkenbold ansehen sollte. Dadurch entdeckte ich, womit ich Eindruck auf ihn machen konnte. Der Gedanke erschreckte ihn. Ich sagte ihm, ich würde es nicht zulassen, und wenn Joan ihn einmal betrunken sähe, würde ich sie ihm fortnehmen. Er wurde ganz bleich, als ich das sagte. In jener Nacht fiel ich auf die Knie und dankte Gott, weil er mir einen Weg gezeigt hatte, meinen Mann zu retten.

Er bat mich, ihm zur Seite zu stehen, dann wolle er einen neuen Versuch machen. Wir beschlossen, die Sucht zusammen zu bekämpfen. Und er gab sich redlich Mühe. Wenn er fühlte, daß das Verlangen ihn zu überwältigen drohte, kam er zu mir. Ihr wißt, daß er immer gern großtat, aber bei mir war er so klein und demütig wie ein Kind. Er verließ sich auf mich. Er liebte mich wohl nicht, als er mich heiratete, aber nun liebte er mich, mich und Joan. Ich hatte ihn gehaßt, weil er sich erniedrigt hatte, weil er, wenn er betrunken war, versuchte, sich würdevoll, überlegen und herablassend zu gebärden, was mich abstieß. Aber nun zog ein sonderbares Gefühl in mein Herz ein. Es war nicht Liebe, aber eine eigentümliche scheue Zärtlichkeit. Er war jetzt noch etwas mehr als mein Mann, er war wie ein Kind, das ich lange und ermüdende Monate hindurch unter dem Herzen getragen hatte. Er war so stolz auf mich, und ich war stolz auf ihn. Seine langen Reden reizten mich nicht mehr, und sein gespreiztes Wesen erschien mir eher komisch. Schließlich besiegten wir den bösen Feind. Zwei Jahre lang trank er keinen Tropfen Alkohol mehr. Er verlor die Sucht völlig. Er konnte sogar über sie scherzen.

Mr. Simpson war nicht mehr bei uns, und wir hatten einen anderen jungen Mann namens Francis.

‚Ich bin ein bekehrter Trunkenbold', sagte Harold einmal zu ihm. ‚Wenn meine Frau nicht gewesen wäre, hätte man mich längst an die Luft gesetzt. Ich habe die beste Frau, die es auf der Welt gibt, Francis.'

Ihr wißt nicht, was solche Worte für mich bedeuteten... Alle meine Mühen und Sorgen hatten sich gelohnt. Ich war überglücklich."

Sie schwieg. Sie dachte an den breiten gelben, schlammigen Fluß, an dessen Ufer sie so lange gelebt hatte. Vor Sonnenuntergang flogen die Reiher weiß und glitzernd in der von Hitze zitternden Luft den Fluß hinab; sie flogen niedrig und schnell und entschwanden bald den Blicken. Sie waren wie ein Triller schneeiger Noten, süß und rein und frühlingshaft, ein göttlicher Akkord, den eine unsichtbare Hand auf einer unsichtbaren Harfe anschlug. Eingehüllt in die Schatten des Abends flatterten sie zwischen den grünen Ufern dahin wie die glücklichen Gedanken eines zufriedenen Geistes.

„Dann wurde Joan krank. Drei Wochen lang schwebten wir in Angst. Ein Arzt war erst in Kuala Solor zu erreichen, und wir mußten das Kind von einem eingeborenen Medizinmann behandeln lassen. Als Joan wieder genas, fuhr ich mit ihr an die Flußmündung, um sie durch die frische Meeresluft zu stärken. Wir blieben eine Woche dort. Es war das erste Mal, daß ich mich von Harold trennte, seitdem ich wegen meiner Niederkunft in Kuala Solor war. In der Nähe war ein Fischerpfahldorf, aber in Wirklichkeit waren wir ganz allein. Mit großer Zärtlichkeit dachte ich immer an Harold, und auf einmal wußte ich, daß ich ihn liebte. Ich war so froh, als das Boot uns wieder abholte, denn ich wollte es Harold ja sagen. Ich dachte, wie sehr er sich darüber freuen würde. Ich kann euch nicht beschreiben, wie glücklich ich war. Als wir stromaufwärts ruderten, erzählte mir der Bootsführer, daß Mr. Francis ins Landesinnere gegangen sei, um eine Frau zu verhaften, die ihren Mann ermordet hatte. Er sei schon ein paar Tage fort.

Ich war überrascht, daß Harold nicht am Landungssteg war, um mich abzuholen. Er war in dieser Beziehung sonst peinlich aufmerksam. Er sagte manchmal, Mann und Frau sollten zueinander so höflich sein, wie sie zu Bekannten wären. Ich konnte mir nicht vorstellen, welche Amtsgeschäfte ihn abgehalten hatten. Ich ging den niedrigen Hügel hinauf, auf dem der Bungalow stand. Die Aja* führte Joan hinter mir her. Es war sonderbar still in dem Bungalow. Ich sah auch keine Diener, und dies kam mir höchst seltsam vor. Vielleicht hatte Harold mich nicht so bald erwartet und war ausgegangen. Ich stieg die Treppe hinauf. Joan hatte Durst, und die Aja führte sie in die Küche, um ihr etwas zu trinken zu geben. Harold war nicht im Wohnzimmer. Ich rief seinen Namen, aber niemand antwortete. Ich war enttäuscht, weil ich ihn so gern dagehabt hätte. Ich ging in unser Schlafzimmer. Harold war doch nicht ausgegangen, er lag schlafend auf dem Bett. Diese Entdeckung machte mir Spaß, weil er immer behauptete, er schliefe nie am Nachmittag. Das war für ihn lediglich eine schlechte

* malaiische Kinderfrau

Gewohnheit, der nur Weiße huldigten. Ich trat leise ans Bett. Ich wollte mir einen Scherz mit ihm machen, ihn kitzeln oder so etwas. Ich öffnete die Moskitovorhänge. Er lag auf dem Rücken und hatte nur einen Sarong an. Eine leere Whiskyflasche lag an seiner Seite. Er war betrunken.

Es hatte wieder begonnen. Alle meine jahrelangen Kämpfe waren nutzlos gewesen. Mein Traum zerfloß in nichts. Es war alles hoffnungslos. Maßlose Wut ergriff mich."

Millicents Gesicht wurde wieder dunkelrot. Sie umklammerte die Stuhllehne.

„Ich faßte ihn bei den Schultern und schüttelte ihn mit aller Kraft. ‚Du Biest!' schrie ich, ‚du Biest!' Ich war so wütend, daß ich nicht wußte, was ich tat und sagte. Ich schüttelte ihn immer wieder. Ihr könnt euch nicht denken, wie häßlich er aussah, dieser große, dicke halbnackte Mann. Er hatte sich tagelang nicht rasiert, und sein Gesicht war aufgedunsen und purpurrot. Er atmete schwer. Ich schrie ihn an – vergeblich. Ich versuchte ihn aus dem Bett zu ziehen, aber er war zu schwer. Er lag wie ein Baumstamm da. ‚Mach die Augen auf!' schrie ich. Ich schüttelte ihn wieder. Ich haßte ihn. Ich haßte ihn um so mehr, als ich ihn eine ganze Woche von Herzen geliebt hatte. Er hatte mich verraten. Er hatte mich im Stich gelassen. Ich wollte ihm sagen, was für ein elender Schuft er war. Ich konnte ihn nicht wachbekommen. ‚Du sollst die Augen aufmachen!' rief ich. Er sollte mich wenigstens ansehen."

Die Witwe fuhr sich mit der Zunge über die trockenen Lippen. Ihr Atem ging schnell. Sie schwieg.

„Wenn er in einem solchen Zustand war, wäre es das beste gewesen, ihn schlafen zu lassen", sagte Kathleen.

„An der Wand neben dem Bett hing ein Parang. Ihr wißt ja, welche Vorliebe Harold für solche exotischen Dinge hatte."

„Was ist ein Parang?" fragte Mrs. Skinner.

„Stell dich nicht so dumm, Mutter", sagte Mr. Skinner gereizt. „Gleich hinter dir ist einer an der Wand."

Er zeigte auf das malaiische Schwert, auf dem aus irgendeinem Grunde seine Augen unbewußt geruht hatten. Mrs. Skinner zog sich mit ängstlicher Gebärde, wie wenn man sie auf eine Giftschlage aufmerksam gemacht hätte, in die Ecke des Sofas zurück.

„Plötzlich quoll Blut aus Harolds Kehle hervor. Er hatte eine große Wunde quer über den Hals."

„Millicent!" rief Kathleen, schnellte hoch und sprang mit einem Satz auf ihre Schweter zu. „Was um Gottes willen willst du damit sagen?"

Mrs. Skinner starrte sie mit großen entsetzten Augen und offenem Munde an.

„Der Parang war nicht mehr an der Wand. Er war auf dem Bett. Da öffnete Harold die Augen. Sie waren von Joans Augen nicht zu unterscheiden."

„Das verstehe ich nicht", sagte Mrs. Skinner. „Wie konnte er Selbstmord begehen, wenn er in dem von dir geschilderten Zustand war?"

Kathleen griff nach dem Arm ihrer Schwester und schüttelte ihn heftig.

„Millicent, um Himmels willen, erkläre doch!"

Millicent machte sich von ihr frei.

„Wie ich euch schon gesagt habe, der Parang hing an der Wand. Was geschah, weiß ich nicht. Ich sah nur, wie das Blut floß und Harold die Augen öffnete. Er starb fast unmittelbar darauf. Er sagte kein Wort mehr, gab aber eine Art Keuchen von sich."

Schließlich fand Mr. Skinner seine Stimme wieder:

„Aber es war Mord, du Elende!"

Millicent, deren Gesicht jetzt mit roten Flecken übersät war, warf ihm einen so haßerfüllten, zornigen Blick zu, daß er zurückwich. Mrs. Skinner rief:

„Millicent, du hast es nicht getan, sag, daß du es nicht getan hast!"

Dann hatten sie alle das Gefühl, als ob ihnen das Blut in den Adern zu Eis würde, denn Millicent lachte laut auf.

„Wer sollte es sonst getan haben?" sagte sie.

„Mein Gott!" murmelte Mr. Skinner.

Kathleen hatte kerzengerade dagestanden, die Hände aufs Herz gedrückt, als klopfe es unerträglich.

„Und was geschah dann?" fragte sie.

„Ich schrie. Ich lief zum Fenster und riß es auf. Ich rief nach der Aja. Sie kam mit Joan angelaufen. ‚Joan dalassen', rief ich. ‚Ja nicht mit Joan kommen!' Sie rief den Koch und übergab ihm das

Kind. ‚Schnell, schnell!' Ich wies auf Harold hin. ‚Der Tuan hat sich das Leben genommen!' schrie ich. Sie kreischte auf und lief aus dem Hause.

Niemand wollte näher kommen. Alle waren ganz fassungslos. Ich schrieb Mr. Francis einen Brief, berichtete ihm, was geschehen war, und bat ihn, sofort zurückzukommen."

„Was hast du ihm denn berichtet?"

„Ich hätte bei meiner Rückkehr Harold mit durchgeschnittener Kehle aufgefunden. In den Tropen muß man die Menschen schnell beerdigen. Ich kaufte einen chinesischen Sarg, und die Soldaten schaufelten ein Grab hinter dem Fort. Als Mr. Francis kam, lag Harold schon zwei Tage in der Erde. Mr. Francis war noch ein dummer Junge. Ich konnte ihm einen Bären aufbinden, ohne daß er es merkte. Ich sagte ihm, ich hätte den Parang in Harolds Hand gefunden, und es sei kein Zweifel, daß er sich in einem Anfall von Delirium tremens getötet habe. Ich zeigte ihm die leere Flasche. Die Diener bestätigten, er sei während meines Aufenthaltes an der Küste dauernd betrunken gewesen. Dieselbe Geschichte erzählte ich in Kuala Solor. Alle waren sehr nett zu mir, und die Regierung gewährte mir eine Pension."

Eine ganze Weile sagte niemand ein Wort. Schließlich riß sich Mr. Skinner zusammen.

„Ich bin Jurist. Ich bin Rechtsanwalt. Als solcher habe ich gewisse Pflichten. Wir haben immer eine sehr achtenswerte Praxis gehabt. Du hast mich in eine unmögliche Lage gebracht."

Er versuchte, die sich wirr in seinem Kopf jagenden Gedanken zu ordnen. Millicent sah ihn verächtlich an.

„Und was willst du in der Sache tun?"

„Es war Mord, das ist unbestreitbar. Meinst du, ich kann zu einem Mord schweigen?"

„Rede keinen Unsinn, Vater", sagte Kathleen scharf. „Du kannst nicht deine eigene Tochter anzeigen."

„Du hast mich in eine unmögliche Lage gebracht", wiederholte Mr. Skinner.

Millicent zuckte die Schultern. „Ihr habt mich ja gedrängt, euch alles zu erzählen. Ich habe es lange genug allein getragen. Es wird Zeit, daß ihr mir alle dabei helft."

In diesem Augenblick öffnete das Hausmädchen die Tür.

„Davis ist mit dem Auto vorgefahren.“

Kathleen hatte die Geistesgegenwart, etwas darauf zu sagen, und das Mädchen schloß die Tür wieder.

„Wir brechen besser gleich auf“, sagte Millicent.

„Ich kann doch jetzt nicht zu der Party gehen“, rief Mrs. Skinner entsetzt. „Ich bin ja ganz erledigt. Wie können wir den Heywoods gegenübertreten? Und der Bischof will dir sicher vorgestellt werden.“

Millicent machte eine Gebärde, als ob ihr das völlig gleichgültig sei. Ihre Augen behielten den ironischen Ausdruck.

„Wir müssen gehen, Mutter“, drängte Kathleen. „Wie sieht es denn aus, wenn wir wegbleiben?“ Sie wandte sich wütend an Millicent. „Oh, meiner Ansicht nach ist das alles schrecklich taktlos!“

Mrs. Skinner blickte hilflos ihren Mann an. Er ging zu ihr, reichte ihr die Hand und half ihr vom Sofa auf.

„Ich fürchte, wir müssen gehen“, sagte er.

„Und ich mit den Reiherfedern auf dem Hut, die Harold mir eigenhändig gegeben hat“, stöhnte sie.

Er führte sie aus dem Zimmer, Kathleen folgte ihnen dicht auf den Fersen, und einige Schritte hinter ihnen ging Millicent.

„Man gewöhnt sich daran“, sagte sie ruhig. „Zuerst habe ich an nichts anderes denken können, aber jetzt vergesse ich es manchmal zwei oder drei Tage vollständig. Es ist ja nicht so, als drohe einem Gefahr.“

Niemand antwortete ihr. Sie schritten über den Flur und durch die Haustür. Die drei Damen setzten sich hinten in den Wagen, und Mr. Skinner nahm neben dem Fahrer Platz. Es war ein alter Wagen, und Davis mußte erst den Anlasser anwerfen. Mr. Skinner drehte sich mürrisch nach Millicent um.

„Das hättest du mir nie erzählen sollen“, sagte er. „Es war höchst selbstsüchtig von dir.“

Davis setzte sich ans Steuer, und sie fuhren zum Gartenfest des Pastors.

Der rote Ted

Es gibt wenige Bücher auf der Welt, die mehr an gediegenem Lesestoff enthalten als die ‚Sailing Directions', die im Auftrag der Admiralität vom hydrographischen Departement herausgegeben werden. Es sind stattliche Bände, in verschiedenfarbenes Leinen eingebunden (ziemlich dürftig), und der teuerste von ihnen ist billig. Für vier Shilling kann man den ‚Yangtse Kiang Pilot' kaufen, „enthaltend Schiffahrtsanweisungen für den Yangtse Kiang, vom Wusungfluß bis zum äußersten schiffbaren Punkt, einschließlich des Han Kiang, des Kialing Kiang und des Min Kiang sowie eine Beschreibung dieser Flüsse"; und für drei Shilling bekommt man Teil III des ‚Eastern Archipelage Pilot', „umfassend den nordöstlichen Teil der Celebes-, Molucca- und Gilolo-Passagen, die Banda und Arafura See und die nördliche, westliche und südwestliche Küste von Neuguinea". Aber es ist nicht ratsam, dies zu tun, wenn man ein Mensch mit festgelegten Gewohnheiten ist, in die man keine Störung bringen möchte, oder wenn man eine Beschäftigung hat, die einen an einen bestimmten Ort bindet. Diese geschäftsmäßig nüchternen Bücher verführen zu verzauberten Reisen im Geiste; und ihr trockener Stil, die bewunderungswürdige Ordnung, die sachliche Knappheit, mit der das Material behandelt wird, der strenge Sinn für das Praktische, der aus jeder Zeile spricht, vermögen nicht, die Poesie, die uns aus diesen Seiten entgegenweht, abzuschwächen. Ihr holder Duft betört, gleich der gewürzgeschwängerten Brise, welche unsere Sinne mit fast überirdischer Süße umfängt, wenn wir uns einer der magischen Inseln der tropischen Meere nähern. Diese Bücher nennen uns die Anker- und Landungsplätze und führen aus, was für Lebensmittel an den verschiedenen Orten zu haben sind und wo man Wasser bekommen kann; sie unterrichten uns über Lichter, Bojen, Meeresströmungen, Wind- und Wetterverhältnisse. Sie geben uns einen kurzen Überblick über Bevölkerung und Handel. Und wenn man bedenkt, wie sachlich und ohne überflüssige Worte dies alles geschieht, dann muß man staunen, wieviel mehr sie uns sonst noch geben. Was ich meine? Nun, Geheimnis und Schönheit, Romantik und den Zauber des Unbekannten. Es ist kein gewöhnliches Buch, in dem der müßig Blätternde einen Absatz wie den folgenden findet: „Nahrungsmittel: ein paar Dschungelhühner sind noch erhalten geblieben. Die Insel beherbergt überdies eine große Anzahl von Seevögeln. In der Lagune gibt es Schildkröten sowie zahlreiche Fische verschiedener Art, darunter graue Seebarben, Haifische und Katzenhaie; man kann nicht mit Netzen fischen, aber es sind Fische da, die mit der Angel gefangen werden können. Ein kleiner Vorrat von Konserven und Branntwein wird für Schiffbrüchige in einer kleinen Hütte aufbewahrt. Gutes Wasser findet sich an einer Quelle in der Nähe des Landungsplatzes.“ Kann die Phantasie mehr Anregung für eine Reise durch Raum und Zeit verlangen?

In dem Band, aus dem dieser Aufsatz stammt, haben die Verfasser mit der gleichen Sachlichkeit die Alas-Inseln beschrieben. Es handelt sich um eine Gruppe oder Kette von Inseln, in der Mehrzahl niedrig und bewaldet, die sich ungefähr fünfundsiebzig Meilen in ostwestlicher und vierzig Meilen in nordsüdlicher Richtung hinziehen. Was man über sie weiß, so heißt es, ist sehr gering; es gibt Kanäle zwischen den verschiedenen Gruppen, und mehrere Schiffe haben sie passiert, aber die Durchfahrten sind nicht genau erforscht worden, und die Lage zahlreicher gefährlicher Stellen steht noch nicht fest; es ist daher geraten, diese Durchfahrten zu meiden. Die Bevölkerung der Inselgruppe wird auf ungefähr achttausend Einwohner geschätzt, von denen zweihundert Chinesen und vierhundert Mohammedaner sind. Die übrigen sind Heiden. Die wichtigste Insel heißt Baru, sie ist von einem Klippengürtel umgeben, und hier wohnt der holländische Contrôleur. Sein weißes Haus mit dem roten Dach, auf dem Gipfel eines Hügels erbaut, ist das hervorstechende Wahrzeichen, das die Schiffe der Royal Netherlands Steam Packet Company erblicken, wenn sie jeden zweiten Monat auf ihrem Weg nach Makassar und alle vier Wochen nach Merauke, in Holländisch-Neuguinea, die Insel berühren.

Zu einem bestimmten Zeitpunkt der Weltgeschichte bekleidete

Mynheer Evert Gruyter die Stelle des Contrôleurs, und er regierte die Bewohner der Alas-Inseln mit Festigkeit, zu der sich mildernd ein lebhafter Sinn für Humor gesellte. Er hatte es für einen großartigen Spaß angesehen, im Alter von siebenundzwanzig Jahren an einen dermaßen verantwortungsvollen Posten gesetzt zu werden, und mit dreißig amüsierte er sich immer noch darüber. Es gab keine Kabelverbindung zwischen seinen Inseln und Batavia, und die Post funktionierte mit solcher Langsamkeit, daß die Antwort auf eine Anfrage, wenn sie endlich eintraf, stets schon überholt war. Und so hatte er sich angewöhnt, seelenruhig zu tun, was er für das richtige hielt, und darauf zu bauen, daß sein guter Stern ihn schon vor Scherereien mit den Behörden bewahren würde. Er war sehr klein, nicht größer als fünf Fuß vier Zoll, und außerordentlich dick; er hatte eine blühende Gesichtsfarbe. Der Hitze wegen hatte er den Kopf rasiert, und auch in seinem Gesicht war kein Haar zu erblicken. Es war rund und rot. Seine Augenbrauen waren so hell, daß man sie kaum sah; und er hatte kleine, zwinkernde blaue Augen. Er wußte, daß es ihm an Würde fehlte, und suchte diesen Mangel durch ungewöhnliche Sorgfalt in der Kleidung auszugleichen. Ob er nun im Büro war oder zu Gericht saß oder durch die Straßen ging, nie sah man ihn anders als in tadellosem Weiß. Sein Rock mit den glänzenden Metallknöpfen saß ihm sehr stramm und enthüllte die erschreckende Tatsache, daß er trotz seiner Jugend ein rundes und hervorstehendes Bäuchlein besaß. Sein gutmütiges Gesicht glänzte vor Schweiß, und er fächelte sich unausgesetzt mit einem Fächer aus Palmenblättern Kühlung zu.

Aber zu Hause trug Mr. Gruyter am liebsten nichts weiter als einen Sarong, und mit seinem ausgepolsterten weißen Körper sah er dann aus wie ein dicker, komischer Junge von sechzehn Jahren. Er war ein Frühaufsteher, und sein Frühstück stand stets um sechs Uhr für ihn bereit. Es war immer das gleiche. Es bestand aus einer Papayaschnitte, drei kalten Spiegeleiern, Edamerkäse in dünnen Scheiben und einer Tasse schwarzen Kaffees. Wenn er damit fertig war, rauchte er eine dicke holländische Zigarre, las die Zeitungen, falls er sie nicht bereits längst von Anfang bis zu Ende durchgelesen hatte, und zog sich dann an, um ins Büro zu gehen.

Eines Tages, als er gerade in dieser Weise beschäftigt war, kam sein Hauptboy ins Schlafzimmer und meldete, daß Tuan Jones ihn zu sprechen wünsche. Mr. Gruyter stand vor dem Spiegel. Er hatte die Hosen an und bewunderte seinen glatten Oberkörper. Er spannte den Rücken, um den Brustkorb zu wölben und den Bauch einzuziehen. Sichtlich befriedigt klatschte er sich mehrere Male schallend auf die Brust. Es war eine männliche Brust. Als der Boy seine Meldung vorbrachte, blickte er in seine eigenen Augen im Spiegel und wechselte ein ironisches Lächeln mit ihnen. Er fragte sich, was zum Teufel sein Besucher von ihm haben wollte. Evert Gruyter sprach Englisch, Holländisch und Malaiisch mit der gleichen Leichtigkeit. Aber er dachte holländisch. Das machte ihm Spaß. Holländisch, fand er, war eine so angenehm derbe Sprache.

„Bitte den Tuan, zu warten. Ich werde gleich kommen."

Er zog seinen Rock über den nackten Oberkörper, knöpfte ihn zu und stolzierte ins Wohnzimmer. Der Reverend Owen Jones stand auf.

„Guten Tag, Mr. Jones", sagte der Contrôleur. „Sind Sie gekommen, um einen kleinen Morgencognac mit mir zu trinken?"

„Ich bin gekommen, um eine sehr betrübliche Angelegenheit mit Ihnen zu besprechen, Mr. Gruyter", antwortete er.

Der Contrôleur ließ sich durch den Ernst seines Besuchers nicht aus der Fassung bringen und durch seine Worte nicht die Laune verderben. Seine kleinen blauen Augen strahlten liebenswürdig.

„Setzen Sie sich, mein Lieber, und nehmen Sie eine Zigarre."

Mr. Gruyter wußte genau, daß Reverend Owen Jones weder rauchte noch trank, aber ein innerer Kobold stachelte ihn an, ihm jedesmal, wenn er mit ihm zusammenkam, etwas zu trinken und eine Zigarre anzubieten. Mr. Jones schüttelte den Kopf.

Mr. Jones leitete die baptistische Mission auf den Alas-Inseln. Sein Hauptquartier war in Baru, der größten unter ihnen, mit der zahlreichsten Bevölkerung, aber er hatte Versammlungshäuser, die unter die Obhut eingeborener Helfer gestellt waren, auch auf verschiedenen andern Inseln der Gruppe. Er war ein großer, magerer, melancholischer Mann von etwa vierzig Jahren mit einem langen, gelblichen, kummervollen Gesicht. Sein braunes Haar war an den Schläfen bereits weiß, und er trug es aus der Stirn gekämmt, was ihm eine gewisse vage Geistigkeit gab. Mr. Gruyter mochte ihn nicht und achtete ihn zugleich. Er selbst, ein fröhlicher Heide, der die guten Dinge des Lebens liebte und entschlossen war, sich ihrer so viele anzueignen, wie seine Umstände erlaubten, wußte nichts mit einem Menschen anzufangen, der alle Genüsse verdammte. Er war der Ansicht, daß die Sitten eines Landes dem Wesen seiner Einwohner entsprachen, und hatte keine Geduld mit den energischen Anstrengungen des Missionars, Lebensformen auszurotten, die sich durch viele Jahrhunderte trefflich bewährt hatten. Er achtete ihn, weil er ehrlich, aufopfernd und gut war. Mr. Jones, ein Australier walisischer Herkunft, war der einzige qualifizierte Arzt auf den Inseln, und es war tröstlich zu wissen, daß man im Krankheitsfall nicht ausschließlich auf einen chinesischen Kurpfuscher angewiesen war; und niemand wußte besser als der Contrôleur, wie segensreich die Kunst des Geistlichen sich erwiesen und mit welcher Barmherzigkeit er sie ausgeübt hatte. Gelegentlich einer Influenza-Epidemie hatte der Missionar die Arbeit von sechs Männern geleistet, und es mußte schon ein Taifun sein, der ihn abhalten konnte, von einer Insel zur andern zu fahren, wenn seine Hilfe gebraucht wurde.

Er lebte mit seiner Schwester in einem kleinen weißen Haus, ungefähr eine halbe Meile vom Dorfe entfernt, und als der Contrôleur angekommen war, war Mr. Jones an Bord gegangen, um ihn zu begrüßen, und hatte ihn gebeten, sein Gast zu sein, bis sein eigenes Haus instand gesetzt wäre. Der Contrôleur hatte die Einladung angenommen und mit eigenen Augen gesehen, in welcher Einfachheit das Paar lebte. Es ging über seine Kraft. Drei kärgliche Mahlzeiten am Tag – immer Tee dazu –, und wenn er sich eine Zigarre anzündete, bat ihn Mr. Jones höflich, aber entschieden, nicht zu rauchen, da sowohl er als seine Schwester diese Gewohnheit mißbilligten. Nach vierundzwanzig Stunden zog Mr. Gruyter in sein eigenes Haus. Er floh, panischen Schrecken im Herzen, wie aus einer pestverseuchten Stadt. Der Contrôleur liebte den Spaß und lachte gerne; mit einem Mann beisammen zu sein, der jeden Unsinn tödlich ernst nahm und über den besten Witz, den man ihm erzählte, nicht einmal lächelte, war mehr, als ein Mensch aus Fleisch und Blut aushalten konnte. Reverend Owen Jones war ein trefflicher Mann, aber als Gesellschafter war er unmöglich. Und seine Schwester war noch schlimmer. Beide hatten sie keinen Sinn für Humor. Doch während der Missionar melancholisch veranlagt war und so gewissenhaft seiner Pflicht nachging, sichtlich überzeugt, daß alles auf der Welt hoffnungslos sei, war Miss Jones von unbeirrbarer Heiterkeit. Grimmig entschlossen sah sie die Dinge von ihrer freundlichen Seite an. Mit der Unerbittlichkeit eines rächenden Engels suchte sie das Gute in ihren Mitmenschen. Miss Jones unterrichtete in der Missionsschule und half ihrem Bruder bei seiner ärztlichen Arbeit. Wenn er operierte, machte sie die Narkosen und war Oberin, Assistentin und Pflegerin des winzigen Hospitals, das Mr. Jones aus eigener Initiative der Mission angegliedert hatte. Aber der Contrôleur war ein eigensinniger kleiner Mann und verlor nie seine Fähigkeit, in Reverend Owens unbeugsamen Kampf mit den Schwächen der menschlichen Natur und in Miss Jones' unbarmherzigem Optimismus Stoff zur Belustigung zu finden. Er mußte sich seine Unterhaltung holen, wo er sie fand. Die holländischen Schiffe kamen dreimal in zwei Monaten für ein paar Stunden, und dann konnte er mit dem Kapitän und dem Ersten Ingenieur seine Witze reißen, und einmal in allen heiligen Zeiten legte ein Perlenlogger von Thursday Island oder Port Darwin im Hafen an, und dann verlebte er ein paar wunderbare Tage. Sie waren zumeist rauhe Gesellen, diese Perlenfischer, aber doch ganze Kerle, und sie hatten eine Menge Alkohol an Bord und viele gute Geschichten zu erzählen, und der Contrôleur lud sie in sein Haus ein und bewirtete sie fürstlich, und das Gelage wurde nur dann als gelungen bezeichnet, wenn schließlich alle so betrunken waren, daß sie nicht mehr auf ihr Schiff zurückfinden konnten. Aber außer dem Missionar lebte auf Baru nur noch ein einziger weißer Mann, nämlich der rote Ted, und der, natürlich, war eine Schmach für die Zivilisation.

Es gab auch nicht das geringste, was man zu seinen Gunsten anführen konnte. Er brachte die weiße Rasse in Mißkredit. Nichtsdestoweniger mußte der Contrôleur feststellen, daß er das Leben auf Baru, wenn der rote Ted nicht gewesen wäre, manchmal kaum erträglich gefunden hätte.

Seltsamerweise bildete dieser Tunichtgut die Veranlassung, daß Mr. Jones zu einer Stunde, da er sonst junge Heiden in die Mysterien des baptistischen Glaubens einzuweihen pflegte, Mr. Gruyter seinen frühen Besuch abstattete.

„Nehmen Sie Platz, Mr. Jones“, sagte der Contrôleur. „Was kann ich für Sie tun?“

„Nun, ich komme wegen des Menschen, der hier allgemein der rote Ted genannt wird. Was haben Sie jetzt vor?“

„Warum? Was ist geschehen?“

„Haben Sie es nicht gehört? Ich hatte gedacht, der Sergeant würde es Ihnen erzählt haben.“

„Ich ermutige meine Angestellten nicht, mich in meinem Hause aufzusuchen, wenn es sich nicht um Angelegenheiten von besonderer Wichtigkeit handelt“, sagte der Contrôleur ziemlich großartig. „Zum Unterschied von Ihnen, Mr. Jones, arbeite ich nur, um mir Muße zu verschaffen, und diese Muße genieße ich gerne ohne Störung.“

Aber Mr. Jones hatte keinen Sinn für Plauderei und interessierte sich nicht für Betrachtungen allgemeiner Natur.

„Es hat gestern abend in einem der chinesischen Läden eine abscheuliche Rauferei gegeben. Der rote Ted hat alles kurz und klein geschlagen und den Chinesen halb umgebracht.“

„Wieder einmal betrunken, nehme ich an“, sagte der Contrôleur seelenruhig.

„Natürlich. Wann ist er das nicht? Man hat die Polizei geholt, und er hat den Sergeanten tätlich angegriffen. Sechs Mann waren nötig, um ihn zu überwältigen und ins Gefängnis zu schaffen.“

„Er ist ein kräftiger Bursche“, sagte der Contrôleur.

„Ich nehme an, Sie werden ihn nach Makassar schicken.“

Evert Gruyter erwiderte den empörten Blick des Missionars mit einem belustigten Zwinkern. Er war nicht dumm und wußte bereits, worauf Mr. Jones hinzielte. Es amüsierte ihn, ihn ein wenig auf die Folter zu spannen.

„Glücklicherweise reichen meine Befugnisse aus, die Angelegenheit nach eigenem Ermessen zu ordnen“, antwortete er.

„Sie haben die Macht, jeden zu deportieren, Mr. Gruyter, und ich bin überzeugt, es würde uns viel Verdruß ersparen, wenn Sie uns ein für allemal von diesem Menschen befreiten.“

„Die Macht habe ich wohl, selbstverständlich, aber ich bin überzeugt, daß Sie der letzte wären, der von mir verlangen würde, sie willkürlich zu gebrauchen.“

„Mr. Gruyter, die Anwesenheit dieses Mannes auf dieser Insel ist ein öffentlicher Skandal. Er ist immer betrunken, vom Morgen bis zum Abend; es ist notorisch, daß er Beziehungen zu eingeborenen Frauen unterhält, und zwar zu einer nach der andern."

„Das ist interessant, Mr. Jones. Ich hatte immer gehört, daß alkoholische Ausschweifung den sexuellen Trieb zwar anregt, aber seine Befriedigung verhindert. Was Sie mir hier über den roten Ted erzählen, scheint diese Theorie zu widerlegen."

Der Missionar wurde dunkelrot.

„Das sind physiologische Angelegenheiten, auf die ich im Augenblick nicht einzugehen wünsche", sagte er eisig. „Das Benehmen dieses Mannes fügt dem Prestige der weißen Rasse unberechenbaren Schaden zu, und sein Beispiel macht die Bemühungen anderer, die Bevölkerung dieser Insel zu einem weniger lasterhaften Leben zu erziehen, zunichte. Er ist ein durch und durch verdorbener Mensch."

„Verzeihen Sie die Frage, aber haben Sie irgendeinen Versuch gemacht, ihn zu bessern?"

„Als er hier auftauchte, tat ich mein Bestes, mich mit ihm in Verbindung zu setzen. Er wies alle meine Annäherungsversuche zurück. Als es den ersten Skandal gab, ging ich zu ihm hin und sprach ihm ernst ins Gewissen. Er fluchte mir ins Gesicht."

„Niemand weiß die verdienstvolle Arbeit, die Sie und die anderen Missionare auf dieser Insel leisten, besser zu würdigen als ich, aber sind Sie sicher, daß Sie sich Ihrer Aufgabe auch immer mit dem nötigen Takt entledigen?"

Der Contrôleur war sehr zufrieden mit diesem Satz. Er war außerordentlich höflich und enthielt doch den Tadel, den auszusprechen er für angezeigt hielt. Der Missionar blickte ihn ernst an. Seine traurigen braunen Augen waren voll Aufrichtigkeit.

„Hat Jesus Takt angewandt, als er die Peitsche nahm und die Geldwechsler aus dem Tempel trieb? Nein, Mr. Gruyter. Takt ist die Ausflucht, deren sich die Lauen bedienen, um ihren Pflichten aus dem Wege zu gehen."

Diese Antwort hatte die Wirkung, daß der Contrôleur plötzlich den Wunsch nach einer Flasche Bier in sich aufsteigen fühlte. Der Missionar beugte sich ernst vor.

„Mr. Gruyter, Sie kennen die Verfehlungen dieses Menschen so gut wie ich. Ich habe es nicht nötig, sie Ihnen in Erinnerung zu rufen. Es gibt keine Entschuldigung für ihn. Und jetzt ist wirklich das Maß voll. Sie werden nie eine bessere Gelegenheit finden. Ich bitte Sie, sich Ihrer Macht zu bedienen und ihn ein für allemal von hier zu entfernen."

Die Augen des Contrôleurs zwinkerten lustiger denn je. Er amüsierte sich großartig. Er fand, daß die Menschen viel unterhaltendere Geschöpfe wurden, wenn man sich im Umgang mit ihnen nicht berufen fühlte, Lob oder Tadel zu spenden.

„Aber Mr. Jones, verstehe ich richtig? Verlangen Sie von mir das Versprechen, diesen Mann zu deportieren, ehe ich noch weiß, was gegen ihn vorliegt, und ehe ich mir seine Verteidigung angehört habe?"

„Ich kann mir nicht vorstellen, was er zu seiner Verteidigung vorzubringen hätte."

Der Contrôleur erhob sich von seinem Stuhl, und es gelang ihm tatsächlich, ein wenig Würde in seine fünf Fuß vier Zoll zu bringen.

„Ich bin hier, um Gerichtsbarkeit zu üben nach den Gesetzen der holländischen Regierung. Gestatten Sie mir, Ihnen mein größtes Erstaunen auszusprechen über Ihren Versuch, mich in der Ausübung meiner richterlichen Funktionen zu beeinflussen."

Der Missionar wurde etwas verwirrt. Es war ihm nie in den Sinn gekommen, daß dieser Grünschnabel, zehn Jahre jünger als er, eine solche Haltung einnehmen könnte. Er öffnete den Mund, um zu erklären, sich zu entschuldigen, aber der Contrôleur hob seine ausgepolsterte kleine Hand.

„Es ist Zeit, daß ich ins Büro gehe, Mr. Jones. Ich wünsche Ihnen einen guten Morgen."

Der Missionar, verblüfft, verneigte sich und verließ ohne ein weiteres Wort das Zimmer. Er wäre erstaunt gewesen, hätte er sehen können, was der Contrôleur tat, als er ihm den Rücken zugekehrt hatte. Ein breites Lachen erschien auf seinem Gesicht, er spreizte die Hand, hob den Daumen und machte eine lange Nase hinter dem Reverend Owen Jones.

Ein paar Minuten später begab er sich in sein Büro. Sein Sekretär, ein holländischer Mischling, trug ihm seine Version der Schlägerei vom vergangenen Abend vor. Sie stimmte ziemlich genau mit der von Mr. Jones überein. Es war gerade der Tag, an dem Gericht gehalten wurde.

„Wollen Sie den roten Ted zuerst vornehmen, Sir?“ fragte der Sekretär.

„Ich sehe nicht ein, warum ich das tun sollte. Es sind noch zwei, drei Fälle von der letzten Tagung übriggeblieben. Führen Sie sie der Reihe nach vor.“

„Ich dachte, Sie würden ihn vielleicht privat sprechen wollen, weil er ein Weißer ist, Sir.“

„Die Majestät des Gesetzes kennt keinen Unterschied zwischen weiß und farbig, mein Freund“, antwortete Mr. Gruyter etwas pompös.

Der Gerichtssaal war ein großer viereckiger Raum mit hölzernen Bänken, auf denen zusammengedrängt Eingeborene aller Art saßen – Polynesier, Bugis, Chinesen, Malaien –, und alle erhoben sich, als die Tür geöffnet wurde und ein Sergeant die Ankunft des Contrôleurs ankündigte. Er kam mit seinem Sekretär herein und nahm auf einer kleinen Estrade an einem Tisch aus poliertem amerikanischem Fichtenholz Platz. Hinter ihm hing ein großes Bild der Königin Wilhelmine. Er erledigte ein halbes Dutzend Fälle, und dann wurde der rote Ted hereingeführt. Er stand vor der Anklagebank, mit Handschellen und zwischen zwei Wärtern. Der Contrôleur blickte ihn mit ernstem Gesicht an, aber in seinen Augen zwinkerte es belustigt.

Der rote Ted litt an einem Kater. Er wankte im Stehen, und seine Augen waren leer. Er war ein noch junger Mann, dreißig Jahre alt etwa, von mehr als durchschnittlicher Größe, ziemlich dick, mit einem aufgedunsenen roten Gesicht und einer Mähne dichten, krausen roten Haares. Er war nicht unversehrt aus der Schlägerei hervorgegangen. Er hatte ein blaues Auge, und sein Mund war aufgeschlagen und geschwollen. Er hatte kurze Khakihosen an, sehr schmutzig und zerlumpt, und sein Trikot war ihm fast vom Rücken gerissen worden. Ein großer Riß enthüllte den dicken roten Haarpelz, mit dem seine Brust bedeckt war, aber auch die erstaunliche Weiße seiner Haut. Der Contrôleur warf einen Blick auf die Polizisten. Er rief die Zeugen auf. Nachdem er sie angehört, nachdem er den Chinesen gesehen, dem Ted mit einer Flasche den Kopf gespalten hatte, nachdem er den aufgeregten Bericht des Sergeanten entgegengenommen hatte, der bei dem Versuch, Ted zu arretieren, einfach zu Boden geschleudert worden war; nachdem er sich die Verwüstung hatte schildern lassen, die der Rote in seiner Raserei angerichtet, indem er alles, was ihm unter die Hände kam, kurz und klein schlug, wandte er sich dem angeklagten Engländer zu.

„Nun, Ted, was haben Sie zu Ihrer Verteidigung vorzubringen?"

„Ich war besinnungslos. Ich erinnere mich an nichts mehr. Wenn Sie sagen, daß ich ihn halb umgebracht habe, wird es wahrscheinlich stimmen. Ich werde für den Schaden aufkommen, wenn die Leute mir Zeit lassen."

„Das werden Sie, Ted", sagte der Contrôleur. „Aber ich werde es sein, der Ihnen Zeit läßt."

Er blickte den roten Ted eine Weile schweigend an. Er bot ein Bild des Abscheus. Ein völlig verkommener Mensch. Es war schrecklich. Man schauderte, wenn man ihn ansah, und wenn Mr. Jones nicht so eifervoll gewesen wäre, hätte der Contrôleur in diesem Augenblick sicherlich nicht gezögert, ihn deportieren zu lassen.

„Sie haben Ärgernis gegeben von dem Moment an, da Sie auf diesen Inseln aufgetaucht sind, Ted. Sie sind ein Schandfleck der Menschheit. Sie sind unverbesserlich faul. Unzählige Male hat man Sie sternhagelbesoffen von der Straße aufgelesen. Sie stürzen sich von einer Rauferei in die andere. Sie sind hoffnungslos. Das letztemal, als man Sie hierherbrachte, habe ich Sie gewarnt. Ich habe Ihnen gesagt, wenn Sie noch einmal arretiert würden, müßten Sie sich auf eine strenge Strafe gefaßt machen. Heute ist das Maß voll. Ich verurteile Sie zu sechs Monaten Zwangsarbeit."

„Mich?"

„Jawohl, Sie."

„Beim Himmel, ich bringe Sie um, wenn ich herauskomme."

Er brach in eine Flut unflätiger und lästerlicher Flüche aus. Mr. Gruyter hörte ihm spöttisch zu. Auf Holländisch kann man viel besser fluchen als auf Englisch, und der rote Ted sagte nichts, was er selbst nicht mit Leichtigkeit hätte übertrumpfen können.

„Schweigen Sie", befahl er. „Sie ermüden mich."

Der Contrôleur wiederholte seinen Urteilsspruch auf Malaiisch, und der sich wild sträubende Angeklagte wurde abgeführt.

Mr. Gruyter setzte sich in vortrefflicher Laune zum Mittagessen. Es war erstaunlich, wie unterhaltsam das Leben sein konnte, wenn man es nur geschickt anpackte. Es gab Leute in Amsterdam und selbst in Batavia und Surabaja, die seine Insel als einen Ort der Verbannung ansahen. Sie ahnten nicht, wie angenehm es sich hier lebte und wieviel Vergnügen er der scheinbar unergiebigsten Materie abgewinnen konnte. Sie fragten ihn, ob er nicht den Klub, die Rennen, das Kino, die Bälle, die einmal wöchentlich im Kasino stattfanden, und die Gesellschaft holländischer Damen entbehre. Nicht im geringsten. Er liebte die Bequemlichkeit. Die gediegene Einrichtung des Zimmers, in dem er wohnte, hatte eine wohltuende Solidität. Er liebte französische Romane frivoler Natur, und es machte ihm Spaß, einen nach dem andern zu lesen, ohne sich von dem Bedenken anfechten zu lassen, er vergeude damit seine Zeit. Es schien ihm ein großer Luxus, seine Zeit zu vergeuden. Wandte sich sein jugendlicher Sinn der Liebe zu, dann brachte ihm sein Hauptboy ein dunkelhäutiges kleines Wesen mit leuchtenden Augen ins Haus. Er war sorgsam darauf bedacht, keine Beziehung dauerhafter Art anzuknüpfen. Er fand, daß Abwechslung das Herz jung erhalte. Er freute sich seiner Freiheit und wollte sich nicht mit Verantwortung beschweren. Die Hitze machte ihm nichts aus. Kalte Duschen, oft sechsmal am Tag wiederholt, wurden durch sie zu einem fast ästhetischen Genuß. Er spielte Klavier. Er schrieb Briefe an seine Freunde in Holland. Er fühlte kein Verlangen nach geistigem Verkehr. Er lachte gerne, aber lachen konnte er ebensogut mit einem Narren wie mit einem Professor der Philosophie. Manchmal war er nahe daran, sich für einen sehr weisen kleinen Mann zu halten.

Gleich allen guten Holländern im Fernen Osten eröffnete er sein Mittagessen mit einem kleinen Gläschen holländischen Wacholderbranntweins. Er hat ein dumpfes, scharfes Aroma, und man muß erst auf den Geschmack kommen – aber Mr. Gruyter zog ihn jedem Cocktail vor. Zudem hatte er, wenn er ihn trank, das erhebende Gefühl, die Traditionen seines Volkes aufrechtzuerhalten. Dann aß er ‚rijs-tafel'. Er aß dieses Gericht jeden Tag. Er häufte sich einen großen Suppenteller voll Reis auf und nahm dann – bedient von drei Boys – von dem Curry, das der eine ihm reichte, den Spiegeleiern, die ein zweiter servierte, und der Sauce, die ihm von dem dritten angeboten wurde. Dann brachte jeder eine andere Schüssel herbei, Speck oder Bananen oder marinierte Fische, bis schließlich eine riesige Pyramide auf seinem Teller aufgehäuft war. Er mischte das Ganze durcheinander und fing zu essen an. Er aß langsam und mit Genuß. Er trank eine Flasche Bier.

Während des Essens stellte er das Denken ein. Seine Aufmerksamkeit war auf die Massen, die er vor sich hatte, gerichtet, und er verzehrte sie mit glücklicher Konzentration. ‚Rijs-tafel' wurde ihm niemals über. Und wenn er mit seinem großen Teller fertig war, dachte er mit Befriedigung, daß es am nächsten Tage wieder ‚rijstafel' geben würde. Er wurde dieses Gerichtes ebensowenig überdrüssig wie andere Menschen des Brotes. Wenn er sein Bier ausgetrunken hatte, zündete er sich eine Zigarre an. Der Boy brachte ihm eine Tasse Kaffee. Er lehnte sich in seinen Stuhl zurück und gestattete sich den Luxus der Reflektion.

Es befriedigte ihn, den roten Ted zu der wohlverdienten Strafe von sechs Monaten Zwangsarbeit verurteilt zu haben, und er lächelte bei der Vorstellung, wie er mit den andern Sträflingen Straßenarbeiten würde verrichten müssen. Es wäre töricht gewesen, den einzigen Menschen, mit dem er sich bisweilen aussprechen konnte, von der Insel zu verbannen, und überdies wäre die Genugtuung, die er damit dem Missionar bereitet hätte, vielleicht nachteilig für den Charakter dieses Herrn gewesen. Der rote Ted war ein Lump und ein Taugenichts, aber der Contrôleur hatte eine Schwäche für ihn. Sie hatten so manche Flasche Bier miteinander geleert, und wenn sie mit den Perlenfischern aus Port Darwin gezecht hatten, waren sie wunderbar blau miteinander geworden. Dem Contrôleur gefiel die unbekümmerte Art, mit der Ted den unschätzbaren Schatz des Lebens vergeudete.

Der rote Ted war eines Tages eingewandert mit dem Schiff, das von Merauke nach Makassar fuhr. Der Kapitän wußte nicht, wie er seinen Weg in diese Gegend gefunden hatte, aber er war Zwischendeck gereist, mit den Eingeborenen, und auf den Alas-Inseln hatte er sich absetzen lassen, einfach weil ihm ihre Lage gefiel. Mr. Gruyter hegte den Verdacht, daß ihre Anziehungskraft darin bestand, daß sie unter holländischer Flagge standen und sich der britischen Gerichtsbarkeit entzogen. Aber Teds Papiere waren in Ordnung, und es fand sich kein Grund, ihn abzuweisen. Er erklärte, daß er für eine australische Firma Perlmuttern einkaufe, aber es zeigte sich bald, daß seine geschäftlichen Unternehmungen nicht ernst zu nehmen waren. Das Trinken beanspruchte einen so großen Teil seiner Zeit, daß ihm nur wenig für andere Beschäftigungen übrigblieb. Er bezog zwei Pfund pro Woche, die ihm monatlich ausbezahlt wurden und regelmäßig aus England für ihn eintrafen. Der Contrôleur vermutete, daß sich an diese Rente die Bedingung knüpfte, sich von den Personen, die sie sandten, möglichst entfernt zu halten. Die Summe war auf alle Fälle viel zu klein, um ihm irgendwelche Bewegungsfreiheit zu gestatten. Der rote Ted war verschlossen. Der Contrôleur wußte, daß er Engländer war, was aus seinem Paß hervorging – er wurde darin als Edward Wilson bezeichnet –, und daß er in Australien gelebt hatte. Aber warum er England verlassen und was er in Australien gemacht hatte, ahnte er nicht. Er hatte auch nie genau feststellen können, zu was für einer Klasse der rote Ted gehörte. Wenn man ihn sah, in einem dreckigen Trikot, zerfetzten Hosen, einen verbeulten Tropenhelm auf dem Kopf, in Gesellschaft der Perlenfischer, und seine rohen, zotigen, ungebildeten Reden hörte, hätte man ihn für einen gemeinen Matrosen gehalten, der von seinem Schiff desertiert war, oder für einen Arbeiter; bekam man aber seine Handschrift zu Gesicht, so mußte man mit Erstaunen feststellen, daß sie zumindest eine gewisse Bildungsstufe verriet, und manchmal, wenn man mit ihm allein war und er bereits ein paar gehoben hatte, aber noch nicht betrunken war, redete er von Dingen, von denen weder ein Matrose noch ein Arbeiter etwas wissen konnte. Der Contrôleur hatte ein gewisses Feingefühl, und er merkte, daß Ted mit ihm nicht wie mit einem Höherstehenden, sondern wie mit einem Menschen der gleichen Gesellschaftsstufe sprach. Der größte Teil seiner Rente war verpfändet, noch ehe er sie empfing, und die Chinesen, denen er Geld schuldete, wichen ihm nicht von der Seite, wenn ihm sein monatlicher Wertbrief ausgehändigt wurde; aber mit dem, was übrigblieb, zog er los, um sich zu besaufen. Bei diesen Gelegenheiten ergaben sich die erwähnten unliebsamen Zwischenfälle, denn wenn er betrunken war, wurde er gewalttätig und konnte Handlungen begehen, die ihn in die Hände der Polizei lieferten. Bislang hatte Mr. Gruyter sich damit begnügt, ihn im Gefängnis zu halten, bis er wieder nüchtern war, und ihm ins Gewissen zu reden. Hatte er kein Geld, dann bettelte er jeden, der ihm in den Weg lief, um Alkohol an.

Rum, Schnaps, Arrak – es galt ihm gleich. Zwei- oder dreimal hatte ihm Mr. Gruyter Arbeit verschafft, auf der oder jener Insel, auf Plantagen, die von Chinesen bewirtschaftet wurden, aber er hielt es nirgends lange aus, und nach ein paar Wochen tauchte er wieder am Strand in Baru auf. Es war ein Rätsel, wie er es fertigbrachte, nicht zu verhungern. Allerdings hatte er etwas Bestechendes. Er machte sich die verschiedenen Dialekte zu eigen und verstand es, die Eingeborenen zum Lachen zu bringen. Sie verachteten ihn, aber sie hatten Respekt vor seiner physischen Kraft und waren gerne mit ihm beisammen. Es fehlte ihm infolgedessen niemals an einer Mahlzeit oder an einer Matte zum Schlafen. Das merkwürdigste war – und das empörte den Reverend Owen Jones am meisten –, daß er die Frauen um den Finger wickeln konnte. Der Contrôleur konnte sich nicht vorstellen, was sie an ihm fanden. Er bemühte sich nicht sonderlich um sie und war ziemlich brutal. Er nahm, was sie ihm gaben, schien aber der Dankbarkeit unfähig zu sein. Er benützte sie zu seinem Vergnügen, um sie dann achtlos wegzuwerfen. Einige Male war er dadurch in Schwierigkeiten geraten; Mr. Gruyter hatte einen erzürnten Vater bestrafen müssen, weil er dem roten Ted eines Nachts ein Messer in den Rücken gerannt hatte, und eine Chinesin hatte versucht, sich mit Opium zu vergiften, weil er sie verlassen hatte. Einmal kam Mr. Jones in heller Aufregung zu dem Contrôleur gelaufen, weil der Strandräuber eines seiner neubekehrten Schäflein verführt hatte. Der Contrôleur fand dies sehr bedauerlich, konnte aber nichts anderes tun, als Mr. Jones zu raten, besser auf seine jungen Frauenzimmer aufzupassen. Etwas weniger erbaut war der Contrôleur, als er entdeckte, daß ein Mädchen, das er selbst nicht ungern sah und mit dem er seit einigen Wochen liiert war, mit seiner Gunst während der gleichen Zeit auch den roten Ted beglückt hatte. Und als er sich an diesen speziellen Fall erinnerte, lächelte er abermals bei dem Gedanken an die sechs Monate Zwangsarbeit, die Ted nun bevorstanden. Selten im Leben ist es einem beschieden, strengste Pflichterfüllung und Rache für einen bösen Streich, der einem gespielt wurde, so glücklich zu vereinigen.

Einige Tage später machte Mr. Gruyter einen Spaziergang, teils um sich Bewegung zu verschaffen, teils um zu sehen, ob eine Arbeit, die er angeordnet hatte, richtig ausgeführt wurde, als er an einer Abteilung von Sträflingen vorbeikam, die unter der Aufsicht eines Wärters arbeiteten. Unter ihnen erblickte er den roten Ted. Er hatte den Gefängnissarong an, einen schmutzigbraunen Kittel, der auf malaiisch Baju hieß, und seinen eigenen verbeulten Tropenhelm. Die Sträflinge besserten die Straße aus, und der rote Ted schwang eine schwere Hacke. Der Weg war schmal, und der Contrôleur sah, daß er knapp an Ted vorbei mußte. Er erinnerte sich an seine Drohungen. Er wußte, daß Ted ein Mensch von heftiger Gemütsart war, und die Sprache, die er auf der Anklagebank geführt hatte, ließ deutlich erkennen, daß er kein Verständnis dafür hatte, was für ein glänzender Witz es gewesen war, ihn zu sechs Monaten Zwangsarbeit zu verurteilen. Wenn Ted plötzlich mit der Hacke über ihn herfiel, vermochte nichts ihn zu retten. Zwar würde der Wärter ihn sofort über den Haufen schießen, aber inzwischen würde der Kopf des Contrôleurs bereits zertrümmert sein. Mr. Gruyter verspürte deshalb ein komisches Gefühl in der Magengrube, als er durch die Abteilung der Sträflinge hindurchschritt. Sie arbeiteten paarweise, in Abständen von einem Meter. Er nahm sich fest vor, seinen Schritt weder zu beschleunigen noch zu verlangsamen. Als er an dem roten Ted vorbeikam, stieß dieser seine Hacke in den Boden und blickte zu dem Contrôleur auf, und als er seinem Blick begegnete, zwinkerte er ihm zu. Der Contrôleur unterdrückte das Lächeln, das sich ihm über die Lippen stehlen wollte, und schritt mit steifer Amtswürde weiter. Aber dieses Zwinkern, so voll von spöttischem Humor, erfüllte ihn mit Befriedigung. Wäre er der Kalif von Bagdad gewesen und nicht ein junger Beamter des holländischen Zivildienstes, so hätte er den roten Ted auf der Stelle freigelassen, Sklaven geschickt, um ihn zu baden und zu salben, er hätte ihn in goldene Gewänder gehüllt und zu einem festlichen Mahl zu sich geladen.

Der rote Ted war ein musterhafter Gefangener, und als sich eine Arbeit auf einer der entfernten Inseln bot, schickte der Contrôleur ihn mit einem Trupp anderer Sträflinge hin. Es gab auf dieser Insel kein Gefängnis, und so wurden die zehn Mann, die unter der Aufsicht eines Wärters hingebracht worden waren, bei Eingeborenen einquartiert und lebten nach des Tages Arbeit wie freie Menschen. Die Arbeit reichte aus, um den Rest von Teds Strafzeit auszufüllen. Der Contrôleur sprach mit ihm, ehe er abging.

„Da, Roter“, sagte er. „Da haben Sie zehn Gulden, damit Sie sich ein bißchen Tabak kaufen können da drüben.“

„Könnte es nicht ein bißchen mehr sein? Es kommen regelmäßig acht Pfund monatlich für mich.“

„Nein, es ist genug. Ich werde die Geldbriefe, die für Sie eintreffen, aufbewahren, und wenn Sie zurückkommen, werden Sie eine nette Summe vorfinden. Sie werden genug haben, um hinzugehen, wo Sie wollen.“

„Ich fühle mich sehr wohl hier“, war Teds Antwort.

„Nun, an dem Tage, an dem Sie zurückkommen, machen Sie sich hübsch sauber und besuchen Sie mich. Wir werden eine Flasche Bier miteinander trinken.“

„Fein. Ein bißchen Unterhaltung wird mir not tun, nehme ich an.“

Nun schiebt sich der Zufall ein. Die Insel, nach der der rote Ted geschickt worden war, hieß Maputiti, und wie alle übrigen war sie felsig, dicht bewaldet und von einem Kranz von Riffen umgeben. Es war ein Dorf da, zwischen Kokospalmen, am Meeresstrand, einer Öffnung des Riffs gegenüber, und ein weiteres Dorf lag im Innern der Insel, an einem salzigen See. Unter den Einwohnern des zweiten Dorfes gab es einige, die zum Christentum bekehrt worden waren. Die Verbindung mit Baru wurde durch ein Motorboot hergestellt, das in unregelmäßigen Abständen die verschiedenen Inseln anlief. Es führte Passagiere und Waren. Aber die Dorfbewohner waren seebewanderte Leute, und wenn es galt, sich eilig mit Baru in Verbindung zu setzen, bemannten sie ein Prahu und segelten die fünfzig Meilen, die sie von der Insel trennten. Als der rote Ted nur mehr vierzehn Tage abzubüßen hatte, geschah es nun, daß der Häuptling des am See gelegenen Dorfes plötzlich erkrankte. Die einheimischen Medizinen nützten ihm nichts, und er wand sich in Schmerzen. Boten wurden nach Baru geschickt, um die Hilfe des Missionars zu erflehen; aber das Unglück wollte es, daß Mr. Jones gerade an einem Anfall von Malaria litt. Er lag im Bett und war unfähig, sich zu rühren. Er besprach die Sache mit seiner Schwester.

„Es klingt nach akuter Blinddarmentzündung“, sagte er zu ihr.

„Du kannst nicht fahren, Owen“, meinte sie.

„Ich kann den Mann nicht sterben lassen.“

Mr. Jones hatte vierzig Grad Fieber. Sein Kopf schmerzte zum Zerspringen. Er hatte die ganze Nacht im Delirium gelegen. Seine Augen glänzten sonderbar, und seine Schwester fühlte, daß er nur durch die äußerste Willensanstrengung seine Vernunft beisammenhielt.

„In diesem Zustand könntest du unmöglich operieren."

„Nein, das könnte ich nicht. Hassan muß also fahren."

Hassan war der Spitalgehilfe.

„Auf Hassan kannst du dich nicht verlassen. Er würde es nie wagen, auf eigene Verantwortung eine Operation durchzuführen. Und man würde sich ihm auch nicht anvertrauen. Ich werde fahren. Hassan kann hierbleiben und dich pflegen."

„Du kannst doch nicht einen Blinddarm herausschneiden."

„Warum nicht? Ich habe dir oft zugesehen und kleinere Operationen auch schon selbst gemacht."

Mr. Jones meinte, er höre nicht richtig.

„Ist das Motorboot da?"

„Nein, es ist nach einer der andern Inseln gefahren. Aber ich kann das Prahu benützen, mit dem die Männer gekommen sind."

„Du? An dich habe ich nicht gedacht. Du kannst nicht fahren."

„Aber ich fahre, Owen."

„Wohin fährst du?" fragte er.

Sie merkte, daß er nicht mehr klar bei Bewußtsein war. Beruhigend legte sie ihre Hand auf seine trockene Stirn. Sie gab ihm eine Dosis Medizin. Er murmelte etwas, und sie sah, daß er schon wieder phantasierte. Sie war natürlich besorgt um ihn, aber sie wußte, daß seine Krankheit nicht gefährlich war und daß sie ihn beruhigt dem Missionsdiener, der ihr bei der Pflege half, und dem Spitalgehilfen überlassen konnte. Sie schlüpfte aus dem Zimmer. Sie legte ihre Toilettensachen, ihr Nachthemd und ein Kleid in den Koffer. Ein kleiner Kasten mit chirurgischen Instrumenten, Bandagen und antiseptischem Verbandzeug stand immer bereit. Sie übergab beides den zwei Männern, die von Maputiti herübergekommen waren, erklärte dem Spitalgehilfen, was sie vorhatte, und gab ihm den Auftrag, es ihrem Bruder mitzuteilen, sobald er wieder imstande sein würde, zuzuhören. Vor allen Dingen sollte er sich keine Sorge um sie machen. Sie setzte ihren Tropenhelm auf und machte sich auf den Weg. Die Mission lag ungefähr eine halbe

Meile vom Dorf entfernt. Sie ging rasch. Am Ende der Mole wartete das Prahu. Die Besatzung bestand aus sechs Mann. Sie setzte sich ans Heck, und mit kräftigen Ruderschlägen ging es schnell dahin. Innerhalb des Klippengürtels war die See still, aber als die Felslinie überschritten war, gerieten sie in eine tüchtige Dünung. Aber es war nicht die erste Reise dieser Art für Miss Jones, und sie vertraute der Seetüchtigkeit des Bootes, in dem sie fuhr. Es war Mittag, und die Sonne prallte von einem trüben Himmel herunter. Das einzige, was ihr Sorge bereitete, war, daß man nicht vor Dunkelheit am Ziel sein würde, und wenn es sich als notwendig erweisen sollte, sofort zu operieren, standen ihr als Beleuchtung bloß Windlichter zur Verfügung.

Miss Jones war eine Frau von ungefähr vierzig Jahren. Nichts in ihrem Äußeren hätte auf die Energie schließen lassen, die sie soeben an den Tag gelegt hatte. Sie war von einer seltsamen, hinfälligen Anmut, und man hätte meinen können, jeder Windhauch könnte sie umblasen; es war schon fast wie eine Affektiertheit; und die Charakterstärke, die man bald an ihr entdeckte, wirkte dadurch geradezu monströs. Miss Jones war flachbrüstig, groß und außerordentlich dünn. Sie hatte ein gelbliches Gesicht und bekam sehr leicht Hitzbläschen. Ihr schlichtes braunes Haar war glatt aus der Stirn gekämmt. Sie hatte ziemlich kleine Augen, grau, und da sie etwas zu nahe aneinander standen, gaben sie ihrem Gesicht einen listigen Ausdruck. Ihre Nase war lang und dünn und ein bißchen gerötet. Sie litt an Verdauungsbeschwerden. Aber diese Kränklichkeit vermochte nichts gegen ihre unerbittliche Entschlossenheit, die Dinge von der heitern Seite anzusehen. Fest überzeugt, daß die Welt schlecht und die Menschheit unsagbar verrucht sei, registrierte sie jedes bißchen Anständigkeit, das sie entdecken konnte, mit dem gleichen Stolz, mit dem ein Zauberkünstler ein Kaninchen aus seinem Hut hervorzaubert und dem Publikum präsentiert. Sie war flink, anpassungsfähig und tüchtig. Als sie auf der Insel landete, sah sie, daß sie keinen Moment verlieren durfte, wenn sie das Leben des Häuptlings retten wollte. Unter den größten Schwierigkeiten operierte sie – sie mußte einem Eingeborenen zeigen, wie man die Narkose gab –, und die folgenden drei Tage pflegte sie den Patienten mit liebevoller Hingabe. Alles ging ausgezeichnet, und sie stellte fest, daß ihr

Bruder es nicht besser hätte machen können. Sie wartete so lange, bis sie die Fäden herausnehmen konnte, und schickte sich dann zur Heimreise an. Sie durfte sich schmeicheln, ihre Zeit nicht unnütz vergeudet zu haben. Sie hatte, wo es not getan, ärztliche Hilfe geleistet, sie hatte die kleine christliche Gemeinde in ihrem Glauben gestärkt, die Lauen ermahnt und guten Samen ausgestreut an Orten, wo er mit Gottes Hilfe Wurzel fassen würde.

Das Motorboot, das von einer der andern Inseln kam, lief etwas spät am Nachmittag ein, aber es war Vollmond, und sie konnten hoffen, Baru vor Mitternacht zu erreichen. Man brachte ihr das Gepäck zur Landungsstelle, und die Leute, die sie begleiteten, standen herum und wiederholten immer wieder ihre Danksagungen. Eine ganze Menge hatte sich eingefunden. Das Motorboot war mit Koprasäcken beladen, aber Miss Jones war den starken Geruch gewohnt, und er störte sie nicht. Sie machte sich einen Sitzplatz zurecht, so bequem, wie sie konnte, und plauderte, während sie auf die Abfahrt des Motorbootes wartete, mit ihrer dankbaren Schar. Sie war der einzige Passagier. Plötzlich kam zwischen den Bäumen, die das kleine Dorf an der Küste beschatteten, eine Gruppe von Eingeborenen hervor, und sie sah, daß sich unter ihnen ein weißer Mann befand. Er war mit einem Gefängnissarong und einem Baju bekleidet. Er hatte langes, rotes Haar. Sie erkannte sofort den roten Ted. Ein Polizist ging mit ihm. Sie schüttelten einander die Hand, und der rote Ted verabschiedete sich auch von den Dorfbewohnern, die ihn begleiteten. Sie trugen Obstbündel und einen Krug, der, wie Miss Jones vermutete, Branntwein enthielt, und legten alles in das Boot. Miss Jones entdeckte zu ihrem Erstaunen, daß der rote Ted ihr Reisegefährte sein würde. Seine Strafzeit war um, und es war Weisung gekommen, ihn mit einem Motorboot nach Baru zurückzuschaffen. Er warf ihr einen Blick zu, grüßte aber nicht – allerdings hatte Miss Jones den Kopf abgewandt – und stieg ein. Der Mechaniker brachte den Motor in Gang, und kurz darauf pufften sie bereits durch die Lagune. Der rote Ted kletterte auf einen Haufen von Säcken und zündete sich eine Zigarette an.

Miss Jones ignorierte ihn. Selbstverständlich kannte sie ihn sehr genau. Ihr Herz sank, wenn sie daran dachte, daß er nun wieder in Baru sein würde, Skandale vom Zaun brechend und trinkend, eine

Gefahr für die Frauen und ein Dorn im Fleisch aller anständigen Leute. Sie wußte von den Schritten, die ihr Bruder unternommen hatte, um ihn deportieren zu lassen, und war ungehalten über den Contrôleur, der eine so offenkundige Pflicht nicht erkannte. Als sie den Felsgürtel überschritten hatten und sich auf offenem Meer befanden, zog der rote Ted den Stöpsel aus dem Armkrug, setzte ihn an die Lippen und tat einen kräftigen Schluck, dann reichte er den Krug den beiden Mechanikern, die die Besatzung bildeten. Einer war ein Mann in mittleren Jahren, der andere ein junger Bursche.

„Ich wünsche nicht, daß Sie während der Fahrt trinken", sagte Miss Jones streng zu dem älteren.

Er lächelte sie an und trank.

„Ein bißchen Arrak kann niemandem schaden", antwortete er. Er reichte den Krug seinem Kollegen, und dieser trank ebenfalls.

„Wenn Sie noch einmal trinken, werde ich mich bei dem Contrôleur beschweren", sagte Miss Jones.

Der ältere Mann murmelte etwas, was sie nicht verstehen konnte, aber, wie sie vermutete, sehr ungezogen war, und gab den Krug dem roten Ted zurück. Sie fuhren eine Stunde oder länger. Das Meer war wie Glas, und die Sonne ging strahlend unter. Sie sank hinter einer der Inseln und verwandelte sie für einige Minuten in eine mystische Stadt des Himmels. Miss Jones wandte sich, um das Bild zu betrachten, und ihr Herz war erfüllt von Dankbarkeit für die Schönheit der Welt.

‚Und nur der Mensch ist schlecht', zitierte sie für sich.

Sie fuhren in östlicher Richtung. In der Ferne tauchte eine kleine Insel auf, an der sie vorbeikommen mußten. Sie war unbewohnt. Eine felsige kleine Insel, dicht mit Urwald bewachsen. Der Bootsmann zündete seine Lampe an. Die Dunkelheit brach unvermittelt herein, und der Himmel war dichtbesät mit Sternen. Der Mond war noch nicht aufgegangen. Mit einem Male gab es einen leichten Ruck, und das Motorboot fing an, seltsam zu vibrieren. Die Maschine rasselte. Der Mechaniker rief seinem Kameraden zu, das Steuer zu übernehmen, und kroch unter das Gehäuse. Das Tempo verlangsamte sich. Die Maschine blieb stehen. Miss Jones fragte den Burschen, was los sei, aber er konnte es ihr nicht sagen. Der rote Ted kam von seinem Sackhaufen herunter und schlüpfte ebenfalls unter das Gehäuse. Als er wieder auftauchte, hätte sie ihn gerne gefragt, was denn passiert wäre, aber ihre Würde ließ es nicht zu. Sie saß still da und beschäftigte sich mit ihren Gedanken. Das Meer war nun etwas bewegt, und das Boot schaukelte leicht. Der Mechaniker tauchte aus seiner Versenkung hervor und setzte die Maschine in Gang. Obgleich sie wie verrückt rasselte, fing das Boot an, sich zu bewegen. Es bebte in allen Fugen. Man fuhr sehr langsam. Offenbar war etwas nicht in Ordnung, aber Miss Jones war eher erbittert als besorgt. Das Boot sollte mit sechs Knoten Geschwindigkeit fahren, aber nun kroch es nur so dahin; bei diesem Tempo würden sie Baru erst lange nach Mitternacht erreichen. Der Mechaniker, immer noch unter dem Gehäuse beschäftigt, rief dem Mann am Steuer etwas zu. Sie sprachen Bugi, wovon Miss Jones nur wenig verstand. Aber nach einer Weile bemerkte sie, daß sie den Kurs geändert hatten und auf die unbewohnte Insel zuzusteuern schienen.

„Wo fahren wir denn hin?" fragte sie den Steuermann mit plötzlichem Argwohn.

Er zeigte auf die kleine Insel. Sie stand auf, ging zu dem Gehäuse und rief dem Mann zu, er solle hervorkommen.

„Sie fahren doch nicht dorthin? Warum? Was ist los?"

„Ich kann nicht bis Baru kommen", sagte er.

„Aber Sie müssen. Ich befehle Ihnen, nach Baru zu fahren."

Der Mann zuckte die Achseln. Er kehrte ihr den Rücken und schlüpfte abermals unter das Gehäuse. Nun redete der rote Ted sie an.

„Ein Flügel des Propellers ist abgebrochen. Er meint, daß er gerade noch bis zu der kleinen Insel kommen kann. Wir werden die Nacht über dort bleiben müssen und morgen, bei Ebbe, wird er einen neuen Propeller anbringen."

„Ich kann die Nacht nicht auf einer einsamen Insel zubringen, allein mit drei Männern", rief sie.

„Viele Frauen würden sich darum reißen."

„Ich bestehe darauf, daß wir nach Baru fahren. Was immer geschieht, ich muß heute nacht noch nach Baru kommen."

„Regen Sie sich doch nicht auf, altes Mädchen. Wir müssen das Boot an Land bringen, um einen neuen Propeller einzusetzen, und wir werden uns schon einrichten auf der Insel."

„Wie können Sie es wagen, in einem solchen Ton zu mir zu sprechen. Sie sind unverschämt.“

„Es wird Ihnen nicht das geringste passieren. Wir haben eine Menge Proviant mit, und wenn wir landen, stärken wir uns zuerst einmal. Sie kriegen einen Schluck Arrak und werden sich fühlen wie Gott in Frankreich.“

„Sie sind ein impertinenter Mensch. Wenn Sie nicht nach Baru fahren, lasse ich Sie alle einsperren.“

„Wir fahren nicht nach Baru. Es ist unmöglich. Wir fahren zu dieser Insel hin, und wenn es Ihnen nicht paßt, können Sie ins Wasser springen und schwimmen.“

„Oh, das werden Sie mir bezahlen.“

„Halten Sie's Maul, alte Kuh“, sagte der rote Ted.

Miss Jones stockte der Atem vor Empörung. Aber sie beherrschte sich. Selbst hier draußen, inmitten des Ozeans, hatte sie zuviel Würde, sich mit diesem gemeinen Individuum herumzustreiten. Das Boot mit der scheußlich rasselnden Maschine kroch vorwärts. Es war nun stockdunkel, und die Insel, auf die man zusteuerte, war nicht mehr zu sehen. Wütend saß Miss Jones da, die Lippen fest geschlossen, die Stirn finster gerunzelt; sie war nicht gewöhnt, daß man ihren Willen nicht respektierte. Dann ging der Mond auf, und sie unterschied die Umrisse des roten Ted, der sich oben auf den aufgehäuften Koprasäcken rekelte. Das Glimmen seiner Zigarette war seltsam unheimlich. Nun zeichnete sich die Insel vage am Himmel ab. Sie erreichten sie, und der Bootsmann fuhr das Schiff auf den Strand. Plötzlich packte Miss Jones ein kalter Schreck, die Wahrheit dämmerte ihr, und ihre Empörung verwandelte sich in Angst. Ihr Herz schlug heftig. Sie zitterte an allen Gliedern. Sie fühlte sich entsetzlich schwach. Nun begriff sie erst. War das mit dem zerbrochenen Propeller abgekartetes Spiel, oder handelte es sich wirklich um eine Panne? Sie war sich nicht klar darüber, aber eines wußte sie: der rote Ted würde sich die Gelegenheit zunutze machen. Der rote Ted würde sie vergewaltigen. Sie kannte seinen Charakter. Er war wie toll hinter den Frauen her. Ähnlich hatte er es auch mit dem Mädchen von der Mission gemacht – so ein nettes kleines Ding war sie und eine ausgezeichnete Schneiderin; man hätte ihn deshalb gerichtlich belangen können, und er wäre bestimmt zu mehreren Jahren Gefängnis verurteilt worden, bloß daß das unschuldige Kind immer wieder zu ihm zurückgekehrt war und sich erst dann über seine schlechte Behandlung beklagt hatte, als er es einer andern wegen verließ. Sie waren zum Contrôleur gegangen und hatten ihm den Fall unterbreitet, aber er hatte es abgelehnt, etwas zu unternehmen. Denn selbst wenn die Angaben des Mädchens stimmten, hatte er in seiner rohen Art erklärt, scheine es doch kein ausschließlich unerfreuliches Erlebnis für sie gewesen zu sein. Der rote Ted war ein Schuft. Und sie war eine weiße Frau. Wie groß war die Wahrscheinlichkeit, daß er sie verschonen würde? Gleich Null. Sie kannte die Männer. Aber sie mußte sich zusammennehmen. Sie mußte wachsam sein. Sie mußte Mut haben. Sie war entschlossen, ihre Tugend teuer zu verkaufen, und wenn er sie tötete – nun, eher sterben, als sich ergeben. Und wenn sie starb, würde sie in den Armen Jesu ruhen. Einen Augenblick blendete ein strahlendes Licht ihre Augen, und sie sah die Wohnstätten ihres himmlischen Vaters. Sie stellten sich ihr dar als eine prunkvolle Mischung zwischen einem Kinopalast und einem Bahnhof. Die Mechaniker und der rote Ted sprangen aus dem Boot und versammelten sich, bis zum Gürtel im Wasser, um den zerbrochenen Propeller. Sie benützte diesen unbeobachteten Moment, um ihren Instrumentenkasten aus dem Koffer zu holen. Sie nahm die vier Skalpelle, die er enthielt, heraus und versteckte sie in ihren Kleidern. Wenn der Rote sie anrührte, würde sie ihm ohne Zögern ein Skalpell ins Herz stoßen.

„So, Fräulein, jetzt steigen Sie lieber aus“, sagte Ted. „Am Strand werden Sie es besser haben als im Boot.“

Das fand sie auch. Dort hatte sie wenigstens Bewegungsfreiheit. Wortlos kletterte sie über die Koprasäcke. Er bot ihr seine Hand.

„Ich brauche Ihre Hilfe nicht“, sagte sie kühl.

„Sie können sich zum Teufel scheren“, antwortete er.

Es war ein bißchen schwer, aus dem Boot herauszukommen, ohne daß man die Beine entblößte, aber durch Anwendung großer Findigkeit brachte sie es schließlich fertig.

„Ein Glück, daß wir etwas zu essen mithaben. Wir werden ein Feuer anzünden, und dann stärken Sie sich und nehmen einen Schluck Arrak.“

„Ich möchte nichts. Ich will bloß in Ruhe gelassen werden.“

„Mir kann's gleich sein, ob Sie Hunger leiden oder nicht."

Sie antwortete nicht. Hocherhobenen Hauptes schritt sie den Strand entlang. Sie hielt das größte Skalpell in der geschlossenen Faust. Der Mond leuchtete ihr auf ihrem Weg. Sie suchte nach einem Platz, wo sie sich verstecken konnte. Der dichte Wald reichte fast bis an den äußersten Rand des Strandes; aber abgeschreckt durch seine Finsternis (schließlich war sie bloß eine Frau), wagte sie nicht, in seine Tiefen einzudringen. Man konnte nicht wissen, was für Tiere dort lauerten oder was für gefährliche Schlangen. Außerdem sagte ihr der Instinkt, daß sie besser täte, die drei bösen Männer stets im Auge zu behalten; dann war sie vor Überrumpelungen geschützt. Nach einer Weile fand sie eine kleine Grube. Sie schaute sich um. Die Männer schienen mit ihren eigenen Angelegenheiten beschäftigt zu sein und konnten sie nicht sehen. Sie schlüpfte hinein. Zwischen ihr und ihnen lag ein Felsen, der sie selbst verbarg, ihr jedoch gestattete, sie zu beobachten. Sie sah sie zwischen Boot und Strand hin- und hergehen und Gegenstände tragen. Sie sah, wie sie ein Feuer anzündeten. Es beleuchtete geisterhaft ihre Gestalten, und sie sah, wie sie sich herumsetzten und aßen und den Krug mit Arrak von einem zum andern wandern ließen. Sie würden sich alle betrinken. Was würde ihr dann geschehen? Mit dem roten Ted allein würde sie vielleicht fertig werden – das war denkbar –, obgleich seine Kraft ihr Angst einjagte, aber gegen drei würde sie machtlos sein. Eine wahnsinnige Idee kam ihr. Sollte sie zu Ted hingehen, sich vor ihm auf die Knie werfen und ihn anflehen, sie zu verschonen? Es mußte doch ein Funke von Anständigkeit in ihm sein. War sie nicht stets überzeugt gewesen, daß selbst der schlechteste Mensch nicht gänzlich verworfen war? Er mußte doch eine Mutter gehabt haben. Vielleicht hatte er eine Schwester. Aber ach, wie sollte man einen Mann rühren, der von sinnlicher Begierde verblendet und von Arrak berauscht war. Sie fing an, sich schrecklich schwach zu fühlen. Gleich würde sie in Tränen ausbrechen. Aber nein, das durfte nicht sein. Sie wandte ihre ganze Selbstbeherrschung auf. Sie biß sich die Lippen wund. Sie beobachtete die Männer wie ein Tiger seine Beute, nein, wie ein Lamm drei hungrige Wölfe beobachtet. Sie sah, wie sie mehr Holz aufs Feuer legten, und sie sah den roten Ted in seinem Sarong, sah sein Schattenbild auf dem

Boden tanzen. Wenn er an ihr seine Lust gestillt hatte, würde er sie vielleicht an die andern Männer weitergeben. Wie konnte sie zu ihrem Bruder zurückkehren, nachdem ihr solche Dinge widerfahren waren? Er würde natürlich verständnisvoll sein, aber würde er sie je wieder lieben und achten können wie zuvor? Es würde ihm das Herz brechen. Und er würde vielleicht denken, daß sie größeren Widerstand hätte leisten sollen. Vielleicht wäre es besser – aus Schonung für ihn – die Sache überhaupt zu verschweigen. Die Männer würden bestimmt nichts sagen. Es würde zwanzig Jahre Gefängnis für sie bedeuten. Aber was, wenn sie ein Kind bekäme! Bei diesem Gedanken ballte Miss Jones die Fäuste vor Schreck und schnitt sich beinahe mit dem Skalpell. Es würde die drei natürlich bloß wütend machen, wenn sie Widerstand leistete.

„Was soll ich nur tun?" rief sie. „Was habe ich getan, um so viel Unglück zu verdienen?"

Sie warf sich auf die Knie und flehte zu Gott, er möge sie retten. Sie betete lang und inbrünstig. Sie erinnerte Gott daran, daß sie Jungfrau sei – beiläufig einflechtend –, für den Fall, daß es seinem göttlichen Gedächtnis entfallen sein könnte, wie hoch St. Paulus diesen trefflichen Zustand geschätzt habe. Und dann spähte sie wieder hinter dem Felsen hervor. Die drei Männer schienen zu rauchen, und das Feuer war am Erlöschen. Nun kam die Zeit, da Teds lüsterne Gedanken sich der Frau zuwenden würden, die ihm auf Gnade und Ungnade ausgeliefert war. Sie unterdrückte einen Schrei. Denn plötzlich stand er auf und kam in ihre Richtung geschritten. Sie fühlte, wie sich alle Muskeln in ihrem Körper strafften, und obgleich ihr Herz rasend schlug, ließ ihre Hand das Skalpell nicht los. Aber der rote Ted war zu einem andern Zweck aufgestanden. Miss Jones errötete und schaute weg. Er schlenderte langsam zu den andern zurück, setzte sich wieder hin und hob den Arrakkrug an seine Lippen. Miss Jones folgte, hinter ihrem Felsen kauernd, mit gespannten Augen den Vorgängen. Die Unterhaltung um das Feuer versiegte allmählich, und sie erriet eher, als sie sah, daß die beiden Eingeborenen sich in Decken einwickelten, und sich zum Schlummern hinlegten. Sie begriff. Dies war der Augenblick auf den der rote Ted gewartet hatte. Wenn sie fest eingeschlafen waren, würde er vorsichtig aufstehen und lautlos, um die andern nicht zu wecken, zu ihr herüberschleichen. Hatte er vielleicht keine Lust, sie mit den andern zu teilen, oder wußte er, daß seine Tat dermaßen schurkisch war, daß er sie lieber vor ihnen geheimhielt? Schließlich war er ein Weißer und sie eine weiße Frau. Er konnte nicht so tief gesunken sein, sie der Gewalttätigkeit von Eingeborenen auszuliefern. Aber sein Plan, den sie so genau durchschaute, hatte sie auf eine Idee gebracht. Wenn sie ihn herankommen sah, würde sie schreien, so laut schreien, daß die beiden Mechaniker aufwachen mußten. Sie erinnerte sich nun, daß der ältere, obgleich ihm ein Auge fehlte, ein gutmütiges Gesicht hatte. Aber der rote Ted rührte sich nicht. Sie fühlte sich furchtbar müde. Sie fing an, zu fürchten, daß sie nicht die Kraft haben würde, Widerstand zu leisten. Sie hatte zuviel durchgemacht. Sie schloß für einen Moment die Augen.

Als sie sie wieder öffnete, war es heller Tag. Sie mußte eingeschlafen und durch die Aufregung dermaßen erschöpft gewesen sein, daß sie bis spät nach Sonnenaufgang geschlafen hatte. Sie war bestürzt. Sie versuchte aufzustehen, aber etwas verfing sich in ihren Füßen. Sie schaute nach und entdeckte, daß sie mit zwei leeren Koprasäcken zugedeckt war. Jemand war in der Nacht gekommen und hatte sie über sie gebreitet. Der rote Ted! Sie stieß einen kleinen Schrei aus. Der furchtbare Gedanke schoß ihr durch den Kopf, daß er sie im Schlaf vergewaltigt haben konnte. Nein. Das war unmöglich. Und doch war sie ihm preisgegeben gewesen. Schutzlos. Und er hatte sie geschont. Sie errötete heftig. Sie erhob sich, ganz steif von der Nacht, und brachte ihre derangierte Kleidung in Ordnung. Das Skalpell war ihrer Hand entfallen, und sie hob es auf. Sie nahm die beiden Koprasäcke und trat aus ihrem Versteck hervor. Dann ging sie zum Boot hin. Es schwamm in dem seichten Wasser der Lagune.

„Kommen Sie, Miss Jones“, sagte der rote Ted. „Wir sind fertig. Eben wollte ich Sie wecken.“

Sie konnte ihn nicht ansehen, aber sie fühlte, daß sie über und über rot war.

„Möchten Sie eine Banane?“ fragte er.

Ohne ein Wort zu sagen, nahm sie sie. Sie war sehr hungrig und aß die Frucht mit Genuß.

„Treten Sie auf diesen Felsen, dann können Sie einsteigen, ohne sich die Füße naß zu machen.“

Miss Jones war zumute, als müßte sie in die Erde sinken vor Scham, aber sie tat, wie ihr geheißen. Er packte ihren Arm – Himmel, seine Hand war wie eine eiserne Schraube, nie, nie hätte sie mit ihm kämpfen können – und half ihr in das Boot. Der Mechaniker setzte seine Maschine in Gang, und sie glitten aus der Lagune heraus. In drei Stunden waren sie in Baru.

An diesem Abend begab sich der rote Ted, nachdem er offiziell in Freiheit gesetzt worden war, in das Haus des Contrôleurs. Er hatte nun nicht mehr seine Gefängnistracht an, sondern das zerfetzte Trikotleibchen und die Khakihosen, in denen er arretiert worden war. Er hatte sich die Haare schneiden lassen, und sie sahen nun aus wie eine enganliegende krause rote Kappe. Er war magerer geworden. Er hatte seine aufgedunsene Schlappheit verloren und sah jünger und besser aus. Mr. Gruyter schüttelte ihm mit einem freundlichen Grinsen die Hand und forderte ihn auf, Platz zu nehmen. Der Boy brachte zwei Flaschen Bier.

„Es ist schön, daß Sie meine Einladung nicht vergessen haben, Roter", sagte der Contrôleur.

„Keine Gefahr. Sechs Monate habe ich mich auf diesen Abend gefreut."

„Auf Ihr Wohl, Ted."

„Auf das Ihre, Contrôleur."

Sie leerten ihre Gläser, und der Contrôleur klatschte in die Hände. Der Boy brachte zwei weitere Flaschen.

„Nun, ich hoffe, Sie tragen mir nichts nach wegen der Strafe."

„Nein, nein. Einen Moment war ich wütend, aber das habe ich längst überwunden. Eigentlich ist es mir gar nicht schlecht gegangen. Nette Mädels auf dieser Insel, Contrôleur. Sollten Sie sich mal ansehen."

„Sie sind unverbesserlich, Roter."

„Furchtbar."

„Gutes Bier, nicht?"

„Wunderbar."

„Lassen wir noch welches kommen."

Teds Rente war jeden Monat angekommen, und der Contrôleur hatte nun fünfzig Pfund beisammen. Wenn der Schaden, den er im Laden des Chinesen angerichtet hatte, bezahlt war, würden ihm immer noch mehr als dreißig Pfund übrigbleiben.

„Das ist eine ganze Menge Geld, Ted. Sie sollten etwas Vernünftiges damit anfangen."

„Will ich auch", antwortete Ted. „Es ausgeben."

Der Contrôleur seufzte.

„Nun, dazu ist das Geld ja schließlich da."

Der Contrôleur berichtete seinem Gast was sich inzwischen ereignet hatte. Es war nicht viel. Die Zeit spielte auf den Alas-Inseln keine große Rolle und die übrige Welt überhaupt keine.

„Irgendwelche neue Kriege irgendwo?" fragte der rote Ted.

„Nein. Jedenfalls ist mir nichts aufgefallen. Harry Jervis hat eine hübsche, große Perle gefunden. Er sagt, er wird tausend Pfund dafür verlangen."

„Hoffentlich kriegt er sie."

„Und Charlie McCormack hat geheiratet."

„War schon immer ein bißchen doof."

Plötzlich erschien der Boy und meldete, Mr. Jones lasse anfragen, ob er hereinkommen dürfe. Noch ehe der Contrôleur antworten konnte, trat Mr. Jones ein.

„Ich werde Sie nicht lange aufhalten", sagte er. „Ich habe mich den ganzen Tag bemüht, diesen guten Mann zu erreichen, und als ich hörte, er sei hier, habe ich mir erlaubt zu kommen."

„Wie geht es Miss Jones?" fragte der Contrôleur höflich. „Ich hoffe, die Nacht im Freien hat ihr nicht geschadet."

„Sie ist natürlich ein bißchen mitgenommen. Sie hat etwas Temperatur, und ich habe darauf bestanden, daß sie sich ins Bett legt; aber ich glaube nicht, daß es etwas Ernstes ist."

Die beiden Männer waren beim Eintritt des Missionars aufgestanden, und nun ging dieser auf den roten Ted zu und streckte ihm die Hand hin.

„Ich möchte Ihnen danken. Sie haben etwas Großes und Edles getan. Meine Schwester hat recht; man sollte immer nur das Gute in seinen Mitmenschen suchen; ich habe Sie in der Vergangenheit leider nicht richtig beurteilt: ich bitte Sie, mir zu verzeihen."

Er sprach sehr feierlich. Der rote Ted schaute ihn voll Erstaunen an. Er hatte es nicht verhindern können, daß der Missionar seine Hand erfaßte. Er hielt sie immer noch fest.

„Was, zum Teufel, meinen Sie eigentlich?"

„Meine Schwester war Ihnen preisgegeben, und Sie haben sie

verschont. Ich dachte, Sie wären durch und durch schlecht, und ich schäme mich nun. Sie war schutzlos. Sie war in Ihrer Gewalt. Sie haben Erbarmen geübt. Ich danke Ihnen aus tiefstem Herzensgrund. Weder meine Schwester noch ich werden es Ihnen je vergessen. Gott schütze und behüte Sie."

Mr. Jones Stimme zitterte ein wenig, und er wandte den Kopf ab. Er ließ Teds Hand fallen und ging rasch zur Tür. Der rote Ted sah ihm mit verständnislosem Gesicht nach.

„Was in aller Welt kann er meinen?" rief er.

Der Contrôleur lachte. Er versuchte, sich zu beherrschen, aber je mehr er sich bemühte, desto mehr mußte er lachen. Er schüttelte sich, und man sah, wie die Falten seines dicken Bauches unter dem Sarong wackelten. Er lehnte sich in seinem Stuhl zurück und wälzte sich von einer Seite auf die andere. Er lachte nicht nur mit dem Gesicht, er lachte mit dem ganzen Körper, und selbst die Muskeln seiner festen Beine bebten. Er hielt sich die schmerzenden Rippen. Der rote Ted betrachtete ihn mit finsteren Blicken, und da er nicht wußte, was eigentlich so komisch war, wurde er böse. Er packte eine der leeren Bierflaschen beim Halse.

„Wenn Sie nicht aufhören zu lachen, schlage ich Ihnen den Schädel ein", sagte er.

Der Contrôleur wischte sich das Gesicht ab. Er trank einen Schluck Bier. Er seufzte und stöhnte, weil ihm die Seiten weh taten.

„Er hat Ihnen gedankt, weil Sie die Tugend von Miss Jones respektiert haben", brachte er schließlich hervor.

„Ich?" rief der rote Ted.

Es dauerte eine ganze Weile, ehe der Gedanke in seinen Kopf eindrang, aber als er ihn endlich erfaßt hatte, wurde er rasend vor Zorn. Seinem Munde entströmte eine Flut der unflätigsten Obszönitäten, daß es einen Kaschemmenwirt erschreckt hätte.

„Diese alte Kuh", schloß er. „Wofür hält er mich eigentlich?"

„Sie stehen eben im Ruf, ein gefährlicher Frauenjäger zu sein, Roter", schmunzelte der Contrôleur.

„Nicht mit der Zange würde ich sie anrühren. Nicht im Traum. So eine Frechheit. Ich werde ihm den Hals umdrehen. Geben Sie mir mein Geld, Contrôleur, ich muß mich betrinken."

„Ich kann es Ihnen nicht verübeln", pflichtete ihm der Contrôleur bei.

„Diese alte Kuh", wiederholte Ted. „Diese alte Kuh."

Er war empört und schockiert. Die Zumutung beleidigte sein Anstandsgefühl.

Der Contrôleur hatte das Geld bei der Hand, und nachdem er Ted die Quittungen hatte unterzeichnen lassen, überreichte er es ihm.

„Gehen Sie und betrinken Sie sich, Roter", sagte er. „Aber lassen Sie sich warnen: wenn Sie das nächste Mal etwas anstellen, werden es zwölf Monate sein."

„Ich werde nichts anstellen", sagte der rote Ted düster. Er war voll Schwermut über das erlittene Unrecht. „Es ist eine Beleidigung", brüllte er den Contrôleur an, „eine unverschämte Beleidigung."

Er schlurfte aus dem Haus und murmelte im Gehen: „Schweine, dreckige Schweine." Der rote Ted blieb eine Woche betrunken. Mr. Jones besuchte den Contrôleur abermals.

„Ich bedaure tief, daß dieser arme Mensch seinen lasterhaften Lebenswandel wiederaufgenommen hat", sagte er. „Meine Schwester und ich sind furchtbar enttäuscht. Ich fürchte, es war nicht ganz richtig, ihm so viel Geld auf einmal zu geben."

„Es war sein Geld. Ich hatte kein Recht, es ihm vorzuenthalten."

„Kein gesetzliches Recht, wohl aber ein moralisches."

Er erzählte dem Cotrôleur die Geschichte jener furchtbaren Nacht auf der Insel. Mit weiblichem Instinkt hatte Miss Jones erkannt, daß der Mann, von sinnlicher Begierde entflammt, danach trachtete, sich an ihr zu vergreifen, worauf sie, zur äußersten Verteidigung entschlossen, sich mit einem Skalpell bewaffnet hatte. Er erzählte dem Contrôleur, wie sie gebetet und geweint und sich in einer Grube verborgen hatte. Ihre Seelenqual war unbeschreiblich gewesen; sie fühlte, daß sie die Schande nie und nimmer überleben würde. Sie zitterte und bebte, und jeden Augenblick dachte sie, er würde kommen. Und nirgends Hilfe, weit und breit; und endlich schlief sie ein. Sie war erschöpft, das arme Wesen – was sie durchgemacht hatte, war über Menschenkraft gegangen –, und als sie aufwachte, merkte sie, daß er sie mit Koprasäcken zugedeckt hatte. Er hatte sie schlafend angetroffen, und sicherlich war es ihre Unschuld, ihre Hilflosigkeit gewesen, die ihn gerührt hatte. Er brachte es nicht übers Herz, seinen ruchlosen

Vorsatz auszuführen. Sanft breitete er zwei Koprasäcke über sie und schlich leise davon.

„Das zeigt, daß tief in seinem Innern etwas Edles lebt. Meine Schwester hält es für ihre Pflicht, ihn zu retten. Wir müssen etwas für ihn tun."

„Nun, an Ihrer Stelle würde ich das nicht eher versuchen, als bis er mit seinem Geld fertig ist", sagte der Contrôleur, „und wenn er bis dahin noch nicht im Gefängnis sitzt, können Sie tun, was Ihnen beliebt."

Aber der rot Ted wollte nicht gerettet werden. Ungefähr vierzehn Tage nach seiner Freilassung saß er auf einem Stuhl vor dem Laden eines Chinesen und blickte gedankenlos die Straße hinab, als er Miss Jones herankommen sah. Er starrte sie einen Moment an, und wieder packte ihn das Erstaunen. Er murmelte etwas in sich hinein, und es ist nicht daran zu zweifeln, daß es etwas Respektloses war. Aber dann bemerkte er, daß Miss Jones ihn gesehen hatte, und wandte schnell den Kopf ab; er war sich jedoch bewußt, daß sie ihn ansah. Sie war schnell gegangen, nun aber verlangsamte sie ihren Schritt. Er fürchtete, daß sie stehenbleiben und ihn ansprechen würde. Rasch stand er auf und ging in den Laden. Mindestens fünf Minuten wagte er sich nicht wieder hinaus. Eine halbe Stunde später kam Mr. Jones selbst heran und ging mit ausgestreckter Hand geradewegs auf ihn zu.

„Guten Tag, Mr. Edward. Meine Schwester hat mir gesagt, daß ich Sie hier antreffen würde."

Der rote Ted warf ihm einen unwirschen Blick zu und verschmähte die dargebotene Hand. Er antwortete nicht.

„Wir würden uns so sehr freuen, wenn Sie am nächsten Sonntag zu uns zum Essen kommen würden. Meine Schwester ist eine hervorragende Köchin und wird Ihnen ein echt australisches Dinner vorsetzen."

„Scheren Sie sich zum Teufel", war Teds Antwort.

„Das ist nicht sehr liebenswürdig", sagte der Missionar, aber lachend, um zu zeigen, daß er nicht beleidigt war. „Sie besuchen doch von Zeit zu Zeit den Contrôleur, warum sollten Sie nicht auch uns besuchen? Es ist nett, hie und da mit einem Weißen zu sprechen. Wollen Sie das Vergangene nicht begraben sein lassen? Ich kann Sie eines sehr herzlichen Empfanges versichern."

„Ich habe keine Kleider, in denen ich mich sehen lassen kann", erwiderte der rote Ted mürrisch.

„Oh, das spielt keine Rolle. Kommen Sie, wie Sie sind."

„Nein, ich komme nicht."

„Warum nicht? Sie müssen einen Grund haben."

Der rote Ted war ein Mensch, der kein Blatt vor den Mund nahm. Er zögerte nicht, auszusprechen, was wir alle gerne sagen würden, wenn wir eine unwillkommene Einladung erhalten.

„Ich habe keine Lust."

„Das tut mir leid. Meine Schwester wird sehr enttäuscht sein."

Mr. Jones, entschlossen zu zeigen, daß er nicht im mindesten beleidigt war, nickte ihm munter zu und setzte seinen Weg fort. Achtundvierzig Stunden später traf in dem Haus, in dem der rote Ted wohnte, ein Paket ein – man wußte nicht woher –, das ein Paar weiße Hosen, ein Tennishemd, ein Paar Socken und Schuhe enthielt. Er war nicht gewohnt, Geschenke zu bekommen und als er den Contrôleur das nächstemal sah, fragte er ihn, ob er ihm die Sachen geschickt hätte.

„Keine Spur", entgegnete der Contrôleur. „Mich läßt der Zustand Ihrer Garderobe vollkommen gleichgültig."

„Wer, zum Teufel, kann es dann gewesen sein?"

„Nicht die leiseste Ahnung."

Miss Jones hatte von Zeit zu Zeit geschäftlich mit Mr. Gruyter zu sprechen, und kurz darauf erschien sie eines Morgens in seinem Büro. Sie war eine tüchtige Frau, und obzwar sie gewöhnlich von ihm verlangte, er solle etwas tun, wozu er keine Lust hatte, nahm sie seine Zeit nicht unnütz in Anspruch. Er war deshalb ein wenig erstaunt, als er entdeckte, daß sie in einer sehr belanglosen Angelegenheit gekommen war. Als er erklärte, daß er sich mit der Sache, von der die Rede war, nicht befassen könnte, versuchte sie nicht, wie es ihre Gewohnheit war, ihn zu überzeugen, sondern nahm seine Ablehnung als endgültig hin. Sie stand auf, um zu gehen, und fügte dann, als fiele es ihr eben noch ein, hinzu:

„Ach, Mr. Gruyter, mein Bruder legt großen Wert darauf, daß dieser Mann, der allgemein der rote Ted genannt wird, einmal zu uns zum Essen kommt, und ich habe ihm einen kleinen Einladungsbrief geschrieben. Ich glaube, er ist sehr schüchtern. Würden Sie uns vielleicht die Freude machen, auch zu kommen?"

„Das ist sehr liebenswürdig von Ihnen."

„Mein Bruder meint, wir müßten etwas für den armen Menschen tun."

„Der Einfluß einer Frau und so weiter", meinte der Contrôleur scheinheilig.

„Wollen Sie ihm zureden zu kommen? Ich bin sicher, wenn Sie ihm dazu raten und er einmal den Weg zu uns gefunden hat, wird er wiederkommen. Es ist so schade, einen jungen Menschen wie ihn einfach verkommen zu lassen."

Der Contrôleur schaute zu ihr auf. Sie war einige Zoll größer als er. Er fand sie sehr reizlos. Sie erinnerte ihn seltsam an nasse Wäsche, die auf einer Leine zum Trocknen aufgehängt ist. Seine Augen zwinkerten, aber sein Gesicht blieb ernst.

„Ich werde mein Bestes tun", sagte er.

„Wie alt ist er?" fragte sie.

„Seinem Paß nach einunddreißig."

„Und wie ist sein wirklicher Name?"

„Wilson."

„Edward Wilson", sagte sie weich.

„Es ist erstaunlich, daß er nach dem Leben, das er hier geführt hat, noch so gesund ist. Er muß Bärenkräfte haben."

„Rothaarige Menschen sind manchmal sehr stark", sagte Miss Jones, aber sie sprach, als brächte sie die Worte nur mit Mühe hervor.

„Das stimmt", sagte der Contrôleur.

Dann, ohne ersichtlichen Grund, wurde Miss Jones dunkelrot. Sie verabschiedete sich von dem Contrôleur und verließ sein Büro.

„Godverdomme!" sagte der Contrôleur.

Er wußte nun, wer dem roten Ted die Kleidungsstücke geschickt hatte.

Er begegnete ihm im Laufe des Tages und fragte ihn, ob er von Miss Jones gehört habe. Der rote Ted zog ein zerknülltes Papier aus der Tasche und hielt es ihm hin. Es war die Einladung. Sie lautete folgendermaßen:

Lieber Mr. Wilson!

Mein Bruder und ich würden uns sehr freuen, wenn Sie am nächsten Donnerstag um sieben Uhr dreißig zu uns zum Dinner kommen wollten. Der Contrôleur hat freundlichst versprochen, ebenfalls zu kommen. Wir haben ein paar neue Platten aus Australien, die Ihnen sicherlich gefallen werden. Ich war leider nicht sehr nett zu Ihnen, als wir uns das letztemal begegneten, aber ich kannte Sie damals noch nicht so gut und bin offenherzig genug zuzugeben, daß ich einen Fehler begangen habe. Ich hoffe, Sie werden mir verzeihen und mir erlauben, Ihre Freundin zu sein.

Mit bestem Gruß
Martha Jones

Der Contrôleur stellte fest, daß sie ihn mit Mr. Wilson anredete und sein, des Contrôleurs Versprechen, ebenfalls zu erscheinen, erwähnte, was ihm bewies, daß sie mit ihrer Äußerung, sie hätte den roten Ted bereits eingeladen, der Wahrheit ein wenig zuvorgekommen war.

„Was werden Sie tun?"

„Nicht hingehen, wenn Sie es wissen wollen. Verdammte Frechheit."

„Sie müssen den Brief beantworten."

„Fällt mir nicht ein."

„Jetzt hören Sie zu, Ted; Sie ziehen sich Ihre neuen Kleider an und kommen mir zuliebe mit. Ich bin verpflichtet zu gehen, und Sie werden mich doch nicht im Stich lassen wollen. Das eine Mal wird Ihnen schon nichts schaden."

Der rote Ted blickte den Contrôleur mißtrauisch an, aber das Gesicht des Holländers war ernst und sein Gehaben aufrichtig: Ted erriet nicht, daß er in seinem Innern vor Lachen fast zerplatzte.

„Was wollen diese Leute von mir haben, zum Teufel?"

„Weiß ich nicht. Das Vergnügen Ihrer Gesellschaft offenbar."

„Wird es was zu trinken geben?"

„Nein, aber kommen Sie um sieben Uhr zu mir, und wir wollen uns stärken, ehe wir aufbrechen."

„Na schön, wenn es sein muß", sagte der rote Ted mürrisch.

Der Contrôleur rieb sich die dicken Hände vor Vergnügen. Er versprach sich eine Menge Unterhaltung von dem Abend. Aber als der Donnerstag herankam und es sieben Uhr wurde, war der rote Ted stockbesoffen, und Mr. Gruyter mußte allein gehen. Er sagte dem Missionar und seiner Schwester die ungeschminkte Wahrheit. Mr. Jones schüttelte den Kopf.

„Ich fürchte, es nützt alles nichts, Martha, der Mann ist hoffnungslos."

Einen Augenblick war Miss Jones still, und der Contrôleur sah zwei Tränen an ihrer langen dünnen Nase herunterlaufen. Sie biß sich auf die Lippen.

„Niemand ist hoffnungslos. Jeder hat etwas Gutes in sich. Ich werde jeden Abend für ihn beten. Es wäre sündhaft, an der Macht Gottes zu zweifeln."

Vielleicht hatte Miss Jones recht, aber die göttliche Vorsehung schlug einen sehr eigenartigen Weg ein, ihre Ziele zu verwirklichen.

Der rote Ted fing an, schwerer zu trinken denn je. Man hatte soviel Verdruß mit ihm, daß selbst Mr. Gruyter die Geduld verlor. Allmählich gelangte er zu der Ansicht, daß er diesen Menschen nicht länger auf den Inseln dulden konnte, und beschloß, ihn mit dem nächsten Schiff, das in Baru anlegte, abzuschieben. Dann starb ein Mann unter mysteriösen Umständen, nachdem er von einer Reise nach einer der umliegenden Inseln zurückgekehrt war, und der Contrôleur erfuhr, daß es auf jener Insel mehrere Todesfälle gegeben hatte. Er sandte den Chinesen, welcher der offizielle Arzt der Inselgruppe war, hin, um die Angelegenheit zu untersuchen, und erhielt sehr bald Nachricht, daß die Todesfälle auf Cholera zurückzuführen waren. Zwei weitere erfolgten in Baru, und die Gewißheit zwang sich auf, daß es sich um eine Epidemie handelte.

Der Contrôleur fluchte hemmungslos. Er fluchte auf dänisch, er fluchte auf englisch, er fluchte auf malaiisch. Dann trank er eine Flasche Bier und rauchte eine Zigarre. Hierauf überlegte er. Er wußte, daß der Chinese nichts ausrichten würde. Er war ein kleiner, nervöser Mann aus Java, und die Eingeborenen würden sich weigern, seinen Befehlen zu gehorchen. Der Contrôleur war tüchtig und wußte sehr genau, was zu tun war, aber er konnte nicht alles allein tun. Er liebte Mr. Jones nicht, aber in diesem Augenblick war er doch froh, ihn bei der Hand zu haben, und ließ ihn uverzüglich rufen. In zehn Minuten war Mr. Jones in seinem Büro. Er kam in Begleitung seiner Schwester.

„Sie wissen, warum ich Sie zu mir gebeten habe, Mr. Jones“, sagte der Cotrôleur unvermittelt.

„Ja. Ich hatte auf Nachricht von Ihnen gewartet. Deshalb ist auch meine Schwester gleich mitgekommen. Wir sind bereit, Ihnen unsere ganzen Kräfte zur Verfügung zu stellen. Ich brauche Ihnen nicht zu sagen, daß meine Schwester es an Leistungsfähigkeit mit jedem Mann aufnehmen kann.“

„Ich weiß. Ich werde ihr sehr dankbar für ihre Hilfe sein.“

Sie begannen, ohne einen Augenblick Zeit zu verlieren, die nötigen Schritte zu besprechen. Spitalbaracken und Quarantänestationen mußten aufgerichtet werden. Die Einwohner der verschiedenen Dörfer der Inseln mußten gezwungen werden, die nötigen Vorsichtsmaßnahmen zu ergreifen. In vielen Fällen bezogen die infizierten Dörfer ihr Wasser von der gleichen Quelle wie die gesunden, und in jedem Fall mußte diese Schwierigkeit den Umständen entsprechend behandelt werden. Es war notwendig, Leute herumzuschicken, welche die Vorschriften bekanntgaben und darüber wachten, daß sie ausgeführt wurden. Nachlässigkeit mußte erbarmungslos bestraft werden. Das Schlimmste war, daß die Eingeborenen anderen Eingeborenen nicht gehorchten, und Befehle, die von einem eingeborenen Polizisten ausgegeben wurden, der selbst an ihrer Zweckmäßigkeit zweifelte, würden sicherlich nicht befolgt werden. Es war ratsam, Mr. Jones in Baru zu belassen, wo die Einwohnerzahl am größten war und sein ärztlicher Rat am meisten gebraucht wurde. Mr. Gruyter wiederum konnte nicht alle übrigen Inseln allein übernehmen, da ihn seine amtlichen Pflichten zwangen, mit seinem Hauptquartier in Verbindung zu bleiben. Miss Jones mußte also gehen; aber die Einwohner gewisser ferngelegener Inseln waren wild und heimtükkisch. Sie hatten dem Contrôleur schon viel zu schaffen gemacht. Er hatte Bedenken, eine Frau allein der Gefahr auszusetzen.

„Ich habe keine Angst“, sagte sie.

„Das glaube ich Ihnen. Aber wenn man Ihnen den Hals abschneidet, bekomme ich Scherereien, und überdies sind wir so knapp an Personal – ich möchte Ihre Hilfe nicht verlieren.“

„Dann soll Mr. Wilson mit mir kommen. Er kennt die

Eingeborenen besser als irgendeiner und kann ihre Dialekte sprechen."

„Der rote Ted?" Der Contrôleur starrte sie an. „Er hat gerade einen Anfall von Delirium tremens hinter sich."

„Ich weiß", antwortete sie.

„Sie wissen ja eine ganze Menge, Miss Jones."

Trotz des ernsten Augenblicks konnte Mr. Gruyter ein Lächeln nicht unterdrücken. Er warf ihr einen scharfen Blick zu, aber sie hielt ihm kühl stand.

„Nichts ist geeigneter, das Gehaltvolle, das in einem Menschen liegt, herauszuholen, als Verantwortung. Vielleicht ist das ein Weg, ihn umzuwandeln."

„Hältst du es für geraten, dich auf Tage einem so nichtswürdigen Menschen anzuvertrauen?" fragte der Missionar.

„Ich setze mein Vertrauen in Gott", antwortete sie ernst.

„Und glauben Sie, Ted wäre eine Hilfe?" fragte der Contrôleur. „Sie kennen ihn doch."

„Ich bin überzeugt davon." Dann errötete sie. „Schließlich weiß niemand besser als ich, daß er imstande ist, Selbstbeherrschung zu üben."

Der Contrôleur biß sich auf die Lippen.

„Lassen wir ihn holen."

Er gab dem Sergeanten einen Auftrag, und in ein paar Minuten war der rote Ted zur Stelle. Er sah krank aus. Offenbar hatte ihn sein letzter Anfall arg mitgenommen, und seine Nerven waren ganz kaputt. Er war in Fetzen und hatte sich seit einer Woche nicht mehr rasiert. Man konnte sich keinen verkommeneren Anblick vorstellen.

„Passen Sie auf, Roter", sagte der Contrôleur. „Es handelt sich um diese Cholerageschichte. Wir müssen die Eingeborenen zwingen, Vorsichtsmaßregeln zu ergreifen, und Sie sollen uns dabei helfen."

„Ich? Warum gerade ich, zum Teufel?"

„Ohne besonderen Grund. Menschenliebe vielleicht."

„Nichts zu machen, Contrôleur. Ich bin kein Philanthrop."

„Dann ist es gut. Das war alles, was ich wollte. Sie können gehen." Aber als der rote Ted sich der Tür zuwandte, wurde er von Miss Jones angehalten.

„Es war meine Anregung, Mr. Wilson. Sehen Sie, man will mich nach Labobo und Sakunchi schicken, und die Eingeborenen dort sind so komisch, daß ich Angst hatte, allein zu gehen. Ich hatte gedacht, wenn Sie mitkämen, würde ich sicherer sein."

Er betrachtete sie mit einem Blick äußersten Abscheus.

„Was geht es mich an, ob man Ihnen die Gurgel durchschneidet oder nicht?"

Miss Jones schaute ihn an, und ihre Augen füllten sich mit Tränen. Sie fing zu weinen an. Er stand da und blickte sie blöde an.

„Nein, Sie haben recht, es geht Sie nichts an." Sie riß sich zusammen und trocknete sich die Augen. „Es schadet nichts. Ich gehe allein."

„Ich finde es blödsinnig unvorsichtig von einer Frau, allein nach Labobo zu gehen."

Sie blickte ihn mit einem Lächeln an.

„Da mögen Sie recht haben, aber es ist mein Beruf, sehen Sie, und ich kann nicht anders. Es tut mir leid, wenn ich Sie mit meinem Ansinnen geärgert habe. Sie müssen es vergessen. Es war eine Zumutung, von Ihnen zu verlangen, sich einer solchen Gefahr auszusetzen."

Eine volle Minute stand der rote Ted da und schaute sie an. Er trat von einem Fuß auf den andern. Sein mürrisches Gesicht sah ganz finster aus.

„Der Teufel soll's holen", sagte er endlich. „Mögen Sie Ihren Willen haben. Ich komm mit. Wann wollen Sie aufbrechen?"

Sie machten sich am nächsten Tage auf die Reise, mit Medikamenten und Desinfektionsmitteln versehen, in dem Motorboot der Regierung. Mr. Gruyter sollte, sobald er die notwendigsten Arbeiten erledigt hatte, in einem Prahu in die entgegengesetzte Richtung fahren. Vier Monate wütete die Epidemie. Obgleich nichts unversucht blieb, sie zu lokalisieren, erfaßte sie eine Insel nach der anderen. Der Contrôleur hatte vom Morgen bis in die Nacht hinein zu tun. Kaum kehrte er von einer Insel nach Baru zurück, um dort nach dem Rechten zu sehen, mußte er auch schon wieder aufbrechen, um sich nach einer anderen zu begeben. Er verteilte Nahrungsmittel und Medizinen. Er sprach den erschreckten Menschen Mut zu. Er beaufsichtigte alles. Er arbeitete wie ein Hund. Den roten Ted sah er nie, aber er hörte von Mr. Jones, daß das Experiment über alle Erwartungen gut gelungen war. Der Tunichtgut nahm sich zusammen. Er verstand es, mit den Eingeborenen umzugehen: durch Überredungskunst, Festigkeit und gelegentlich durch den Gebrauch seiner Fäuste brachte er sie dazu, die für ihre Sicherheit notwendigen Schritte zu unternehmen. Miss Jones konnte sich zu dem Erfolg ihrer Kriegslist gratulieren. Aber der Contrôleur war zu müde, um sich darüber zu amüsieren. Als die Epidemie erloschen war, triumphierte er, weil von einer Bevölkerung von achttausend Menschen bloß sechshundert gestorben waren.

Endlich war er imstande, dem Distrikt ein Gesundheitsattest auszustellen.

Eines Abends saß er in seinem Sarong auf der Veranda seines Hauses und las einen französischen Roman, mit dem glücklichen Bewußtsein, daß er die Dinge nun wieder leichter nehmen durfte. Sein Hauptboy kam herein und meldete, daß der rote Ted ihn zu sprechen wünsche. Er erhob sich von seinem Stuhl und rief ihm mit lauter Stimme entgegen, er möge doch eintreten. Gesellschaft war gerade das, was ihm gefehlt hatte. Es war ihm durch den Kopf gegangen, daß es nett wäre, sich an diesem Abend zu betrinken, und er hatte den Gedanken mit Bedauern beiseite geschoben. Der rote Ted kam wie vom Himmel gesandt. Bei Gott, das sollte eine Nacht werden. Nach vier Monaten verdienten sie wahrhaftig ein bißchen Spaß. Der rote Ted trat ein. Er hatte einen sauberen weißen Anzug an. Er war rasiert. Er sah aus wie ein anderer Mensch.

„Aber Roter, Sie sehen ja aus, als kämen Sie aus der Sommerfrische, nicht wie einer, der monatelang cholerakranke Neger gepflegt hat. Und diese Eleganz! Ja, was ist denn mit Ihnen los?“

Der rote Ted lächelte ziemlich unsicher. Der Boy brachte zwei Flaschen Bier und schenkte ein.

„Trinken Sie, Ted“, sagte der Contrôleur, sein Glas ergreifend.

„Danke; ich glaube, ich nehme lieber nichts.“

Der Contrôleur stellte sein Glas hin und blickte Ted verblüfft an.

„Warum denn nicht, um Gottes willen? Haben Sie keinen Durst?“

„Ich hätte nichts gegen eine Tasse Tee.“

„Eine Tasse was?“

„Ich bin im Begriff, mir den Alkohol abzugewöhnen. Martha und ich werden heiraten.“

„Roter!“

Dem Contrôleur fielen beinahe die Augen aus dem Kopf. Er kratzte sich seinen kahlgeschorenen Schädel.

„Sie können doch nicht Miss Jones heiraten“, sagte er. „Niemand könnte Miss Jones heiraten.“

„Nun, ich werde es tun. Aus diesem Grunde bin ich hergekommen. Owen wird uns in der Kapelle trauen, aber wir möchten auch nach holländischem Gesetz getraut werden.“

„Das ist ein Witz, Roter, ein Witz. Wie kommen Sie auf so eine Idee?“

„Sie wollte es. Sie hat sich in jener Nacht auf der Insel, als der Propeller zerbrach, in mich verliebt. Sie ist gar nicht so übel, wenn man sie näher kennt. Es ist ihre letzte Chance, wenn Sie wissen, was ich meine, und ich möchte ihr etwas zuliebe tun. Außerdem braucht sie jemanden, der auf sie aufpaßt, das habe ich gemerkt.“

„Roter, Roter, ehe Sie sich's versehen, wird sie einen Missionar aus Ihnen machen.“

„Da hätte ich offen gestanden gar nichts dagegen, wenn wir unsere eigene kleine Mission hätten. Sie sagt, ich könne Wunder wirken unter den Eingeborenen. Sie sagt, ich erreiche in fünf Minuten mehr als Owen in einem Jahr. Sie sagt, sie hätte nie jemanden mit so viel Suggestionskraft gesehen wie mich. Es wäre doch schade, eine solche Gabe ungenützt zu lassen.“

Der Contrôleur blickte ihn an, ohne zu sprechen, und nickte drei-, viermal langsam mit dem Kopf. Sie hatte ihn gut eingewickelt.

„Ich habe bereits siebzehn bekehrt“, sagte der rote Ted.

„Sie? Ich wußte gar nicht, daß Sie ein gläubiger Christ sind.“

„Gott, eigentlich war ich es auch nicht. Aber als ich zu ihnen sprach und sie mir zuliefen wie eine Schar verlorener Schafe, wurde mir ganz komisch zumute. Verdammt, sagte ich mir, vielleicht ist doch etwas daran.“

„Sie hätten sie vergewaltigen sollen, Roter. Es hätte keine besondern Folgen für Sie gehabt. Ich hätte Ihnen drei Jahre aufgebrummt, und drei Jahre sind schnell vorbei.“

„Verraten Sie ihr niemals, daß ich nie im Leben auf diesen

Gedanken verfallen wäre, Contrôleur. Frauen sind empfindlich in diesem Punkt, und sie wäre furchtbar beleidigt, wenn sie es erführe."

„Ich hatte schon gemerkt, daß sie ein Auge auf Sie geworfen hatte, aber nie hätte ich mir gedacht, daß es so weit kommen könnte." Der Contrôleur ging aufgeregt auf der Veranda auf und ab. „Hören Sie mir zu, alter Junge", sagte er nach einiger Überlegung, „wir haben wundervolle Zeiten miteinander verlebt, und Freund ist Freund. Ich will Ihnen sagen, was Sie tun sollen. Ich leihe Ihnen das Regierungsboot, und Sie können sich auf einer der Inseln verstecken, bis der nächste Dampfer vorbeikommt. Ich werde Weisung geben, daß man Sie an Bord nimmt. Es bleibt Ihnen nur mehr eines übrig: auszureißen."

Der rote Ted schüttelte den Kopf.

„Es hat keinen Zweck, Contrôleur. Ich weiß, Sie meinen es gut, aber ich werde diese Frau heiraten, und dabei bleibt's. Sie wissen nicht, welche Freude es ist, die Reue in diesen armen Sündern zu wecken, und beim Himmel!, das Mädchen macht einen Siruppudding! Seit meiner Kindheit habe ich keinen solchen mehr gegessen."

Der Contrôleur war sehr verstört. Der besoffene Kerl war seine einzige Gesellschaft auf der Insel gewesen, und er wollte ihn nicht verlieren. Er entdeckte, daß er eine gewisse Zuneigung zu ihm gefaßt hatte. Am nächsten Tag besuchte er den Missionar.

„Was höre ich da von einer Heirat zwischen dem roten Ted und Ihrer Schwester?" fragte er. „Es ist das Merkwürdigste, das mir je im Leben vorgekommen ist."

„Aber es ist wahr."

„Sie müssen etwas dagegen unternehmen. Es ist der hellste Wahnsinn."

„Meine Schwester ist großjährig und kann schließlich tun, was ihr beliebt."

„Sie werden mir doch nicht einreden, daß Sie damit einverstanden sind? Sie kennen den roten Ted. Er ist ein Strolch, und daran ist nichts zu ändern. Haben Sie Ihre Schwester aufmerksam gemacht, was für ein Risiko sie auf sich nimmt? Sünder zur Reue zu bekehren – gut und schön –, aber es gibt doch Grenzen. Kann der Leopard sein Fell ändern?"

Zum erstenmal, seit er ihn kannte, entdeckte der Contrôleur ein Zwinkern in den Augen des Missionars.

„Meine Schwester ist eine sehr energische Person, Mr. Gruyter", antwortete er. „Seit jener Nacht auf der Insel war er verloren."

Der Contrôleur war sprachlos. Er war ebenso erstaunt wie der Prophet, als der Herr den Mund des Esels öffnete und ihn zu Balaam sagen ließ: „Was habe ich getan, daß du mich dreimal schlugst?" Vielleicht war Mr. Jones doch ein Mensch.

„Allejesus!" murmelte der Contrôleur.

Ehe das Gespräch noch fortgesetzt werden konnte, kam Miss Jones ins Zimmer gerauscht. Sie strahlte. Sie sah zehn Jahre jünger aus. Ihre Wangen glühten, und die Nase war fast überhaupt nicht rot.

„Sind Sie gekommen, um mir zu gratulieren, Mr. Gruyter?" rief sie, und ihr Gehaben war munter und mädchenhaft. „Sehen Sie, ich habe doch recht behalten. Sie können sich nicht vorstellen, wie großartig Edward sich in dieser schrecklichen Zeit benommen hat. Er ist ein Held. Er ist ein Heiliger. Selbst mich hat er in Erstaunen gesetzt."

„Ich hoffe, Sie werden sehr glücklich sein, Miss Jones. Ich wünsche Ihnen alles Gute."

„Ich weiß, daß ich es sein werde. Oh, es wäre sündhaft von mir, wenn ich daran zweifelte. Denn es ist der Herr, der uns zusammengeführt hat."

„Glauben Sie?"

„Ich weiß es. Überlegen Sie doch nur. Wenn die Cholera nicht gewesen wäre, hätte Edward sich nie gefunden. Wenn die Cholera nicht gewesen wäre, hätten wir einander nie kennengelernt. Nie habe ich die Hand Gottes deutlicher erkannt."

Der Contrôleur fand, daß es eine höchst umständliche Art war, zwei Menschen zusammenzuführen, wenn sie den Tod von sechshundert Menschen zur Voraussetzung hatte, aber da er in bezug auf das Walten der Allmacht nicht sonderlich versiert war, enthielt er sich jeder Bemerkung.

„Sie werden nie erraten, wo wir unsere Flitterwochen zubringen werden", sagte Miss Jones schelmisch.

„Java?"

„Nein. Wenn Sie uns Ihr Motorboot leihen, gehen wir auf die kleine Insel, wo wir Schiffbruch erlitten haben. Sie birgt zarte Erinnerungen für uns beide. Dort erfuhr ich zum erstenmal, wie vornehm und gut Edward ist. Und dort soll ihm seine Belohnung zuteil werden."

Dem Contrôleur verschlug es den Atem. Er verabschiedete sich rasch, denn das fühlte er: wenn er jetzt nicht sofort eine Flasche Bier trank, bekam er Krämpfe. Nie im Leben war er so schockiert gewesen.

Tugend

Ich sage immer: es geht doch nichts über eine gute Havanna. Als ich noch jung und sehr arm war und nur dann eine Zigarre rauchte, wenn ich eine geschenkt bekam, nahm ich mir fest vor, wenn ich zu Geld kommen sollte, jeden Tag nach dem Lunch und nach dem Dinner eine Zigarre zu rauchen. Dies ist der einzige Vorsatz meiner Jugend, den ich gehalten habe. Es ist die einzige Erfüllung meines Lebens, in die sich nie die Bitternis der Enttäuschung gemengt hat. Eine Zigarre nach meinem Sinn muß mild, aber aromatisch sein, weder so klein, daß sie zu Ende ist, ehe man auf den Geschmack kommt, noch so groß, daß sie lästig wird; sie muß so gerollt sein, daß sie zieht, ohne daß man sich bewußt anstrengt, und ein Blatt haben, das auf den Lippen nicht aufweicht und so gepflegt ist, daß es bis zum Schluß sein Aroma behält. Aber wenn man nach dem letzten Zug den formlosen Stumpf weggelegt hat und die letzte Rauchwolke blau in der Luft zergangen ist, dann wird man sich, wenn man ein fühlender Mensch ist, einer gewissen Melancholie nicht erwehren können. Wieviel Arbeit, Mühe und Anstrengung ist nun dahin, welche Sorgfalt, welch komplizierte Organisation war notwendig, um uns diese halbe Stunde des Genusses zu verschaffen! Dafür haben Menschen jahrelang unter tropischen Sonnen geschmachtet und Schiffe die sieben Meere durchpflügt. Derartige Überlegungen werden noch peinigender, wenn man ein halbes Dutzend Austern ißt (mit einer halben Flasche trockenen Weißweins), und sie werden fast unerträglich, wenn es sich um ein Lammkotelett handelt. Denn hier haben wir es mit Tieren zu tun, und wahrhaftig, die Vorstellung ist erschrekkend: seitdem die Erdoberfläche die Fähigkeit erlangt hat, Leben zu erhalten, sind in einer langen Reihe, von Generation zu Generation, durch Millionen und Millionen von Jahren Geschöpfe in die Welt gesetzt worden, um schließlich auf einer Platte mit zerstoßenem Eis oder auf einem silbernen Grill zu enden.

Es mag sein, daß eine träge Phantasie den tragischen Ernst, den das Verspeisen einer Auster birgt, nicht erfassen kann, und die Entwicklungsgeschichte lehrt, daß sich das Schaltier durch die Jahrtausende in einer Weise eigenbrötlerisch verhalten hat, die dem Mitgefühl wenig förderlich war. Eine solche Unzulänglichkeit hat etwas Beleidigendes für den ehrgeizigen Eroberungsgeist des Menschen, eine solche Selbstgenügsamkeit verletzt seine Eitelkeit. Aber wie man ein Lammkotelett betrachten kann, ohne Fragen in sich aufsteigen zu fühlen, vor denen selbst die Tränen versiegen, werde ich nie begreifen. Denn hier hat die Hand des Menschen tätig mitgewirkt, und die Geschichte der Rasse ist eng verknüpft mit dem zarten Bissen auf unserem Teller.

Und muß uns nicht selbst das Schicksal der menschlichen Kreatur bisweilen unbegreiflich erscheinen? Sehen wir uns diesen oder jenen Menschen an. Die gewöhnlichen, unscheinbaren Gestalten des Alltags: den Bankbeamten, den Straßenfeger, das ältliche Mädchen in den letzten Statistenreihen auf der Bühne. Ist es nicht seltsam zu bedenken, welch endlose Geschichte hinter jedem einzelnen liegt, welch tausendfältige Verkettung von Zufällen all diese Menschen im Laufe der Ereignisse aus dem urzeitlichen Schlamm just in diesem Augenblick an diesen bestimmten Ort geführt hat! Wenn es solch ungeheuerlicher Evolutionen bedurfte, um sie bis an diesen Punkt zu bringen, dann müßte man doch meinen, daß ihr Dasein von überwältigender Wichtigkeit sei, daß ihr Geschick dem ‚Geist des Lebens', oder wie die Macht, die sie hervorgebracht hat, auch heißen möge, etwas bedeute. Ein Unfall stößt ihnen zu. Der Faden ist abgerissen. Die Geschichte, deren Anfang auf den Weltbeginn zurückgeht, ist jäh zu Ende, und es sieht aus, als wäre sie ohne jeden Sinn. Ein Idiot könnte sie erzählt haben. Und ist es nicht unfaßbar, daß ein Ereignis von so tragischer Wichtigkeit durch die trivialsten Ursachen herbeigeführt werden kann? Die Geschichte zum Beispiel, die ich erzählen werde, hätte sich nie ereignet, wenn ich nicht eines Tages auf die andere Seite der Straße hinübergegangen wäre. Das Leben ist wahrhaftig höchst phantastisch, und es gehört schon ein besonderer Sinn für Humor dazu, es von der heiteren Seite zu nehmen.

Ich schlenderte an einem Frühlingsvormittag die Bond Street

hinunter, und da ich bis zum Lunch nichts Besonderes zu tun hatte, beschloß ich, einen kleinen Abstecher in das Auktionshaus von Sotheby zu machen, um mir die neu ausgestellten Sachen anzusehen. Es herrschte eine kleine Verkehrsstockung, und ich bahnte mir meinen Weg durch die Wagen. Als ich drüben ankam, stieß ich mit einem Mann zusammen, den ich von Borneo her kannte und der eben aus einem Hutladen trat.

„Hallo, Morton", sagte ich. „Seit wann sind Sie in England?"

„Seit einer Woche ungefähr."

Er war drüben in Borneo Distriktsoffizier. Der Gouverneur hatte mir eine Empfehlung an ihn gegeben, und ich hatte ihm geschrieben, daß ich die Absicht hätte, mich an dem Ort, in dem er lebte, eine Woche lang aufzuhalten und in dem von der Regierung eingerichteten Unterkunftshaus abzusteigen. Er holte mich vom Schiff ab und lud mich ein, bei ihm zu wohnen. Ich lehnte es ab. Wie konnte ich für acht Tage die Gastfreundschaft eines wildfremden Menschen in Anspruch nehmen? Ich scheute mich, ihm Kosten zu verursachen. Überdies versprach ich mir größere Freiheit, wenn ich für mich blieb. Aber er wollte nichts davon hören.

„Ich habe eine Menge Platz", sagte er, „und das Unterkunftshaus ist abscheulich. Seit sechs Monaten habe ich mit keinem Weißen mehr gesprochen, und meine eigene Gesellschaft wächst mir zum Halse heraus."

Aber als Morton mich dann wirklich hatte, als sein Motorboot uns an seinem Bungalow abgesetzt und er mir etwas zu trinken angeboten hatte, wußte er nicht das geringste mehr mit mir anzufangen. Mit einemmal packte ihn die Schüchternheit, und sein Gespräch, das bis dahin fließend und unbefangen gewesen war, versiegte. Ich bemühte mich nach Kräften, ihm über seine Fremdheit hinwegzuhelfen (das Geringste, was ich für ihn tun konnte, in seinem eigenen Haus), und so fragte ich ihn, ob er keine neuen Platten hätte. Er zog das Grammophon auf, und die Klänge einer Tanzplatte gaben ihm seine Sicherheit wieder.

Von seinem Bungalow aus sah man hinab auf den Fluß, und eine große Veranda bildete sein Wohnzimmer. Sie war in der unpersönlichen Art eingerichtet, die so charakteristisch für die Wohnung des Regierungsbeamten ist, der von heute auf morgen da- und dorthin versetzt werden kann, je nach den Erfordernissen des Dienstes. An den Wänden hingen als Zierde einheimische Kopfbedeckungen, Tiergeweihe, Musikinstrumente und Speere. Auf dem Bücherregal sah man Detektivromane und alte Zeitschriften. Ein Pianino mit gelben Tasten stand an der Wand. Das Zimmer war sehr unordentlich, aber nicht ungemütlich.

Leider kann ich mich nicht genau erinnern, wie er aussah. Er war jung, achtundzwanzig Jahre alt, wie ich später erfuhr, und hatte ein knabenhaftes anziehendes Lächeln. Ich verbrachte eine angenehme Woche mit ihm. Wir fuhren den Fluß hinauf und hinunter, und wir bestiegen einen Berg. Einmal frühstückten wir bei einem Pflanzer, der zwanzig Meilen entfernt wohnte, und jeden Abend gingen wir in den Klub. Die einzigen Mitglieder waren der Leiter einer Kautschukfabrik und seine Assistenten, aber sie verkehrten nicht untereinander, und nur auf Mortons Vorstellungen, ihn doch, um Gottes willen, nicht im Stich zu lassen, wenn er einen Gast hätte, wurde es möglich, eine Bridgepartie zusammenzustellen. Die Atmosphäre war gespannt. Wir kamen zum Dinner wieder nach Hause, hörten uns ein paar Grammophonplatten an und gingen schlafen. Morton hatte nur wenig im Büro zu tun. Eigentlich hätte man meinen müssen, daß ihm die Zeit nicht gerade kurzweilig durch die Finger lief, aber dem war nicht so. Er war voll Energie und Lebensfreude; es war sein erster Posten, und er war glücklich, unabhängig zu sein. Er hatte nur *eine* Sorge: Daß er versetzt werden könnte, ehe die Straße fertig war, an der er baute. Diese Straße bildete die Freude seines Herzens. Sie entsprang seiner eigenen Idee, und er hatte mit vieler Kunst die Regierung veranlaßt, ihm das nötige Geld zu bewilligen; er hatte selbst das Terrain geprüft und den Weg festgelegt. Er hatte ohne Hilfe die technischen Probleme gelöst, die sich darboten. Jeden Morgen, ehe er ins Büro ging, fuhr er in einem wackligen alten Ford an die Baustelle und überzeugte sich von den Leistungen der Kulis. Er dachte an nichts anderes. Er träumte in der Nacht von seiner Straße. Er errechnete, daß sie in einem Jahr fertig sein würde, und wollte erst dann seinen Urlaub nehmen. Wäre er ein Maler oder ein Bildhauer gewesen, der an einem Kunstwerk schafft, er hätte unmöglich mit größerer Hingabe arbeiten können. Ich glaube, es war diese Intensität, die ihm mein Herz gewann. Ich bewunderte seinen Eifer. Und die Besessenheit, mit der er sein Werk vorwärtstrieb und die ihn gleichgültig machte gegen Einsamkeit, Fortkommen und selbst gegen die Aussicht, die Heimat wiederzusehen, imponierte mir. Ich weiß nicht mehr, wie lang die Straße war – fünfzehn oder zwanzig Meilen etwa –, und ich weiß nicht mehr, welchem Zweck sie dienen sollte. Ich nehme an, daß Morton sich darüber nicht viel Kopfzerbrechen machte. Seine Leidenschaft war die Leidenschaft des Künstlers, sein Triumph der Triumph des Menschen über die Natur. Er lernte im Vorwärtsdringen. Er hatte gegen den Dschungel zu kämpfen, gegen Wolkenbrüche, die das Werk von Wochen vernichteten, gegen topographische Hindernisse; er mußte seine Arbeit organisieren und sie zusammenhalten; er hatte unzureichende Mittel. Aber seine Phantasie hielt ihn aufrecht. Die Arbeit mit ihren wechselvollen Ereignissen gestaltete sich zu einer Art von Epos, zu einer großen Saga mit unzähligen Episoden.

Nur eines machte ihm Kummer: der Tag war zu kurz. Er hatte Bürodienst, er war Richter, Steuereinnehmer, Vater und Mutter der Bevölkerung seines Distrikts – all dies mit achtundzwanzig Jahren! Er mußte hie und da Inspektionsreisen unternehmen, die ihn von seinem Wohnort fernhielten. Wenn er nicht selbst an Ort und Stelle war, wurde nichts geleistet. Er hätte am liebsten vierundzwanzig Stunden im Tag dabeistehn mögen, um die unwilligen Kulis anzutreiben. Kurz vor meiner Ankunft hatte sich etwas ereignet, was ihn mit freudiger Genugtuung erfüllte. Er hatte einem Chinesen für ein bestimmtes Arbeitsquantum Bedingungen angeboten, die dieser nicht annehmen wollte. Er verlangte mehr, als Morton zahlen konnte. Trotz endloser Diskussionen war es unmöglich, eine Einigung zu erzielen. Das Herz voll Wut, mußte Morton zusehen, wie seine Arbeit aufgehalten wurde. Er wußte keinen Ausweg. Eines Morgens nun, als er ins Büro ging, hörte er, daß es in der Nacht zuvor in einem chinesischen Spielhaus zu einer großen Schlägerei gekommen war. Ein Kuli war schwer verwundet worden, und sein Angreifer saß im Arrest. Dieser Angreifer war niemand anders als der widerspenstige Chinese. Er kam vor Gericht, seine Schuld wurde einwandfrei festgestellt, und Morton verurteilte ihn zu achtzehn Monaten Zwangsarbeit.

„Jetzt kann er ohne Bezahlung an der Straße bauen“, sagte Morton, und seine Augen blitzten.

Wir sahen den Burschen eines Morgens an der Arbeit. Seelenvergnügt schaufelte er in seinem Sträflingskittel darauf los. Er schien sein Mißgeschick nicht weiter schwerzunehmen.

„Ich habe ihm versprochen, ihm den Rest seiner Strafe zu schenken, sobald die Straße fertig ist", sagte Morton, „und er ist ganz zufrieden damit. Glück muß man haben, nicht?"

Als ich mich von Morton verabschiedete, forderte ich ihn auf, mich zu verständigen, wenn er nach England käme, und er versprach, es gleich nach seiner Landung zu tun. In dem Augenblick, da man derartige Einladungen ausspricht, meint man sie vollkommen ernst. Wird man aber beim Wort genommen, so bekommt man es mit der Angst: Die Leute sind so anders zu Hause als draußen. Dort sind sie unbefangen, herzlich und natürlich. Sie haben interessante Dinge zu erzählen. Man hat den Wunsch, sich für die genossene Gastfreundschaft dankbar zu erweisen. Doch es ist nicht leicht. Die Menschen, die in ihrer eigenen Umgebung amüsant waren, werden in der unseren äußerst langweilig. Sie sind befangen und schüchtern. Wir stellen sie unseren Freunden vor, und unsere Freunde finden sie hoffnungslos ledern. Sie bemühen sich nach Kräften, höflich zu ihnen zu sein, aber sie seufzen erleichtert auf, wenn die Fremden aufbrechen und die Konversation wieder ungehindert in den gewohnten Bahnen dahinplätschern kann. Ich vermute, daß die Leute aus den Kolonien diese Situation sehr bald begreifen – denn sie haben so manche bittere und demütigende Enttäuschung hinter sich –, jedenfalls machte ich die Erfahrung, daß sie nur selten einer Einladung Folge leisten, die in irgendeiner entlegenen Station des Dschungels so herzlich ausgesprochen und ebenso herzlich angenommen wurde. Aber mit Morton war es anders. Er war jung und ledig. In den meisten Fällen liegt die Schwierigkeit bei den Frauen; die andern Frauen betrachten kritisch ihre unmodernen Kleider, erfassen mit einem Blick das Provinzlerische ihrer Erscheinung und vernichten sie mit ihrer eisigen Gleichgültigkeit. Aber ein Mann kann Bridge spielen, er kann Tennis spielen und tanzen. Morton hatte Charme. Ich war überzeugt, daß er ohne weiteres in ein bis zwei Tagen Boden fassen würde.

„Warum haben Sie mich nicht von Ihrer Anwesenheit verständigt?"

„Ich wollte Sie nicht belästigen", lächelte er.

„Was für ein Unsinn!"

Selbstverständlich erschien er mir, als wir nun auf der Straße beisammenstanden und einen Augenblick plauderten, etwas ungewohnt. Ich hatte ihn immer nur in Khakihosen und Tennishemd gesehen oder beim Dinner, wenn wir vom Klub nach Hause kamen, in Sarong und Pyjamajacke, der bequemsten Abendkleidung, die je erdacht wurde. In seinem blauen Anzug sah er ein bißchen ungeschickt aus. Sein Gesicht wirkte sehr braun über dem weißen Kragen.

„Wie steht's mit der Straße?" fragte ich.

„Fertig. Ich dachte schon, ich würde meinen Urlaub aufschieben müssen. Knapp vor der Vollendung stellten sich uns allerlei Hindernisse in den Weg. Aber ich ließ nicht locker, und am Tag vor der Abreise bin ich mit meinem Ford die ganze Strecke, ohne anzuhalten, hin und zurück gesaust."

Ich lachte. Er war reizend in seiner Freude.

„Was haben Sie bisher unternommen in London?"

„Anzüge gekauft."

„Und fühlen Sie sich wohl?"

„Sehr. Es ist natürlich ein bißchen einsam, aber das stört mich nicht. Ich habe mir jeden Abend eine Vorstellung angesehn. Die Palmers – Sie kennen sie doch von Sarawak her – sollten gleichzeitig mit mir in London sein, und wir wollten gemeinsam allerhand unternehmen, aber sie mußten nach Schottland fahren, weil ihre Mutter krank wurde."

Diese Worte, so beiläufig hingesprochen, schnitten mir tief ins Herz. Das war die übliche Erfahrung. Es war erschütternd. Monate, lange Monate hindurch malten sich diese Leute ihre Ferien aus, und wenn sie dann das Schiff verließen, waren sie halb närrisch vor Freude und Erwartung. London – Läden, Klubs, Theater, Restaurants – London. Wie wollten sie es genießen! London. Es verschluckte sie. Eine fremde, turbulente Stadt, nicht feindselig, aber gleichgültig. Sie verloren sich in ihr. Sie hatten keine Freunde. Sie hatten nichts Gemeinsames mit den Menschen, die sie kennenlernten. Sie waren einsamer als im Dschungel. Es war ein Glücksfall, wenn sie in irgendeinem Theater zufällig mit einem Bekannten aus dem Fernen Osten zusammentrafen (gleichgültig, ob sie ihn dort für besonders sympathisch und unterhaltsam gehalten hatten oder nicht). Dann wurde ein Abend verabredet, man konnte wieder einmal herzlich lachen, man erzählte sich, wie großartig man sich amüsierte, man sprach von gemeinsamen Freunden und gestand sich zu guter Letzt – wenn auch nicht ohne Verlegenheit –, daß man über das Ende des Urlaubs gar nicht sehr betrübt sein werde und gern ins Joch zurückkehre. Sie fuhren zu ihren Familien und freuten sich natürlich ungemein, sie zu sehen, aber ganz so wie früher war es nicht mehr, man gehörte nicht mehr recht dazu; was war es doch für ein trübseliges Dasein, das die Leute in England führten! Es war wunderbar, nach Hause zu kommen, aber leben konnte man hier nicht mehr. Man dachte an den Bungalow mit seinem Blick auf den Fluß, an die Reisen durch den Distrikt und was für Spaß es machte, wenn man alle heiligen Zeiten einmal eine kleine Spritzfahrt nach Sandakan oder Kuching oder Singapur unternahm.

Und weil ich mich erinnerte, mit was für Erwartungen Morton den Zeitpunkt herbeigesehnt hatte, an dem er, nach Beendigung seiner Straße, endlich seinen Urlaub würde antreten dürfen, konnte ich mich eines schmerzlichen Gefühls nicht erwehren. Ich stellte mir vor, wie er allein in einem öden Klub zu Abend aß, wo er niemanden kannte, oder allein in einem Restaurant in Soho und wie er nachher in irgendein Theater ging, wo wiederum keiner neben ihm saß, mit dem er die Vorstellung genießen konnte oder mit dem er in der Pause ein Gläschen trank. Und gleichzeitig überlegte ich: Selbst wenn ich gewußt hätte, daß er in London war – ich hätte nichts für ihn tun können, weil ich in der letzten Woche nicht einen Augenblick frei gehabt hatte. Auch für diesen Abend war ich mit Freunden verabredet, und am nächsten Tag reiste ich ins Ausland.

„Was machen Sie heute abend?“ fragte ich ihn.

„Ich gehe in den ‚Pavillon‘. Es ist zwar immer furchtbar voll dort, aber ich habe in meiner Straße einen großartigen Mann entdeckt, der mir noch ein Billett verschafft hat.“

„Haben Sie nicht Lust, mit mir zu Abend zu essen? Ich gehe mit Bekannten ins Theater, und nachher wollen wir noch zu Ciro.“

„Furchtbar gern.“

Wir verabredeten uns für elf Uhr, und ich verließ ihn.

Ich hatte die Befürchtung, daß die Freunde, mit denen ich mich treffen wollte, für Morton nicht sehr unterhaltsam sein würden, denn sie waren ausgesprochen mittleren Alters, und von jungen Leuten wußte ich niemanden, den ich zu dieser Zeit des Jahres, so im letzten Moment, hätte herbeizitieren können. Keines von den jungen Mädchen, die ich kannte, wäre besonders entzückt gewesen, einen ganzen Abend mit einem schüchternen jungen Mann aus Malaya tanzen zu müssen. Auf die Bishops konnte ich mich verlassen, sie würden bestimmt nett zu ihm sein; und auf alle Fälle war es vergnüglicher für ihn, in einem Klub zu essen, wo eine gute Musikkapelle spielte und hübsche Frauen tanzten, als um elf Uhr nach Hause zu gehen und sich schlafen zu legen. Ich hatte Charlie Bishop kennengelernt, als ich Medizin studierte. Er war damals ein dünner kleiner Kerl gewesen, mit rötlichem Haar und stumpfen Zügen; er hatte schöne Augen, dunkel und leuchtend, aber er trug eine Brille. Sein Gesicht war rund, fröhlich und rot. Er interessierte sich sehr für Mädchen. Es mußte etwas an ihm sein, was ihnen gefiel, denn ohne Geld und ohne gutes Aussehen brachte er es fertig, eine ganze Reihe junger Dinger aufzutreiben, die seine schweifenden Wünsche befriedigten. Er war klug und eingebildet, rechthaberisch und jähzornig. Er hatte eine scharfe Zunge. Rückschauend möchte ich sagen, daß er ein ziemlich unangenehmer junger Mensch war, aber man langweilte sich nicht mit ihm. Jetzt, Mitte der Fünfzig, neigte er zur Korpulenz und war sehr kahl, aber seine Augen hinter den goldenen Brillenrändern leuchteten immer noch lebhaft. Er war dogmatisch, arrogant, streitsüchtig und bissig geblieben; und doch wirkte er gutmütig und amüsant. Wenn man einen Menschen sehr lange kennt, ärgert man sich über seine Eigenheiten nicht mehr. Man nimmt sie hin, wie man die eigenen Mängel hinnimmt. Von Beruf Pathologe, sandte er mir ab und zu ein dünnes Buch, das er eben veröffentlicht hatte. Es war streng, außerordentlich wissenschaftlich und grimmig mit Photographien von Bakterien illustriert. Ich las es nicht. Ich entnahm aus Bemerkungen, die hie und da über Charlie gemacht wurden, daß seine Ansichten unvernünftig wären. Ich glaube nicht, daß er bei den Mitgliedern seiner Profession sehr beliebt war. Er selbst machte kein Hehl daraus, daß er sie alle für eine Bande von unfähigen Idioten hielt. Aber er hatte seinen Beruf, der ihm an die sechs- bis achthundert Pfund im Jahr einbrachte, und scherte sich nicht den Teufel darum, was andere Leute von ihm dachten.

Ich hatte Charlie Bishop gern, weil ich ihn seit dreißig Jahren kannte, aber Margery, seine Frau, hatte ich gern, weil sie sehr nett war. Ich war seinerzeit, als er mir von seinen Heiratsabsichten Mitteilung gemacht hatte, äußerst erstaunt gewesen. Er war damals hart an die Vierzig und so unbeständig in seinen Neigungen, daß ich überzeugt war, er würde ledig bleiben. Er hatte eine große Schwäche für Frauen, war jedoch nicht im mindesten sentimental, und seine Ziele waren frivoler Natur. Seine Ansichten über das weibliche Geschlecht würden in unseren idealistischen Tagen als roh bezeichnet werden. Er wußte, was er wollte, und scheute sich nicht, es zu verlangen. Und wenn er es für Geld und gute Worte nicht bekommen konnte, zuckte er die Achseln und ging seiner Wege. Es war erstaunlich, daß sich trotz seines unansehnlichen Äußeren so viele fanden, die sich mit ihm einließen. Befriedigung für seine geistigen Bedürfnisse suchte er lediglich in einzelligen Organismen. Er war stets ein sachlicher Mensch gewesen, und als er mir erzählte, daß er im Begriff wäre, ein junges weibliches Wesen namens Margery Hobson zu heiraten, fragte ich ihn ohne Umschweife, warum. Er grinste.

„Drei Gründe. Erstens, weil sie nur unter dieser Bedingung mit mir schlafen will. Zweitens, weil ich mit ihr lachen kann wie eine Hyäne. Drittens, weil sie allein auf der Welt dasteht, ohne die geringste Verwandtschaft, und unbedingt jemanden haben muß, der für sie sorgt."

„Der erste Grund ist Unsinn und der zweite Flunkerei. Der dritte ist der wirkliche, und das besagt, daß sie dich unerbittlich beim Schopf hat."

„Du kannst schon recht haben."

„Aber noch schlimmer! Du freust dich sogar darüber!"

„Könntest du nicht morgen mit uns essen und sie dir ansehen? Du wirst es nicht bereuen."

Charlie war Mitglied eines Klubs, den ich zu jener Zeit häufig besuchte, und wir beschlossen, uns dort zum Lunch zu treffen. Ich fand, daß Margery eine sehr anziehende junge Person war. Sie zählte damals kaum dreißig. Sie war eine Dame. Ich stellte diese

Tatsache mit Befriedigung und nicht ohne eine gewisse Verwunderung fest, denn es war mir nicht entgangen, daß Charlie im allgemeinen Frauen bevorzugte, deren Erziehung etwas zu wünschen übrigließ. Sie war nicht schön, aber hübsch, mit vollem dunklem Haar, wundervollen Augen, guten Farben, und strahlte Gesundheit aus. Sie wirkte ehrlich, einfach und zuverlässig. Ich fühlte mich sofort zu ihr hingezogen. Es sprach sich gut mit ihr, und obgleich sie nichts besonders Geistreiches von sich gab, verstand sie, was die andern meinten; sie hatte Sinn für Humor und war nicht schüchtern. Sie machte den Eindruck von Tüchtigkeit und Sachlichkeit. Ihre so glückliche Ausgeglichenheit ließ auf ein gutes Temperament und eine ausgezeichnete Verdauung schließen.

Sie schienen außerordentlich entzückt voneinander zu sein. Ich hatte mich, als ich sie kennenlernte, gefragt, warum Margery diesen reizbaren Mann heiratete, der schon ziemlich kahl und keineswegs mehr der Jüngste war, aber bald entdeckte ich, daß sie es tat, weil sie ihn liebte. Sie neckten einander ausgiebig und lachten viel, und hin und wieder begegneten sich ihre Blicke bedeutungsvoller, als tauschten sie eine rasche heimliche Botschaft. Es war beinahe rührend.

Eine Woche später wurden sie auf dem Standesamt getraut. Es wurde eine sehr glückliche Ehe. Wenn ich jetzt, nach sechzehn Jahren, zurückblickte und überlegte, wie erfreulich sie ihr gemeinsames Leben gestaltet hatten, konnte ich mich eines anerkennenden Schmunzelns nicht erwehren. Niemals hatte ich ein verliebteres Paar gekannt. Sie verfügten nie über sehr viel Geld. Sie schienen es niemals zu brauchen. Ehrgeizige Wünsche kannten sie nicht. Ihr Leben war ein Picknick, das nie zu Ende ging. Sie wohnten in der kleinsten Wohnung, die ich je gesehen: ein kleines Schlafzimmer, ein kleines Wohnzimmer und ein Badezimmer, das auch als Küche diente. Sie hatten keinen Sinn für Häuslichkeit, aßen in Restaurants und nahmen nur das Frühstück zu Hause. Diese Wohnung war lediglich zum Schlafen bestimmt. Sie war bequem – obgleich eine dritte Person, die bei ihnen etwa einen Whisky mit Soda trinken wollte, kaum mehr Platz fand –, und Margery hielt sie mit Hilfe einer Aufwartefrau so weit instand, wie es bei Charlies Mangel an Ordnungssinn möglich war. Aber es war nicht ein einziger Gegenstand zu sehen, der eine persönliche Note zeigte. Sie besaßen ein winziges Auto, und sobald Charlie sich freimachen konnte, nahmen sie es mit über den Kanal und fuhren los, wohin es sie gerade lockte. Ein Koffer für jeden bildete das ganze Gepäck. Keine Panne störte sie, schlechtes Wetter gehörte mit zum Spaß, ein geplatzter Reifen erhöhte nur ihr Vergnügen, und wenn sie sich verirrt hatten und im Freien schlafen mußten, so fanden sie das herrlich.

Charlie fuhr fort, reizbar und streitsüchtig zu sein, aber er mochte sich aufführen, wie er wollte, nichts war imstande, Margerys wunderbare Ruhe zu stören. Sie konnte ihn mit einem Wort besänftigen. Sie konnte ihn immer noch zum Lachen bringen. Sie tippte seine Monographien über obskure Bakterien und las die Korrekturbogen seiner Artikel in den wissenschaftlichen Zeitschriften. Einmal fragte ich sie, ob sie manchmal Streit hätten.

„Nein", antwortete sie. „Wir haben eigentlich nie Anlaß dazu. Charlie ist ein Engel an Sanftmut."

„Unsinn", sagte ich, „er ist ein anmaßender, aggressiver, rechthaberischer Mensch."

Sie blickte zu ihm hinüber und lachte, und es war deutlich zu merken, daß sie meinen Ausfall für Originalitätssucht hielt.

„Laß ihn toben", meinte Charlie. „Er ist ein ahnungsloser Narr und gebraucht Worte, von deren Bedeutung er keinen Schimmer hat."

Sie waren reizend zueinander. Sie fühlten sich glücklich, wenn sie beisammen sein konnten, und trennten sich nie, wenn es nicht sein mußte. So viele Jahre sie auch schon verheiratet waren, Charlie setzte sich tagtäglich um die Mittagszeit in seinen Wagen und fuhr nach dem Westen, um mit Margery in einem Restaurant zu essen. Man lächelte über sie, gutmütig, aber vielleicht mit einem kleinen Kopfschütteln, denn wenn sie über ein Wochenende zu Freunden aufs Land eingeladen wurden, dann schrieben sie, daß sie gern kommen wollten, aber nur unter der Bedingung, daß sie ein gemeinsames Schlafzimmer bekämen. Sie hatten so viele Jahre miteinander gelebt, daß sie beide nicht mehr allein schlafen konnten. Es brachte die Gastgeber manchmal in Verlegenheit. Ehepaare verlangten im allgemeinen nicht nur getrennte Schlafzimmer, sondern nahmen es sogar übel, wenn ihnen zugemutet wurde, das gleiche Badezimmer zu benützen. Die modernen

Häuser waren auf eheliche Idyllen nicht eingerichtet, aber unter den Freunden der Bishops wurde es allmählich zur Selbstverständlichkeit: wenn man auf ihren Besuch Wert legte, mußte man ihnen ein gemeinsames Schlafzimmer geben. Manche Leute fanden das geschmacklos, außerdem war es meist nicht ganz einfach zu bewerkstelligen, aber die beiden waren als Gäste sehr beliebt, und es lohnte sich, ihre Eigenheiten mit in Kauf zu nehmen. Charlie war immer voll von Schnurren, und seine bissige Art brachte Leben in die Unterhaltung; und Margery war ausgeglichen und angenehm. Man hatte keine Mühe mit ihnen. Nichts war ihnen lieber, als wenn man sich nicht weiter um sie kümmerte und ihnen erlaubte, weite Spaziergänge miteinander zu unternehmen.

Wenn ein Mann heiratet, ist es die Regel, daß seine Frau ihn früher oder später seinen alten Freunden entfremdet; bei Margery war eher das Gegenteil der Fall. Sie gestaltete seine Beziehungen vertrauter. Er wurde durch sie toleranter und zu einem erträglichen Gesellschafter. Die beiden wirkten eigentlich nicht wie Eheleute, sondern amüsanterweise eher wie zwei Junggesellen mittleren Alters, die miteinander lebten; und wenn Margery, wie es sich oft ergab, die einzige Frau unter einem halben Dutzend von lauten, disputierenden und lästernden Männern war, dann wurde ihre Anwesenheit nicht als Störung, sondern eher als Gewinn empfunden. Wann immer ich nach England kam, suchte ich sie auf. Sie dinierten gewöhnlich in dem Klub, den ich erwähnt habe, und wenn ich gerade allein war, ging ich hin und leistete ihnen Gesellschaft.

Als wir uns an jenem Abend vor dem Theater trafen, teilte ich ihnen mit, daß ich Morton für nachher zu Ciro eingeladen hatte.

„Ich fürchte, ihr werdet ihn nicht unterhaltsam finden“, sagte ich. „Aber er ist ein netter Junge und war reizend zu mir, als ich in Borneo war.“

„Warum hast du mir nicht früher etwas davon gesagt?“ rief Margery. „Dann hätte ich ein junges Mädchen mitbringen können.“

„Wozu braucht er ein junges Mädchen?“ meinte Charlie. „Du wirst doch da sein.“

„Ob es einem jungen Mann Spaß machen kann, mit einer Dame vorgeschrittenen Alters, wie ich es bin, zu tanzen, bezweifle ich.“

„Unsinn. Was hat dein Alter damit zu tun?“ Er wandte sich an mich. „Hast du je eine Frau gesehn, die besser tanzt als sie?“

Das hatte ich gewiß, aber sie tanzte tatsächlich sehr gut. Sie war leicht und hatte ein ausgesprochenes Gefühl für Rhythmus.

„Nie!“ antwortete ich aus Herzensgrund.

Morton erwartete uns, als wir zu Ciro kamen. Er sah sehr sonnenverbrannt aus in seinem Abendanzug, und ich hatte den Eindruck, daß er sich in ihm nicht ganz zu Hause fühlte. Aber vielleicht schien es mir nur so, weil ich wußte, daß dieser Smoking vier Jahre lang, mit Mottenkugeln verpackt, in einem Zinnkoffer gelegen hatte. Auf alle Fälle bewegte sich Morton in seinen Khakihosen freier. Charlie Bishop war ein guter Sprecher und hörte sich gern zu. Morton war befangen. Ich gab ihm einen Cocktail zu trinken und bestellte Sekt. Ich hatte das Gefühl, daß er gern tanzen wollte, war mir aber nicht klar, ob es ihm einfallen würde, Margery aufzufordern. Mit scharfer Deutlichkeit wurde ich mir bewußt, daß wir drei einer anderen Generation angehörten.

„Mrs. Bishop ist eine wunderbare Tänzerin“, sagte ich.

„Wirklich?“ Er errötete ein wenig. „Wollen Sie mit mir tanzen?“

Sie stand auf, und sie begaben sich miteinander auf das Parkett. Margery sah an diesem Abend besonders reizend aus. Nicht die Spur von elegant – ihr einfaches schwarzes Kleid konnte unmöglich mehr als sechs Pfund gekostet haben –, aber sehr damenhaft. Sie hatte ungewöhnlich gute Beine, und damals wurden noch sehr kurze Röcke getragen. Sie war wohl ein wenig geschminkt, wirkte jedoch im Gegensatz zu den anderen Frauen sehr natürlich. Das kurzgeschnittene Haar stand ihr; es war noch ohne den kleinsten Anflug von Weiß und hatte einen schönen Schimmer. Sie war keine hübsche Frau, aber ihr gutes Wesen, ihre Frische und ihre Gesundheit erweckten, wenn auch nicht die Illusion, daß sie es dennoch sei, zumindest die Überzeugung, daß es nicht das geringste zu bedeuten habe. Als sie an den Tisch zurückkam, waren ihre Wangen gerötet und ihre Augen leuchteten.

„Wie tanzt er?“ fragte ihr Gatte.

„Himmlisch.“

„Das ist Ihr Verdienst“, sagte Morton.

Charlie fuhr in seiner Unterhaltung fort. Er hatte eine sarkastische Art, und es war fesselnd, ihm zuzuhören, weil er sich selbst so lebhaft für seinen Gegenstand interessierte. Aber er sprach über Dinge, von denen der andere nichts wußte, und obgleich Morton sich höflich bemühte, zu folgen, merkte ich doch, daß er viel zu hingenommen war von der angeregten Stimmung ringsumher, der Musik und dem Sekt, als daß er dem Gespräch viel Aufmerksamkeit hätte schenken können. Als die Kapelle wieder einsetzte, suchten seine Blicke sofort die Augen Margerys. Charlie fing den Blick auf und lächelte.

„Tanz mit ihm, Margery. Gut für deine Linie, wenn du dir Bewegung machst."

Sie entfernten sich, und Charlie sah ihr einen Augenblick liebevoll nach.

„Margery ist selig. Sie tanzt so leidenschaftlich gern, und mir nimmt's den Atem. Netter Junge, das."

Mein Abend wurde ein richtiger Erfolg, und als Morton und ich uns von den Bishops verabschiedet hatten und noch ein Stückchen durch die Straßen schlenderten, dankte er mir auf das wärmste. Er hatte sich großartig unterhalten. Am nächsten Morgen reiste ich ins Ausland.

Es tat mir leid, daß ich nicht mehr für Morton hatte tun können. Bei meiner Heimkunft würde er voraussichtlich schon auf dem Rückweg nach Borneo sein.

Hier und da dachte ich noch flüchtig an ihn, aber als ich im Herbst nach Hause zurückkehrte, war er meinem Gedächtnis schon wieder entschwunden. Mein Londoner Aufenthalt mochte ungefähr eine Woche gedauert haben, als ich eines Abends zufällig in den Klub kam, dem auch Charlie Bishop angehörte. Er saß mit drei, vier Männern beisammen, die auch ich kannte, und ich trat an ihren Tisch. Ich hatte sie alle seit meiner Rückkehr noch nicht gesehen. Einer von ihnen, Bill Marsh, mit dessen Frau Janet ich sehr befreundet war, bot mir ein Glas Whisky an.

„Wo kommst denn du so plötzlich her?" fragte Charlie. „Hab dich eine Ewigkeit nicht mehr gesehen."

Ich merkte sofort, daß er betrunken war. Das wunderte mich. Charlie war dem Alkohol niemals abgeneigt gewesen. Aber er konnte eine Menge vertragen und schlug eigentlich nie über den

Strang. In längstvergangenen Jahren, als wir noch sehr jung gewesen waren, hatte er sich manchmal einen Schwips geleistet, aber wohl eher, um zu zeigen, was für ein schneidiger Junge er war. Es wäre unfair, einem Menschen die Ausschreitungen seiner Jugend vorzuwerfen; immerhin konnte ich mich erinnern, daß Charlie im betrunkenen Zustand nie sehr angenehm gewesen war: seine natürliche Aggressivität pflegte sich dann zu verschärfen, er sprach zu viel und zu laut; er wurde zänkisch. Gegenwärtig war er äußerst dogmatisch, stellte die gewagtesten Behauptungen auf und ließ keinen Widerspruch aufkommen. Die andern wußten, daß er betrunken war, und kämpften zwischen der Gereiztheit, die seine Unleidlichkeit in ihnen wachrief, und der gutmütigen Toleranz, die sein Zustand erforderte. Er bot kein erfreuliches Bild. Ein Mensch in diesem Alter, kahl und fett, mit einer Brille, ist widerwärtig, wenn er betrunken ist. Er war im allgemeinen ziemlich auf sein Äußeres bedacht, aber nun war er unordentlich und über und über mit Zigarrenasche bestreut. Charlie rief den Kellner und bestellte abermals einen Whisky. Der Kellner war seit dreißig Jahren im Klub.

„Sie haben noch einen vor sich stehen, Sir", sagte er.

„Kümmern Sie sich um Ihre eigenen Angelegenheiten", schrie Charlie. „Wenn Sie mir nicht augenblicklich einen Doppelwhisky bringen, zeige ich Sie beim Klubsekretär an."

„Sehr wohl, Sir", sagte der Kellner.

Charlie leerte sein Glas auf einen Zug, aber seine Hand war unsicher, und etwas von dem Whisky ging daneben. „Na, Charlie, mein Junge, jetzt wollen wir aber langsam aufbrechen", meinte Bill Marsh. Er wandte sich zu mir. „Charlie wohnt nämlich jetzt für eine Weile bei uns."

Mein Erstaunen wurde noch größer. Aber ich spürte, daß da etwas nicht stimmte, und schwieg.

„Wir können gleich gehn", sagte Charlie. „Ich will nur schnell noch einen Whisky trinken. Dann schlafe ich besser."

Es sah mir nicht danach aus, als ob die Gesellschaft in absehbarer Zeit aufbrechen würde. Deshalb stand ich auf und erklärte, daß ich noch ein Stück zu Fuß gehen wolle.

„Da fällt mir ein", rief Bill, als ich mich schon verabschiedet hatte, „könntest du nicht morgen abend zu uns zum Essen kommen? Wir werden ganz unter uns sein: nur ich, Janet und Charlie."

„Doch", antwortete ich, „gern."

Es war klar, daß sich etwas ereignet hatte. –

Die Marshs wohnten in einer Straße an der Ostseite des Regents Park. Das Mädchen, das mir die Tür öffnete, bat mich in Bills Zimmer. Er erwartete mich.

„Ich wollte dich gern allein sprechen, ehe wir hinaufgehen", fing er gleich nach der Begrüßung an. „Du weißt doch, daß Margery Charlie verlassen hat?"

„Nein!"

„Es hat ihn furchtbar getroffen. Janet wollte ihn nicht allein lassen in seiner scheußlichen kleinen Wohnung, und da haben wir ihn für eine Weile zu uns genommen. Wir haben getan, was wir konnten. Er trinkt wie ein Fisch. Seit vierzehn Tagen hat er kein Auge geschlossen."

„Aber sie wird doch wieder zu ihm zurückkommen?"

Ich war wie vor den Kopf geschlagen.

„Nein. Sie hat sich in einen jungen Menschen namens Morton verliebt."

„Morton? Wer ist denn das?"

Ich wäre nie auf den Gedanken gekommen, daß es sich um meinen Freund aus Borneo handeln könnte.

„Durch dich hat sie ihn doch kennengelernt, zum Teufel! Da hast du was Schönes angerichtet! Komm, laß uns hinaufgehen. Ich wollte dich bloß vorbereiten."

Er öffnete die Tür, und wir verließen das Zimmer.

Ich war völlig verwirrt.

„Ja, aber...", stammelte ich.

„Frag Janet. Sie weiß alles. Mir geht das Verständnis ab für solche Dinge. Ich finde Margery unentschuldbar, und er muß ein Schwein sein."

Er ging voraus und führte mich in das Empfangszimmer. Janet Marsh erhob sich bei meinem Eintritt und kam mir mit ausgestreckten Händen entgegen. Charlie saß am Fenster und las die Abendzeitung; er legte sie fort, als ich zu ihm hintrat und ihn begrüßte. Er war vollkommen nüchtern und sprach in seiner gewohnten, etwas herausfordernden Art, aber ich bemerkte, daß er sehr krank aussah. Wir tranken ein Glas Sherry und setzten uns zu Tisch. Janet war eine Frau von Geist. Sie war groß, blond und angenehm anzusehen. Sie hielt das Gespräch geschickt im Gang. Als wir Männer nach dem Dinner noch ein Glas Portwein tranken, verließ sie uns mit der Ermahnung, ja nicht länger als zehn Minuten auszubleiben. Bill, der für gewöhnlich etwas schweigsam war, bemühte sich eifrig zu reden. Ich unterstützte ihn nach besten Kräften. Zwar fühlte ich mich gehemmt, weil ich nicht genau wußte, was vorgefallen war, aber es war klar, daß die Marshs Charlie ablenken wollten. Und auch ich tat, was ich konnte, um ihn zu zerstreuen. Er zeigte sich willig, die ihm zugeschriebene Rolle zu spielen; mit der gewohnten Freude am Dozieren redete er vom Standpunkt des Pathologen über einen Mord, der damals gerade die Öffentlichkeit beschäftigte. Aber er sprach ohne Leben. Er war eine hohle Muschel, und man hatte, obgleich er sich seinen Gastgebern zuliebe zum Sprechen zwang, doch den Eindruck, daß seine Gedanken anderswo weilten. Es war eine Erlösung, als uns ein Klopfen von oben anzeigte, daß Janet ungeduldig wurde. Die Gegenwart einer Frau würde die Situation erleichtern. Wir gingen hinauf und spielten Bridge. Als es an der Zeit war, sich zu verabschieden, erklärte Charlie, daß er mich bis Marylebone Road begleiten würde.

„Oh, Charlie, es ist spät. Sie sollten wirklich lieber zu Bett gehn", sagte Janet.

„Ich werde besser schlafen, wenn ich zuvor ein Stückchen gegangen bin", antwortete er.

Sie blickte ihn bekümmert an. Man kann einem fünfundfünfzigjährigen Professor der Pathologie nicht verbieten, einen kleinen Spaziergang zu machen, wenn es ihn danach verlangt. Sie warf ihrem Mann einen ermunternden Blick zu.

„Dir würde ein bißchen frische Luft auch nicht schlechttun, Bill." Die Bemerkung war taktlos. Frauen gehen oft zu weit in ihrer Fürsorglichkeit.

Charlie warf ihr einen unwilligen Blick zu.

„Es besteht nicht die geringste Veranlassung, Bill auf die Straße zu schleppen", sagte er mit einer gewissen Heftigkeit.

„Habe auch gar nicht die Absicht, mich mitschleppen zu lassen", sagte Bill lächelnd. „Ich bin todmüde und gehe in die Klappe."

Ich vermute, daß es nach unserem Aufbruch eine kleine Auseinandersetzung zwischen Bill Marsh und seiner Frau gegeben hat.

„Sie war furchtbar nett zu mir", sagte Charlie, während wir längs des Gitters dahinschlenderten. „Ich weiß nicht, was ich ohne sie angefangen hätte. Seit vierzehn Tagen habe ich nicht mehr geschlafen."

Ich gab meinem Bedauern Ausdruck, fragte aber nicht nach der Ursache, und wir gingen schweigend weiter. Sicherlich war er nur deshalb mitgekommen, um sich mit mir auszusprechen; aber ich wollte ihn nicht bedrängen. Ich hatte den Wunsch, ihm meine Teilnahme zu zeigen, fürchtete jedoch, etwas Falsches zu sagen. Er sollte nicht glauben, daß ich darauf aus war, ihm Bekenntnisse zu entlocken. Was sollte ich tun? Ob er vielleicht doch eine Frage von mir erwartete? Es schien mir unwahrscheinlich. Es lag nicht in seiner Art, sich um die Dinge herumzudrücken. Offenbar überlegte er, was für Worte er wählen sollte. Wir erreichten die Ecke.

„An der Ecke kannst du ein Taxi bekommen", sagte er. „Ich laufe noch ein Stückchen. Gute Nacht."

Er nickte mir zu und ließ mich stehen. Ich war verblüfft. Es blieb mir nichts anderes übrig, als weiterzugehen, bis ich einen Wagen bekam.

Am nächsten Morgen saß ich in der Badewanne, als die Telefonglocke schrillte und mich aus dem Wasser riß. Ein Handtuch um den nassen Leib, nahm ich den Hörer ab. Es war Janet.

„Also, wie findest du das Ganze?" fragte sie. „Ihr scheint ja noch lange aufgeblieben zu sein, gestern abend. Ich habe Charlie um drei Uhr nach Hause kommen gehört."

„Wir haben uns an der Ecke von Marylebone Road getrennt", antwortete ich. „Er hat mir nicht das geringste erzählt."

„Nicht!?"

Ein Etwas in Janets Stimme ließ mich befürchten, daß sie gute Lust auf ein längeres Gespräch mit mir hatte. Offenbar stand das Telefon neben dem Bett.

„Ach", sagte ich schnell, „ich bade gerade."

„Und du hast ein Telefon im Badezimmer?" Aus ihrer Stimme klang lebhaftes Interesse und ein klein wenig Neid.

„Nein, keineswegs", antwortete ich kurz und abweisend. „Ich triefe, und der Teppich ist schon ganz naß."

„Oh!" Enttäuschung und eine Spur von Gereiztheit lag in dem Ton. „Wann kann ich dich also sprechen? Kannst du um zwölf bei mir sein?"

Es paßte mir zwar schlecht, aber ich war entschlossen, mich augenblicklich unter keinen Umständen auf Diskussionen einzulassen.

„Ja, adieu."

Ich hängte ab, ehe sie noch imstande war, ein Wort hinzuzufügen. Wenn die Seligen im Himmel dereinst das Telefon benützen, dann werden sie sagen, was zu sagen ist, und nicht eine Silbe mehr.

Ich hatte Janet aufrichtig gern, aber ich wußte, daß es nichts gab, was sie mehr belebte als die Schicksalsschläge ihrer Freunde. Sie war rührend bemüht, ihnen zu helfen, aber sie stellte die unerbittliche Forderung, voll und ganz in ihr Unglück eingeweiht zu werden. Sie war die personifizierte ‚Freundin in der Not'. Die Angelegenheiten anderer Leute waren ihr Speise und Trank. Es war unmöglich, sich zu verlieben, ohne sie als Vertraute mit in Kauf zu nehmen, oder in eine Scheidungsaffäre verwickelt zu sein, ohne zu entdecken, daß auch sie ihre Hand im Spiel hatte. Trotz alledem war sie eine sehr nette Frau. Als ich nun um die Mittagsstunde in Janets Empfangszimmer erschien und die erwartungsvolle Spannung bemerkte, mit der sie mich begrüßte, konnte ich ein inneres Schmunzeln nicht unterdrücken. Sie war außer sich über die Katastrophe, welche die Bishops heimgesucht hatte, aber sie fühlte sich in ihrem Element. Sie brannte darauf, einen Uneingeweihten über alle Einzelheiten zu orientieren. In ihrer sachlich-erwartungsvollen Art glich sie einer Mutter, die sich mit dem Hausarzt über die erste Entbindung ihrer verheirateten Tochter unterhält. Die Sache war ernst, sehr ernst sogar, und niemand sollte meinen, daß Janet sie nicht wichtig genug nahm: aber sie war entschlossen, die Sensation bis ins letzte auszukosten.

„Ich war natürlich entsetzt, als Margery mir sagte, daß sie sich von Charlie trennen wollte." Sie sprach mit der Geläufigkeit eines Menschen, der das gleiche mindestens zehnmal in genau den gleichen Worten wiedererzählt hat.

„Wie haben diese beiden Menschen aneinander gehangen! Wie

haben sie sich verstanden! Es war eine vollkommene Ehe. Natürlich, auch Bill und ich stehen sehr gut miteinander. Aber hie und da zanken wir uns furchtbar. Umbringen könnte ich ihn manchmal."

„Deine Beziehungen zu Bill interessieren mich nicht", unterbrach ich. „Erzähle mir von den Bishops. Das ist der Grund meines Hierseins."

„Ich *mußte* dich sehen. Schließlich bist du der einzige Mensch, der Licht in diese Geschichte bringen kann."

„Um Gottes willen, hör auf. Bis zum gestrigen Abend war ich ahnungslos."

„Aha! Dann hatte ich also doch recht. Es fiel mir nämlich plötzlich ein, daß du am Ende nichts weißt und daß man dich vor einem Fauxpas bewahren muß."

„Wie wäre es, wenn du von vorn anfingest?" fragte ich.

„Bitte, das tue ich. Von *dir* ist nämlich das ganze Unglück ausgegangen. *Du* hast den jungen Menschen vorgestellt. Deshalb war ich ja so wild darauf, dich zu sprechen. Du kennst ihn. Ich habe ihn nie gesehen. Ich weiß nichts weiter über ihn, als was Margery mir erzählt hat."

„Um wieviel Uhr ißt du zu Mittag?" fragte ich.

„Halb zwei."

„Ich ebenfalls. Erzähle weiter."

Aber meine flüchtige Bemerkung hatte Janet auf eine Idee gebracht.

„Sag, könntest du deinen Lunch nicht absagen? Ich sage auch ab. Wir essen dann hier eine Kleinigkeit. Es ist bestimmt ein bißchen kaltes Fleisch im Haus. Dann hätten wir es nicht nötig, uns zu beeilen. Ich muß erst um drei beim Friseur sein."

„Nein, nein, nein", wehrte ich ab. „Das kann ich nicht. Spätestens zwanzig nach eins gehe ich von hier fort."

„Dann kann ich nur in flüchtigen Umrissen erzählen. Was hältst *du* von Gerry?"

„Gerry? Wer ist das?"

„Na, Gerry Morton. Er heißt doch Gerald."

„Habe ich nie gewußt."

„Wieso? Du hast doch bei ihm gewohnt. Hast du denn niemals Briefe herumliegen sehen?"

„Wahrscheinlich ja; aber ich habe sie nicht gelesen", antwortete ich mit einer gewissen Schärfe.

„Ach, sei doch nicht so dumm. Ich meine natürlich die Kuverts. Wie ist er denn?"

„Sehr nett. Ein Kipling-Typ. Sehr begeistert für seine Arbeit. Jungenhaft. Durchdrungen von Englands Größe."

„Das meine ich doch nicht", rief Janet ungeduldig. „Ich möchte wissen, wie er aussieht."

„Wie er aussieht? Gott, wie alle Welt, eigentlich. Ich würde ihn natürlich sofort wiedererkennen, wenn ich ihm begegnete, aber genau vorstellen kann ich mir ihn nicht. Sauber sieht er aus."

„Ach, du lieber Himmel", seufzte Janet. „Und das nennt sich ein Romanschriftsteller! Was für Augen hat er?"

„Weiß ich nicht."

„*Mußt* du wissen. Man kann doch nicht eine Woche mit einem Menschen gelebt haben, ohne zu wissen, ob er blaue oder braune Augen hat. Ist er blond oder schwarz?"

„Weder das eine noch das andere."

„Ist er groß oder klein?"

„Mittel, glaube ich."

„Du willst mich ärgern."

„Nein. Er sieht vollkommen alltäglich aus. Er ist weder häßlich noch schön. Ordentlich sieht er aus. Wie ein Gentleman."

„Margery behauptet, daß er ein reizendes Lächeln hat und eine wunderbare Figur."

„Das mag schon stimmen."

„Er ist ganz vernarrt in sie."

„Woraus schließt du das?" fragte ich trocken.

„Ich habe seine Briefe gelesen."

„Willst du damit sagen, daß Margery sie dir gezeigt hat?"

„Selbstverständlich."

Es wird für einen Mann immer schwer sein, den Mangel an Verschwiegenheit zu begreifen, den Frauen in ihren Liebesangelegenheiten an den Tag legen. Sie haben kein Schamgefühl. Ohne Verlegenheit sprechen sie miteinander über die intimsten Dinge. Keuschheit ist eine männliche Eigenschaft. Aber obgleich der Mann dies theoretisch wissen mag, erlebt er immer wieder einen peinlichen Schock, wenn er sich einem neuen Fall von weiblicher

Indiskretion gegenübersieht. Was hätte Morton dazu gesagt, wenn er gewußt hätte, daß seine Briefe außer von Margery auch noch von Janet Marsh gelesen wurden und daß Janet Marsh tagtäglich über die fortschreitenden Phasen seiner zärtlichen Gefühle auf dem laufenden gehalten wurde? Sie erzählte mir, daß er sich auf den ersten Blick in Margery verliebt hatte. Am Morgen nach unserem Beisammensein bei Ciro hatte er sie angerufen und sie eingeladen, am Nachmittag mit ihm auszugehen, irgendwohin, wo man Tee trinken und ein wenig tanzen konnte. Es war mir, während ich Janet zuhörte, natürlich klar, daß sie Margerys Auffassung wiedergab, und ich hielt meinen Verstand offen. Ich stellte mit Interesse fest, daß ihre Sympathien durchaus Margery gehörten. Wohl war es ihre Idee gewesen, Charlie auf zwei, drei Wochen einzuladen und ihn nicht elend und trübselig in seiner vereinsamten Wohnung zu lassen. Sie war unbeschreiblich gut zu ihm. Beinahe täglich aß sie mit ihm zu Mittag, weil auch Margery täglich mit ihm zu Mittag gegessen hatte; sie ging mit ihm im Regents Park spazieren und veranlaßte Bill, sonntags mit ihm Golf zu spielen. Sie hörte mit wunderbarer Geduld zu, wenn er ihr von seinem Unglück erzählte, ließ nichts unversucht, um ihn zu trösten. Sie hatte schreckliches Mitleid mit ihm. Aber nichtsdestoweniger stand sie unbeirrbar auf Margerys Seite. Als ich über diese eine mißbilligende Bemerkung machte, fuhr sie auf mich los wie eine Furie. Die Sache elektrisierte sie. Sie hatte sie von allem Anfang an miterlebt: von dem Moment an, da Margery lächelnd, geschmeichelt und ein wenig zweifelnd bei ihr erschienen war und ihr erzählt hatte, daß ein junger Mann sich um sie bemühte, bis zu jener letzten Szene, da Margery, verstört und aufgerieben, erklärt hatte, daß sie die Nervenspannung nicht länger ertrage und aus der Wohnung ausgezogen sei.

„Zuerst wollte ich meinen Ohren nicht trauen", sagte Janet. „Du weißt doch, wie Charlie und Margery miteinander standen. Sie waren einfach unzertrennlich, daß es manchmal schon komisch wirkte. Ich war nie sehr entzückt von Charlie gewesen. Aber was man auch gegen ihn einwenden mochte, man mußte ihn gern haben, weil er so furchtbar nett zu Margery war. Manchmal beneidete ich sie geradezu. Sie hatten kein Geld und lebten sehr ‚genial', wie man sagt, aber sie waren ungeheuer glücklich. Ich dachte mir natürlich, daß dieser Flirt spurlos vorbeigehen würde. Margery amüsierte sich über ihre Eroberung. ‚Ich nehme es selbstverständlich nicht ernst', behauptete sie, ‚aber es macht Spaß, in meinem Alter noch ein wenig angeschwärmt zu werden. Seit Jahren habe ich keine Blumen mehr geschickt bekommen. Ich mußte ihn bitten, mir keine zu senden, weil Charlie mich sonst auslachen würde. Gerry kennt keine Menschenseele in London und tanzt so wahnsinnig gern. Und weil es so traurig für ihn ist, immer allein ins Theater zu gehen, waren wir bei zwei, drei Matineen miteinander. Du glaubst nicht, wie dankbar er ist, wenn ich mit ihm ausgehe; es ist geradezu rührend'. – ‚Auf alle Fälle scheint er ein netter Junge zu sein.' – ‚Das ist er', antwortete sie. ‚Ich wußte gleich, daß du mich verstehen würdest. Du gibst mir doch nicht unrecht?' – ‚Aber keine Spur, Kind', sagte ich. ‚So weit müßtest du mich schon kennen. Ich würde genauso handeln wie du.'"

Margery machte kein Geheimnis aus ihren Ausgängen mit Morton, und ihr Gatte neckte sie gutmütig mit ihrem Beau. Im Grunde aber fand er ihn sehr manierlich und angenehm und freute sich, daß Margery jemanden ‚zum Zeitvertreib' hatte, während er beschäftigt war. Er kam gar nicht auf den Gedanken, eifersüchtig zu sein. Sie dinierten einige Male zu dritt und besuchten ein Varieté. Aber damit gab sich Gerry Morton nicht zufrieden. Sehr bald bat er Margery, einen Abend mit ihm allein zu verbringen. Sie wollte anfangs nichts davon hören, und erst als er nicht locker ließ und sie immer heftiger bestürmte, wandte sie sich an Janet. Sie bat sie, Charlie an einem bestimmten Tag zum Dinner und zum Bridge einzuladen. Charlie ging niemals ohne seine Frau aus, aber die Marshs waren alte Freunde, und Janet beschwor ihn, sie nicht im Stich zu lassen. Sie erfand irgendeine abenteuerliche Geschichte und stellte seine Anwesenheit als unerläßlich hin. Am nächsten Tag traf sie sich mit Margery. Der Abend war wunderbar gewesen. Sie hatten in Maidenhead diniert und dann getanzt, und schließlich waren sie durch die Sommernacht nach Hause gefahren.

„Er sagt, daß er wahnsinnig in mich verliebt ist", erzählte ihr Margery.

„Hat er dich geküßt?" fragte Janet.

„Natürlich", lachte Margery. „Sei doch nicht dumm, Janet. Er ist furchtbar nett und hat eine so reizende Art. Selbstverständlich glaube ich nicht die Hälfte von dem, was er mir sagt."

„Liebes Kind, du wirst dich doch nicht in ihn verlieben?"

„Ist bereits geschehen", sagte Margery.

„Ja aber, Liebling, wird das nicht furchtbar schwierig werden?"

„Ach, es wird nicht lange dauern. Schließlich muß er im Herbst nach Borneo zurück."

„Du siehst um Jahre verjüngt aus."

„Ja, ich fühle mich auch verjüngt."

Bald kamen sie jeden Tag zusammen. Sie trafen sich am Morgen und spazierten miteinander durch den Park oder durch eine Bildergalerie. Um die Mittagsstunde, wenn Margery zu ihrem Mann mußte, trennten sie sich, und nach dem Lunch trafen sie sich wieder und fuhren miteinander ins Freie oder irgendwohin an den Fluß. Margery erzählte ihrem Gatten nichts davon. Sie hatte begreiflicherweise die Empfindung, daß er für derlei nicht viel Verständnis aufbringen würde.

„Wie kommt es, daß du Morton niemals kennengelernt hast?" fragte ich Janet.

„Ach, Margery wollte es nicht. Gott, wir gehören schließlich der gleichen Generation an. Ich kann das sehr gut begreifen."

„Aha."

„Ich habe ihr natürlich geholfen, soweit ich konnte. Wenn sie mit Gerry ausging, war sie offiziell bei mir."

„Hatten sie ein Verhältnis miteinander?"

„Nein! Um Gottes willen! So etwas würde Margery doch nicht tun!"

„Wie kannst du das wissen?"

„Sie hätte es mir bestimmt erzählt."

„Das glaube ich allerdings auch."

„Ich habe sie auf den Kopf zu gefragt. Aber sie hat es schlankweg verneint. Und ich bin überzeugt, daß sie die Wahrheit gesprochen hat. Etwas Unrechtes zu tun, wären die zwei nicht imstande gewesen."

„Wie merkwürdig!"

„Gott, Margery ist eine furchtbar anständige Person."

Ich zuckte die Achseln.

„Sie war vollkommen aufrichtig zu Charlie. Sie hätte ihn um

nichts in der Welt betrogen. Es war ihr unerträglich, ein Geheimnis vor ihm zu haben. Sobald sie sich ihrer Verliebtheit bewußt geworden war, wollte sie Charlie alles erzählen. Ich flehte sie an, es nicht zu tun. Ich setzte ihr auseinander, daß sie bestimmt nichts Gutes dabei erreichen würde. Es würde Charlie unglücklich machen, sonst nichts. Und in ein paar Monaten mußte der Junge ja doch wieder fort. Hatte es einen Sinn, eine Sache aufzubauschen, die unmöglich von Dauer sein konnte?“

Aber Gerrys bevorstehende Abreise führte schließlich die Katastrophe herbei. Die Bishops hatten geplant, im Sommer wie gewöhnlich ins Ausland zu gehen und mit dem Auto durch Belgien, Holland und Norddeutschland zu reisen. Charlie studierte eifrig Landkarten und Führer. Er zog Erkundigungen über Hotels und Straßen ein. Er blickte seinen Ferien aufgeregt und ungeduldig wie ein Schuljunge entgegen. Margery hörte ihm mit immer schwererem Herzen zu. Charlie wollte vier Wochen fortbleiben, und im September ging Gerrys Schiff. Sie konnte es nicht ertragen, so viel von der kurzen Zeit, die er noch blieb, zu verlieren, und der Gedanke an die Autotour erfüllte sie mit Erbitterung. Je näher der Tag des Aufbruchs heranrückte, desto unruhiger wurde sie. Schließlich erkannte sie, daß ihr nur eines übrigblieb.

Als er ihr eines Tages von einem Restaurant erzählte, das man ihm kürzlich empfohlen hatte, unterbrach sie ihn plötzlich: „Charlie, ich kann diese Reise nicht mitmachen. Suche dir jemand andern, der dich begleitet.“

Er blickte sie verständnislos an. Sie war über das, was sie gesagt hatte, bestürzt, und ihre Lippen zitterten.

„Warum? Was ist denn los?“

„Gar nichts. Ich habe keine Lust. Ich möchte ein bißchen allein sein.“

„Bist du krank?“

Sie sah die plötzliche Angst in seinen Augen. Seine Besorgnis machte sie rasend.

„Nein. Ich war nie im Leben gesünder. Ich bin verliebt.“

„Verliebt? Ja, in wen denn?“

„In Gerry.“

Er traute seinen Ohren nicht. Verblüffung malte sich auf seinem Gesicht. Sie mißverstand seinen Ausdruck.

„Es hat keinen Zweck, mir Vorwürfe zu machen. Ich kann nichts dafür. Er geht in ein paar Wochen fort. Und die kurze Zeit, die er noch bleibt, lasse ich mir nicht nehmen."

Er fing an zu lachen.

„Margery, wie kannst du dich so lächerlich machen? Du könntest seine Mutter sein."

Sie errötete.

„Er ist ebenso verliebt in mich wie ich in ihn."

„Hat er dir das gesagt?"

„Tausendmal."

„Dann ist er ein Lügner."

Er lachte. Sein dicker Bauch wackelte. Er fand die ganze Geschichte furchtbar komisch. Das war wohl nicht die richtige Art, seine Frau zu behandeln. Janet schien der Ansicht, daß er zart und teilnahmsvoll hätte sein müssen. Er hätte ‚alles verstehen müssen'. Ich konnte mir die Szene, wie sie nach ihrem Geschmack gewesen wäre, ausmalen: die mühsam bewahrte Haltung, den still nagenden Kummer, den schließlichen Verzicht. Frauen haben ein besonderes Empfinden für die Schönheit der Selbstaufopferung bei anderen. Janet hätte auch einen Wutanfall gebilligt, sie wäre einverstanden gewesen, wenn er ein paar Möbelstücke zertrümmert oder Margery ins Gesicht geschlagen hätte. Aber sie auszulachen, nein, das war unverzeihlich. Ich hätte einwenden können, daß es für einen ziemlich dicken, nicht sehr großen, fünfundfünfzigjährigen Professor der Pathologie nicht ganz leicht ist, sich plötzlich wie ein Höhlenmensch aufzuführen. Aber ich unterließ es. Die Reise nach Holland wurde jedenfalls aufgegeben, und die Bishops blieben im August in London. Sie waren nicht sehr glücklich. Sie aßen täglich zu Mittag und zu Abend miteinander, weil sie es durch viele Jahre so gehalten hatten, und die übrige Zeit verbrachte Margery mit Gerry. Die Stunden, die sie mit ihm verlebte, entschädigten sie für alles, was sie zu erdulden hatte, und das war viel. Charlie hatte eine höhnische und sarkastische Art und ließ seinen Humor auf ihre und Gerrys Kosten leuchten. Er weigerte sich beharrlich, die Sache ernst zu nehmen. Er ärgerte sich über Margerys Albernheit, kam jedoch anscheinend nicht auf den Gedanken, daß sie ihn betrügen könnte. Ich ließ eine verwunderte Bemerkung darüber fallen.

„Er hatte nicht den leisesten Verdacht", sagte Janet. „Dazu kannte er Margery zu gut."

Die Wochen gingen hin, und endlich reiste Gerry ab. Er schiffte sich in Tilbury ein, und Margery brachte ihn ans Schiff. Als sie zurückkam, weinte sie achtundvierzig Stunden lang. Charlie sah ihr mit wachsender Gereiztheit zu. Seine Nerven waren sehr mitgenommen.

„Hör mal, Margery", fing er schließlich an, „ich habe viel Geduld mit dir gehabt, aber jetzt mußt du dich zusammennehmen. Das ist kein Spaß mehr."

„Kannst du mich nicht in Ruhe lassen?" rief sie. „Ich habe alles verloren, alles."

„Sprich keinen Unsinn", sagte er.

Ich weiß nicht, was er sonst noch sagte. Immerhin war er unklug genug, ihr auseinanderzusetzen, was er von Gerry hielt, und das Bild, das er entwarf, war nicht gerade schmeichelhaft. Es gab Anlaß zu der ersten heftigen Szene ihres Zusammenlebens. Charlies Spöttereien waren ihr erträglich gewesen, solange sie wußte, daß sie Gerry in einer Stunde oder am nächsten Tage wiedersehen würde. Aber nun, da es feststand, daß sie ihn für immer verloren hatte, konnte sie sie nicht länger ertragen. Sie hatte sich wochenlang beherrscht: jetzt war sie am Ende ihrer Kräfte. Vielleicht wurde ihr gar nicht klar, was sie Charlie alles ins Gesicht schrie. Er war ein jähzorniger Mensch, und es kam schließlich so weit, daß er sie schlug. Sie waren beide erschrocken, als es geschehen war. Er packte seinen Hut und stürzte aus der Wohnung. All die Zeit, so unglücklich sie auch gewesen waren, hatten sie miteinander im gleichen Bett geschlafen. Als er nach jenem Auftritt in der Nacht nach Hause kam, hatte sie sich im Wohnzimmer auf dem Sofa ein eigenes Lager zurechtgemacht.

„Dort kannst du nicht schlafen", sagte er. „Sei nicht so dumm. Leg dich ins Bett."

„Ich will nicht. Nein, laß mich in Ruhe."

Der Rest der Nacht verging mit Streit. Aber zu guter Letzt setzte sie ihren Willen durch und bettete sich von nun an allabendlich auf dem Sofa. Aber wie konnten sie in dieser kleinen Wohnung voneinander loskommen? Sie sahen und hörten einander, ob sie wollten oder nicht. All die Jahre hatten sie in einer solchen

Vertraulichkeit gelebt, daß es ihnen zum Instinkt geworden war, beisammen zu sein. Er versuchte, sie zur Vernunft zu bringen. Er redete endlos auf sie ein, um ihr klarzumachen, wie töricht sie wäre. Er ließ ihr keine Ruhe. Er diskutierte die halben Nächte durch, bis sie beide völlig erschöpft waren. Er bildete sich ein, ihr die Liebe ausreden zu können. Dazwischen gab es Tage, an denen sie kein Wort miteinander wechselten. Eines Abends beim Nachhausekommen traf er sie bitterlich weinend an. Der Anblick ihrer Tränen überwältigte ihn. Er beteuerte ihr, daß er sie unendlich liebe, und versuchte, sie durch die Erinnerung an die glücklichen Jahre, die sie miteinander verlebt hatten, zu rühren. Er wollte das Vergangene begraben sein lassen. Er versprach, Gerry nie mehr zu erwähnen. War es nicht möglich, das Furchtbare, das sie durchgemacht hatten, zu vergessen? Aber es war vergeblich. Der Gedanke an eine Versöhnung und an alles, was eine Versöhnung zur Folge hatte, erfüllte sie mit Abscheu. Sie schützte heftige Kopfschmerzen vor und bat um ein Schlafmittel. Als er am nächsten Morgen an die Arbeit ging, stellte sie sich immer noch schlafend. Doch kaum war er fort, packte sie ihre Koffer und verließ das Haus. Ein paar Schmuckstücke, die sie geerbt hatte, verkaufte sie und verschaffte sich dadurch ein wenig Geld. Sie mietete sich ein Zimmer in einer billigen Pension und hielt ihre Adresse vor Charlie geheim.

Als er entdeckte, daß sie ihn verlassen hatte, brach er vollständig zusammen. Dieser Schlag gab ihm den Rest. Er klagte Janet, daß seine Einsamkeit unerträglich wäre. In Briefen flehte er Margery an, zurückzukehren, er bat Janet, ein gutes Wort für ihn einzulegen; es gab nichts, das er nicht versprechen wollte; so sehr erniedrigte er sich. Margery blieb unerbittlich.

„Glaubst du, daß sie jemals zu ihm zurückkommt?“ fragte ich Janet.

„Sie sagt nein.“

Da es mittlerweile beinahe halb zwei geworden war und ich eine Verabredung am anderen Ende von London hatte, mußte ich unser Gespräch abbrechen.

Zwei oder drei Tage später wurde ich von Margery angerufen. Sie bat mich um eine Zusammenkunft. Ob sie mich besuchen dürfe? Ich lud sie zum Tee ein. Ich bemühte mich, nett zu ihr zu sein; ihre Liebesangelegenheiten gingen mich nichts an; aber in meinem Herzen fand ich sie sehr töricht, und mein Benehmen war vielleicht etwas kühl. Sie war niemals schön gewesen, und die Jahre hatten sie nur wenig verändert. Sie hatte immer noch ihre schönen dunklen Augen, und ihr Gesicht war überraschend glatt. Sie war sehr einfach gekleidet, und falls sie Schminke aufgelegt hatte, so war es geschickt geschehen, daß es nicht zu merken war. Sie besaß immer noch ihren alten Charme, der hauptsächlich in ihrer unbedingten Natürlichkeit und in ihrem freundlichen Wesen bestand.

„Ich hätte eine Bitte an dich", begann sie ohne weitere Umschweife.

„Nämlich?"

„Charlie zieht heute in unsere Wohnung zurück. Ich fürchte, die ersten Tage werden etwas schwierig für ihn sein; es wäre reizend von dir, wenn du ihn zum Dinner einladen oder dich sonst ein wenig um ihn kümmern wolltest."

„Ich muß nachsehen, was ich vorhabe."

„Man erzählt mir, daß er sinnlos getrunken hat. Das ist schlimm. Vielleicht kannst du ihn zur Vernunft bringen."

„Er soll ja in der letzten Zeit allerhand häuslichen Kummer gehabt haben", sagte ich vielleicht etwas scharf.

Margery errötete. Sie zuckte zusammen, als ob ich sie geschlagen hätte, und warf mir einen gequälten Blick zu.

„Ich kann verstehen, daß du seine Partei nimmst. Du kennst ihn um so vieles länger als mich."

„Liebes Kind, ich habe hauptsächlich deinetwegen mit ihm verkehrt, wenn du die Wahrheit wissen willst. Für ihn hatte ich nie besonders viel übrig. Aber dich fand ich furchtbar nett."

Sie lächelte mich an, und ihr Lächeln war sehr reizend. Sie wußte, daß ich die Wahrheit sprach.

„Findest du, daß ich ihm eine gute Frau war?"

„Unbedingt."

„Er war nicht sehr beliebt. Die Leute ärgerten sich über ihn. Ich habe ihn eigentlich niemals schwierig gefunden."

„Er hat dich sehr, sehr liebgehabt."

„Ich weiß. Wir haben großartig miteinander gelebt. Fünfzehn Jahre waren wir vollkommen glücklich." Sie hielt inne und blickte zu Boden. „Ich mußte von ihm fortgehen. Es ging nicht länger. Wir standen wie Hund und Katze."

„Dann mag es wohl das richtige gewesen sein, daß ihr euch getrennt habt."

„Ja, zum Schluß konnte ich ihn nicht mehr sehen."

„Das ist natürlich entsetzlich, für beide Teile."

„Ich kann nichts dafür, daß ich mich verliebt habe. Es war eine ganze andere Art von Liebe als die, die ich für Charlie empfand. In meinem Gefühl für ihn war etwas Mütterliches, Schützendes gewesen. Ich war um so vieles vernünftiger als er. Er war schwer zu behandeln. Ich verstand es, ihn zu nehmen. Gerry war ganz anders." Ihre Stimme wurde weich, und ihr Gesicht verklärte sich. „Er hat mir meine Jugend wiedergegeben. Für ihn war ich ein Mädchen. Ich konnte mich auf seine Energie verlassen. Bei ihm fühlte ich mich geborgen."

„Er ist ein sympathischer Mensch", sagte ich langsam, „und wird seinen Weg machen. Als ich ihn kennenlernte, war er sehr jung für den Posten, den er innehatte. Wenn ich mich nicht irre, ist er doch erst neunundzwanzig Jahre alt."

Sie lächelte still. Sie wußte genau, was ich damit meinte.

„Ich habe ihm gegenüber nie ein Geheimnis aus meinem Alter gemacht. Er behauptet, daß es keine Rolle spiele."

Was sie sagte, war zweifellos wahr. Sie hatte sicherlich nicht versucht, ihr Alter zu vertuschen. Es war ihr eine grausame Freude gewesen, ihm reinen Wein einzuschenken.

„Wie alt bist du?"

„Vierundvierzig."

„Und was gedenkst du zu tun?"

„Ich habe Gerry geschrieben, daß ich Charlie verlassen habe. Sobald ich von ihm höre, reise ich ihm nach."

Ich war bestürzt.

„Du weißt vielleicht nicht, daß die Kolonie, in der er lebt, sehr primitiv und klein ist. Deine Stellung wäre keine sehr angenehme."

„Er hat mir das Versprechen abgenommen, ihm nachzukommen, sobald das Leben hier unerträglich für mich werden sollte."

„Und du hältst es für klug, dich daran zu halten? Glaubst du, daß man den Worten, die ein junger Mensch in seiner Verliebtheit äußert, so viel Wichtigkeit beimessen darf?"

Wieder erschien der Ausdruck von Verklärtheit auf ihrem Gesicht.

„Ja, wenn dieser junge Mensch Gerry ist."

Mein Herz sank. Ich schwieg einen Augenblick. Dann erzählte ich ihr die Geschichte von der Straße, die Gerry Morton gebaut hatte. Ich holte das Dramatische hervor und war in jeder Hinsicht auf Wirkung bedacht.

„Zu welchem Zweck hast du mir das erzählt?" fragte sie, als ich fertig war.

„Ich finde, daß es eine interessante Geschichte ist."

Sie schüttelte den Kopf und lächelte.

„Nein, du wolltest mir zeigen, wie jung, wie unternehmungslustig und wie erfüllt von seiner Arbeit er ist – und wie ihm für anderes nicht viel Zeit übrigbleibt. Ich würde ihn in seiner Arbeit nicht stören. Du kennst ihn nicht so gut wie ich. Er ist unglaublich romantisch. Er betrachtet sich als Pionier. Und seine Begeisterung hat mich angesteckt. Ich finde es großartig, mitzuwirken an dem Aufbau neuer Länder. Vergleich damit doch unser Leben! Es ist langweilig und nüchtern. Andernteils, gewiß, ist es dort unten sehr einsam. Da kann also sogar die Gesellschaft einer nicht mehr jungen Frau, wie ich es bin, ein Gewinn sein."

„Hast du die Absicht, ihn zu heiraten?" fragte ich.

„Ich verlasse mich ganz auf ihn. Seine Wünsche sind auch die meinen."

Sie sprach mit so viel Einfachheit, es war etwas Rührendes in ihrem Vertrauen, daß ich ihr, als sie mich verließ, nicht länger böse sein konnte. Selbstverständlich fand ich sie sehr töricht. Doch wohin kämen wir, wenn wir uns über die Torheit der Menschen ereifern wollten? Müßten wir unser Leben nicht in einem chronischen Zustand von Gereiztheit hinbringen? Ich hatte die Hoffnung, daß sich alles wieder einrenken würde. Sie hatte behauptet, Gerry wäre romantisch. Das stimmte, aber die Romantiker kommen in dieser nüchternen Welt mit ihrem Unsinn nur deshalb durch, weil irgendwo in ihnen ein sehr gesunder Instinkt für die Wirklichkeit steckt: das Nachsehn hat bloß derjenige, der ihre Phantastereien für bare Münze nimmt. Die Engländer sind romantisch; aus diesem Grund werden sie von den andern Völkern für Heuchler gehalten. Das ist falsch; sie machen sich in aller Ehrlichkeit auf die Suche nach dem Reich Gottes, aber die Reise ist beschwerlich, und sie handeln nur vernünftig, wenn sie unterwegs jede goldblinkende Möglichkeit aufgreifen. Die britische Seele marschiert wie Wellingtons Armee mit dem Magen. Es war anzunehmen, daß Margerys Brief Gerry eine böse Viertelstunde bereiten würde. Das rührte mich zwar nicht weiter, aber ich war gespannt, wie er sich aus der Affäre ziehen würde. Margery stand vermutlich eine bittere Enttäuschung bevor; nun, das war nicht das schlimmste. Schließlich würde sie geläutert zu ihrem Mann zurückkehren und glücklich und zufrieden mit ihm weiterleben bis an das Ende ihrer Tage.

Aber es kam anders. Ich hatte die nächsten Tage vollauf zu tun, und es war mir unmöglich, eine Verabredung mit Charlie Bishop zu treffen. So schrieb ich ihm denn, ob er Lust hätte, an einem Abend der folgenden Woche mit mir zu essen und nachher ins Theater zu gehen. Ich schlug es nicht ohne eine gewisse Besorgnis vor: Ich wußte ja, daß er soff wie ein Fisch und in vollem Zustand einigermaßen lärmend wurde. Hoffentlich würde er mir keine Scherereien machen. Wir wollten uns im Klub treffen und um sieben Uhr essen, weil das Stück, zu dem wir uns entschieden hatten, um Viertel nach acht begann. Ich kam in den Klub. Ich wartete. Er erschien nicht. Ich telefonierte in seine Wohnung, erhielt aber keine Antwort und schloß daraus, daß er unterwegs sei. Ich hasse es, den Anfang eines Stückes zu versäumen, und so wartete ich ungeduldig in der Halle, um ihn sofort in den Speisesaal zu führen. Um Zeit zu ersparen, hatte ich das Essen schon bestellt. Die Uhr zeigte halb acht, dann dreiviertel; ich sah nicht ein, warum ich noch länger warten sollte, und setzte mich allein zu Tisch. Er kam nicht. Ich ließ mich vom Speisesaal aus mit den Marshs verbinden, und sehr bald meldete mir der Kellner, daß Bill Marsh am Apparat wäre.

„Wißt ihr, was mit Charlie Bishop los ist?“ fragte ich. „Wir wollten miteinander essen und nachher ins Theater gehen; aber er ist nicht erschienen.“

„Er ist heute nachmittag gestorben.“

„Was?“

Mein Ausruf klang so erschrocken, daß ein paar von den umsitzenden Leuten aufblickten. Der Speisesaal war voll, und die Kellner liefen hin und her. Das Telefon stand auf dem Pult des Kassierers, und ein Kellner mit einer Flasche Rheinwein und zwei langstieligen Gläsern auf einem Tablett gab soeben dem Kassierer einen Bon. Der stattliche Oberkellner stieß, während er zwei Herren an einen Tisch komplimentierte, an mich an.

„Von wo aus sprichst du denn?“ fragte Bill.

Wahrscheinlich hörte er das Getöse, das mich umgab. Als ich es ihm erklärt hatte, bat er mich, gleich nach dem Essen hinüberzukommen. Janet wollte mit mir sprechen.

„Ich komme sofort“, sagte ich.

Ich fand Janet und Bill im Empfangszimmer. Er las die Zeitung, und sie legte Patiencen. Sie kam, als das Mädchen mich hereinführte, rasch auf mich zu. Sie ging elastisch, sozusagen sprungbereit, auf leisen Sohlen, wie ein Panther, der seine Beute anschleicht. Ich merkte sofort, daß sie in ihrem Element war. Sie gab mir die Hand und wandte das Gesicht ab, um die Tränen in ihren Augen zu verbergen. Ihre Stimme war leise und tragisch.

„Ich habe Margery hierhergenommen und sie ins Bett gepackt. Der Arzt hat ihr ein Beruhigungsmittel verschrieben. Sie ist vollkommen zusammengebrochen. Ist es nicht schrecklich?“ Ein Laut, halb Stöhnen, halb Schluchzen, entrang sich ihr. „Ich weiß nicht, warum solche Dinge gerade immer mir passieren müssen...“

Die Bishops hatten nie ein Dienstmädchen gehabt. Jeden Morgen kam eine Aufwartefrau, um die Wohnung aufzuräumen und das Frühstücksgeschirr zu spülen. Sie hatte ihren eigenen Schlüssel. An diesem Morgen war sie wie gewöhnlich erschienen und hatte zuerst das Wohnzimmer in Ordnung gebracht. Seitdem Margery ihn verlassen hatte, war Charlie unregelmäßig in seinen Gewohnheiten geworden, und die Frau wunderte sich nicht weiter, ihn noch schlafend anzutreffen. Aber die Zeit verging, und sie befürchtete, daß er seine Arbeit versäumen würde. Also ging sie an die Schlafzimmertür und klopfte. Es kam keine Antwort. Es kam ihr so vor, als ob er stöhnte. Sie öffnete leise die Tür. Er lag im Bett, auf dem Rücken, und atmete schnarchend. Er wachte nicht auf. Sie versuchte, ihn zu wecken. Etwas an ihm war ihr unheimlich. Sie läutete an der Tür der Nachbarwohnung, die einem Journalisten gehörte. Dieser hatte noch im Bett gelegen und öffnete ihr im Pyjama.

„Verzeihung, mein Herr“, sagte sie, „könnten Sie nicht einen Augenblick herüberkommen und sich meinen Herrn ansehn? Er will mir gar nicht gefallen.“

Der Journalist kam mit in Charlies Wohnung. Neben dem Bett lag ein leeres Röhrchen Veronal.

„Wir müssen die Polizei holen“, sagte er.

Ein Schutzmann erschien und telefonierte nach einem Krankenwagen. Man brachte Charlie ins Charing Cross Hospital. Er erlangte das Bewußtsein nicht wieder. Zuletzt war Margery bei ihm.

„Es wird jedenfalls zu einer gerichtlichen Obduktion kommen“, meinte Janet. „Aber es ist ja klar, was geschehen ist. Er hat in den letzten drei, vier Wochen furchtbar schlecht geschlafen und offenbar Veronal genommen. Und diesmal muß er durch einen Zufall mehr geschluckt haben, als er vertragen konnte.“

„Ist das auch Margerys Meinung?“ fragte ich.

„Sie ist viel zu aufgeregt, um überhaupt eine Meinung zu haben; aber ich habe ihr versichert, daß es ganz bestimmt kein Selbstmord war. Charlie war doch nicht der Mensch, so etwas zu tun. Habe ich nicht recht, Bill?“

„Ja, Kind“, antwortete er.

„Hat er Briefe hinterlassen?“

„Nein, nichts. Merkwürdigerweise hat Margery heute früh einen Brief von ihm bekommen, Gott, einen Brief kann man es eigentlich nicht nennen – eine Zeile – weiter nichts. ‚Ich fühle mich so vereinsamt ohne Dich, Liebling.‘ Das ist alles. Aber das hat natürlich nicht das geringste zu bedeuten. Sie hat mir das Versprechen gegeben, es bei der Untersuchung nicht zu erwähnen. Wozu den Leuten einen Floh ins Ohr setzen? Jeder Mensch weiß, daß es mit Veronal so eine Sache ist; ich für meine Person würde um nichts in der Welt welches nehmen. Es war ganz bestimmt ein Versehen. Habe ich nicht recht, Bill?“

„Ja, Kind“, antwortete er.

Janet war also fest entschlossen, zu glauben, daß Charlie Bishop nicht Selbstmord verübt hatte. Aber wieweit sie in ihrem Herzen das, was sie glauben wollte, auch wirklich glaubte, konnte ich bei meiner ungenügenden Kenntnis der weiblichen Seele nicht beurteilen. Überdies war es durchaus möglich, daß sie recht hatte. Daß ein Gelehrter gesetzten Alters sich das Leben nimmt, weil seine ebenfalls nicht mehr junge Frau ihn verläßt, ist keineswegs selbstverständlich. Die Wahrscheinlichkeit, daß er, aufgerieben durch Schlaflosigkeit und betäubt durch Alkohol, eine größere Dosis des Schlafmittels genommen hatte, als er vertrug, war zumindest ebenso plausibel. Jedenfalls war dies auch die Auffassung der Gerichtsbeamten. Man erklärte ihm, daß Charlie Bishop zu trinken begonnen hätte, daß seine Frau aus diesem Grunde von ihm fortgegangen wäre und daß ihm nichts ferner gelegen hätte, als seinem Leben ein Ende zu setzen. Der Beamte sprach der Witwe sein Beileid aus und erging sich in langen Auseinandersetzungen über die Gefahren von Schlafmitteln.

Ich bin kein Freund von Beerdigungen, aber Janet bat mich, an Charlies Begräbnis teilzunehmen. Ein paar von seinen Kollegen aus der Klinik hatten die Absicht geäußert, ebenfalls zu erscheinen, waren aber auf Margerys Wunsch gebeten worden, davon Abstand zu nehmen; Janet, Bill, Margery und ich sollten die einzigen Trauergäste sein. Wir wollten dem Sarg von der Leichenhalle aus das Geleit geben, und die andern erboten sich, mich auf dem Weg zum Friedhof abzuholen. Ich stand am Fenster und hielt Ausschau nach dem Wagen, und als ich ihn herankommen sah, eilte ich hinunter. Aber Bill stieg aus und kam mir ins Haus entgegen.

„Einen Moment!“ sagte er. „Ich muß etwas mit dir besprechen. Janet möchte, daß du nachher zu einer Tasse Tee zu uns kommst. Man dürfe Margery nicht ihren trüben Gedanken überlassen, meinte sie. Nach dem Tee könnten wir ein paar Rubber Bridge spielen. Willst du kommen?“

„In diesem Aufzug?“

Ich hatte einen Gehrock an, eine schwarze Krawatte und meine Smokinghose.

„Ach, das hat nichts zu sagen. Wir müssen Margery ablenken.“

„Schön, ich komme.“

Aber schließlich spielten wir doch nicht Bridge.

Die hellblonde Janet sah in ihrer tiefen Trauerkleidung sehr smart aus und spielte die Rolle der teilnahmsvollen Freundin mit bewunderungswürdiger Geschicklichkeit. Sie weinte ein wenig, insgeheim darauf bedacht, die Farbe auf ihren Wimpern nicht zu verwischen, und als Margery verzweifelt schluchzte, schob sie liebevoll den Arm unter ihren. Sie war wahrhaftig ein Mensch, auf den man sich im Unglück verlassen konnte. Wir kehrten in die Wohnung zurück. Es war ein Telegramm für Margery da. Sie nahm es und ging in ihr Zimmer hinauf. Kondolenz von einem der Freunde Charlies, der eben von seinem Tode gehört hatte, vermutete ich. Bill zog sich zurück, um sich umzuziehen, während Janet mich in das Empfangszimmer führte, damit ich ihr bei den Vorbereitungen für das Bridgespiel behilflich sei. Sie nahm ihren Hut ab und legte ihn aufs Klavier.

„Ich bin nicht für Heuchelei. Margery ist natürlich verzweifelt bis aufs äußerste, aber jetzt muß sie sich zusammennehmen. Ein Rubber Bridge wird ihr helfen, wieder in ihren normalen Zustand zurückzufinden. Der arme Charlie tut mir schrecklich leid. Aber ich bin überzeugt, daß er die Sache mit Margery nie verwunden hätte. Und für sie ist die Situation zweifellos leichter geworden. Heute früh hat sie Gerry telegraphiert."

„Was denn?"

„Daß Charlie tot ist."

In diesem Augenblick kam das Mädchen ins Zimmer.

„Möchten Sie bitte zu Mrs. Bishop hinaufkommen, gnädige Frau? Sie wünscht Sie zu sprechen."

„Natürlich, sofort."

Sie ging rasch aus dem Zimmer, und ich blieb allein zurück. Nach einer Weile erschien Bill, und wir tranken ein Glas Whisky. Endlich kam Janet wieder. Sie reichte mir ein Telegramm. Es lautete:

Um Gottes willen, abwarte Brief. Gerry.

„Was glaubst du, hat das zu bedeuten?"

„Wörtlich das, was dasteht."

„Dummer Mensch! Ich habe Margery gesagt, daß es gar nichts zu bedeuten hat. Aber sie läßt sich nicht beruhigen. Das

Telegramm muß sich mit dem ihren gekreuzt haben. Sie hat nun doch keine Lust, Bridge zu spielen. Und vielleicht wäre es auch nicht ganz richtig, just heute."

„Vielleicht", sagte ich.

„Es ist möglich, daß er auf ihr Telegramm hin noch einmal telegraphiert. Eigentlich müßte er es tun, nicht? Was aber können wir einstweilen tun? Still dasitzen und auf seinen Brief warten."

Es schien mir zwecklos, die Konversation fortzusetzen. Ich ging. Einige Tage später rief Janet bei mir an und teilte mir mit, daß Margery ein Beileidstelegramm von Morton bekommen hätte. Sie las es mir vor.

Aufs Tiefste erschüttert über die traurige Nachricht. Nehme herzlichen Anteil an Deinem großen Kummer. Innigst Gerry.

„Was hältst du davon?" fragte sie mich.

„Es ist sehr korrekt."

„Na ja. Schließlich konnte er nicht gut schreiben, daß er entzückt sei."

„Nein, als taktvoller Mensch gewiß nicht."

„Immerhin steht zum Schluß ‚innigst'."

Ich konnte mir ausmalen, wie diese Frauen die beiden Telegramme unter allen Aspekten geprüft und jedes Wort unter die Lupe genommen hatten. Es war mir, als ob ich ihre endlosen Gespräche mit angehört hätte.

„Es ist nicht auszudenken, was mit Margery geschehen soll, wenn er sie jetzt im Stich läßt", fuhr Janet fort. „Jetzt wird es sich zeigen, ob er ein Gentleman ist."

„Quatsch", sagte ich und hängte schnell ein.

Im Laufe der folgenden Tage war ich einige Male bei den Marshs zum Dinner. Margery sah müde aus. Man merkte ihr an, daß sie den angekündigten Brief mit Herzklopfen erwartete. Kummer und Angst hatten an ihr gezehrt. Sie war bis zum Schatten abgemagert. Sie wirkte sehr zerbrechlich, und ihr Gesicht hatte einen Ausdruck der Vergeistigung angenommen. Sie war sehr sanft, sehr dankbar für jede Freundlichkeit, und in ihrem unsicheren, schüchternen Lächeln lag etwas unendlich Rührendes. Aber Morton war einige tausend Meilen weit fort. Eines Morgens, endlich rief Janet mich an.

„Der Brief ist gekommen. Margery sagt, daß ich ihn dir zeigen kann. Kommst du herüber?"

Ihre gepreßte Stimme verriet mir alles. Als ich kam, reichte sie mir den Brief stumm hin. Es war ein sehr sorgfältig abgefaßtes Schreiben, dem anzumerken war, daß es mehrere Male neu geschrieben worden war, Morton hatte sich große Mühe gegeben, sich nichts, was Margery irgendwie verletzen konnte, entschlüpfen zu lassen; und doch verriet sich hinter jedem Wort nur eines: sein Entsetzen. Es war nicht zu verkennen, daß er in seinem Innern vor Angst zitterte. Er hatte einen leicht scherzhaften Ton angeschlagen, wahrscheinlich, weil er sich einbildete, daß er damit die Situation am leichtesten überbrücken werde. Auf recht amüsante Art machte er sich über die weißen Leute in der Kolonie lustig. Was würden sie sagen, wenn Margery plötzlich auftauchte? Zweifellos würde man ihm sehr schnell den Laufpaß geben. In England stellte man sich das Leben im Fernen Osten frei und ungezwungen vor; weit gefehlt! Es war konventioneller als in jeder Kleinstadt. Er liebte Margery viel zu sehr, um sie der hochnäsigen Behandlung dieser schrecklichen Weiber da unten auszusetzen. Außerdem hatte man ihn an eine Station versetzt, die zehn Tagesreisen von jeder menschlichen Behausung entfernt lag; bei ihm, in seinem Bungalow, konnte sie nicht gut wohnen, und ein Hotel gab es selbstverständlich nicht. Seine Arbeit hielt ihn oft tagelang im Dschungel fest. Ein solches Leben war nichts für eine Frau. Margery bedeutete ihm viel, unendlich viel sogar. Dennoch konnte er ihr nicht verhehlen, daß er es für richtiger hielt, wenn sie zu ihrem Mann zurückkehrte. Nie würde er es sich verzeihen können, zwischen sie und Charlie getreten zu sein. Ja, es war ein schwerer Brief gewesen. Ich war überzeugt davon.

„Freilich wußte er damals noch nicht, daß Charlie tot ist. Damit ist eine völlig veränderte Situation geschaffen, wie ich Margery erklärt habe."

„Und sie ist der gleichen Ansicht?"

„Ach, ich finde sie sehr unvernünftig. Was liest denn du aus dem Brief heraus?"

„Daß er nichts mehr von ihr wissen will."

„Findest du? Vor zwei Monaten wollte er noch sehr viel von ihr wissen."

„Ja, aber andere Luft und andere Umgebung können Wunder bewirken. Wahrscheinlich ist ihm zumute, als läge London jahrelang hinter ihm. Er ist wieder unter seinen alten Freunden, in seinem alten Wirkungskreis. Margery darf sich keine Illusionen machen. Das Leben draußen hat ihn wieder mit Beschlag belegt, und für sie ist kein Platz mehr da."

„Ich habe ihr geraten, den Brief zu ignorieren und einfach zu ihm hinunterzufahren."

„Hoffentlich ist sie vernünftiger als du. Sie würde sich einer schrecklichen Demütigung aussetzen."

„Ja, aber was soll denn mit ihr geschehen? Es ist zu grausam. Sie ist der beste, der anständigste Mensch auf der Welt."

„Das mag stimmen. Aber vielleicht ist es gerade ihre Anständigkeit, die das ganze Unglück heraufbeschworen hat. Warum, zum Teufel, hat sie kein Verhältnis mit Morton gehabt? Charlie hätte nichts davon gewußt und sich dabei sehr wohl gefühlt. Sie und Morton wären eine Zeitlang sehr glücklich miteinander gewesen. Und zu guter Letzt hätten sie sich mit dem Bewußtsein getrennt, daß eine angenehme Episode ein harmonisches Ende gefunden habe. Es wäre eine schöne Erinnerung für beide gewesen. Und ruhig und innerlich befriedigt hätte Margery zu Charlie zurückkehren können, um ihm weiter die musterhafte Gattin zu sein, die sie immer gewesen war."

Janet kräuselte die Lippen. Sie blickte mich verächtlich an.

„Es gibt aber etwas, das man Tugend nennt."

„So eine Tugend kann mir gestohlen werden. Eine Tugend, die bloß Unglück und Verheerung anrichtet, ist keinen Schuß Pulver wert. Du kannst es Tugend nennen, wenn es dir beliebt. Ich nenne es Feigheit."

„Der Gedanke, Charlie untreu zu sein, solange sie mit ihm lebte, hatte etwas Abstoßendes für sie. Solche Frauen soll es nämlich geben."

„Ach du lieber Himmel! Von mir aus hätte sie im Geist ihm treu bleiben können, während sie ihn körperlich betrog! Derartige Kunststücke bringen Frauen im allgemeinen spielend fertig."

„Was für ein abscheulicher Zyniker du bist."

„Ist es zynisch, der Wahrheit ins Gesicht zu sehen und mit gesundem Menschenverstand zu urteilen? Dann will ich gern zynisch und abscheulich sein. Machen wir uns doch nichts vor. Margery ist längst über ihre Jugend hinaus. Charlie war fünfundfünfzig. Sie waren sechzehn Jahre miteinander verheiratet. Es ist durchaus begreiflich, daß sie sich von einem jungen Menschen, der ihr allerhand Unsinn einredete, den Kopf verdrehen ließ. Aber das darf man doch nicht Liebe nennen. Es war eben albern von ihr, auch nur das Geringste von dem, was er sagte, ernst zu nehmen. Das war nicht er, der redete, das war sein verhungertes Geschlecht. Vier Jahre lang hatte er keine weiße Frau berührt. Es war Zufall, daß gerade Margery ihm in den Weg kam. Er begehrte sie, und weil er sie nicht bekommen konnte, begehrte er sie nur noch mehr. Es mag sein, daß er das für Liebe hielt. Aber glaube mir, es war bloß Hunger. Wenn sie miteinander geschlafen hätten, würde Charlie heute noch leben. Es ist ihre verdammte Tugend, die das ganze Unglück verschuldet hat."

„Wie dumm du bist. Begreifst du nicht, daß es für sie einen anderen Weg gar nicht gab? Sie ist eben keine leichtsinnige Frau."

„Mir ist eine leichtsinnige Frau lieber als eine egoistische und bornierte."

„Ach, schweig doch endlich. Ich habe dich nicht hergebeten, damit du mir unangenehme Dinge ins Gesicht wirfst!"

„Wozu also sonst, wenn ich fragen darf?"

„Gerry ist dein Freund. Du hast ihn Margery vorgestellt. Der Schuldige ist natürlich er, aber dich trifft eine gewisse Verantwortung. Es ist deine Pflicht, ihm zu schreiben und ihn an seine Ehre zu erinnern."

„Das werde ich nie und nimmer tun."

„Dann kannst du gehen."

Ich schickte mich an, dieser Aufforderung Folge zu leisten.

„Es ist nur ein Glück, daß Charlie sein Leben versichert hatte", sagte Janet.

Jäh drehte ich mich um.

„Und *du* hast die Stirn, mich einen Zyniker zu nennen."

Ich möchte die Schmähworte nicht wiederholen, die ich ihr ins Gesicht schrie, während ich die Tür hinter mir zuschlug. Aber Janet ist trotz allem eine sehr reizende Frau. Ich denke mir oft, daß es nett sein müßte, mit ihr verheiratet zu sein.

Die Dschungel-Residenz

Der neue Assistent traf am Nachmittag ein. Als man dem Residenten, Mr. Warburton, meldete, das Boot sei in Sicht, setzte er seinen Tropenhelm auf und ging hinunter zum Landungssteg. Die Ehrenformation – acht kleine Dyak-Soldaten – salutierte, als er vorbeischritt. Er bemerkte mit Zufriedenheit ihre militärische Haltung, ihre sauberen, adretten Uniformen und blitzenden Waffen. Seine Soldaten gereichten ihm zur Ehre. Vom Landungssteg beobachtete er die Flußbiegung, wo das Boot jeden Augenblick erscheinen mußte. Mit seinen makellosen Segeltuchhosen und weißen Schuhen sah er sehr elegant aus. Unterm Arm geklemmt hielt er einen Stock aus Malakkarohr mit goldenem Knauf – ein Geschenk des Sultans von Perak. Er erwartete den Neuankömmling mit gemischten Gefühlen. Die Arbeit in seinem Distrikt konnte einer allein nicht mehr bewältigen, und während seiner regelmäßigen Inspektionsreisen durch das Gebiet, das seiner Verwaltung anvertraut war, mochte er die Station nicht in den Händen eines eingeborenen Sekretärs lassen; aber er war nun schon so lang der einzige Weiße hier, daß er der Ankunft eines anderen nicht ohne Besorgnis entgegensah. Er war an Einsamkeit gewöhnt. Während des Krieges hatte er drei Jahre lang keinen Engländer zu Gesicht bekommen; einmal sollte er einen Aufforstungsbeamten beherbergen, und Panik ergriff ihn. Als dann der Fremde eintraf, war alles für seinen Empfang bereitet, doch Mr. Warburton hatte nur eine Notiz hinterlassen, die mitteilte, er sei leider zu einer Dienstfahrt flußaufwärts genötigt. Er blieb, bis ein Bote ihm die Nachricht von der Abreise seines Gastes brachte.

Jetzt erschien das Boot. Es war mit Sträflingen bemannt, Dyaks, die zu verschiedenen langen Gefängnisstrafen verurteilt waren. Einige Wächter warteten am Ufer, um sie zurück in den Kerker zu bringen. Es waren robuste Kerle, kraftvolle Ruderer, die den Fluß genau kannten. Als das Boot anlegte, kam ein Mann unter dem

Sonnensegel hervor und sprang an Land. Die Wache präsentierte Gewehr.

„Da wären wir endlich. Teufel, bin ich steif! Ich bringe Ihnen die Post.“ Er sprach mit fröhlicher Jovialität.

Mr. Warburton reichte ihm höflich die Hand.

„Mr. Cooper, nehme ich an?“

„Richtig. Erwarten Sie sonst noch jemanden?“

Die Frage sollte ein Scherz sein, doch der Resident lächelte nicht.

„Mein Name ist Warburton. Ich zeige Ihnen Ihre Wohnung, man wird Ihnen das Gepäck dorthin bringen.“

Er geleitete Cooper den schmalen Pfad entlang bis zu einem kleinen umzäunten Hof, auf dem ein Bungalow stand.

„Seit vielen Jahren war er unbewohnt; ich habe ihn, so gut es ging, wieder herrichten lassen.“

Es war ein Pfahlbau, mit einem langen Wohnzimmer und breiter Veranda und je zwei Schlafzimmern auf beiden Seiten des Flurs.

„Das wird's schon tun“, sagte Cooper.

„Ich nehme an, Sie möchten ein Bad nehmen und sich umziehen. Es würde mich freuen, wenn Sie mir heute zum Abendessen das Vergnügen Ihrer Gesellschaft machen wollen. Paßt es Ihnen um acht?“

„Jede x-beliebige Zeit ist mir recht.“

Der Resident lächelte höflich und etwas konsterniert und entfernte sich. Er kehrte zum Fort zurück, in dem er selber wohnte. Sein erster Eindruck von Allan Cooper war nicht gerade günstig. Aber er war ein gerechter Mensch und wußte, daß es unbillig wäre, sich nach solch flüchtiger Begegnung eine Meinung zu bilden. Cooper schien etwa dreißig Jahre alt zu sein. Er war lang und dünn, mit bleichem Gesicht, wasserblauen Augen und großer Hakennase. Als er den Bungalow betreten und seinen Tropenhelm einem wartenden Jungen zugeworfen hatte, war Mr. Warburton der breite, mit kurzen braunen Stoppeln bedeckte Schädel aufgefallen, der etwas seltsam mit dem schlaffen fliehenden Kinn kontrastierte. Cooper trug Khakishorts und Khakihemd – beide waren schäbig und schmutzig, und sein abgetragener Tropenhelm war sicher seit Tagen nicht gereinigt worden. Mr. Warburton überlegte, daß der junge Mann eine Woche auf dem Dampfer und die letzten achtundvierzig Stunden kauernd auf einem Prahu verbracht hatte. ‚Wollen sehen, wie er zum Essen kommt.'

Er ging in sein Zimmer, wo seine Sachen so säuberlich geordnet waren, als hätte er einen englischen Butler. Unbekleidet lief er die Treppe hinunter zum Badehaus, wo er sich mit kaltem Wasser übergoß. Sein einziges Zugeständnis an das Klima bestand darin, nur einen *weißen* Smoking zu tragen; sonst aber kleidete ihn ein Hemd mit steifem Einsatz, hoher Kragen, Seidensocken und Lacklederschuhe, als ob er in seinem Klub in *Pall Mall* dinierte. Als sorgsamer Gastgeber ging er ins Eßzimmer, um zu sehen, ob die Tafel korrekt gerichtet sei. Sie war geschmückt mit Orchideen, das Silber glänzte, und die Servietten waren kunstvoll gefaltet. Abgeschirmte Kerzen in silbernen Leuchtern verbreiteten ein weiches Licht. Mr. Warburton lächelte zufrieden und kehrte in Erwartung seines Gastes in den Salon zurück. Gerade erschien Cooper. Er trug Khakishorts und -hemd und dieselbe lumpige Joppe, in der er an Land gestiegen war. Mr. Warburtons Begrüßungslächeln erstarrte.

„Hallo, haben Sie sich aber fein gemacht; dachte nicht, daß Sie das vorhatten. Ich wär' beinahe im Lendenschurz gekommen."

„Schon recht. Ihre Diener waren wohl noch beschäftigt."

„Wegen mir hätten Sie sich nicht so in Schale schmeißen brauchen."

„Ich kleide mich *stets* zum Dinner um."

„Auch wenn Sie allein sind?"

„Gerade wenn ich allein bin", entgegnete Mr. Warburton mit eisigem Blick. Er sah ein belustigtes Zwinkern in Coopers Augen und wurde rot vor Ärger. Mr. Warburton hatte ein hitziges Temperament. Man konnte es seinem roten streitbaren Gesicht und seinem ebenso roten, jetzt ergrauenden Haar ansehen. Seine blauen, meist abschätzenden Augen konnten in plötzlichem Zorn aufblitzen. Aber er war auch ein Mann von Welt, und – wie er hoffte – ein gerechter Mensch. Er mußte sein Bestes tun, um sich mit diesem Burschen zu arrangieren.

„Als ich in London lebte, bewegte ich mich in Kreisen, wo es ebenso ungewöhnlich gewesen wäre, sich nicht zum Dinner umzukleiden, wie das morgendliche Bad zu unterlassen. Als ich nach Borneo kam, sah ich keinen Grund, diese guten Gewohnheiten aufzugeben. Im Krieg sah ich drei Jahre lang keinen Weißen, doch ich versäumte nie, mich zum Dinner umzuziehen. Sie sind noch nicht sehr lang in diesem Land; glauben Sie mir, es gibt keinen besseren Weg, Ihren Stolz, den Sie haben sollten, zu erhalten. Wenn ein Weißer den Einflüssen dieser Umgebung nachgibt, wird er bald seine Selbstachtung verlieren – und dann die Achtung der Eingeborenen."

„Na, wenn Sie von mir erwarten, daß ich bei dieser Hitze steife Hemden und hohe Kragen anziehe, tut es mir leid, Sie enttäuschen zu müssen."

„In Ihrem Bungalow mögen Sie sich zum Dinner kleiden, wie es Ihnen beliebt, doch wenn Sie mir die Ehre Ihrer Gesellschaft erweisen, kommen Sie vielleicht zu dem Ergebnis, daß es nur höflich ist, die in zivilisierter Gesellschaft übliche Kleidung zu tragen."

Zwei malaiische Boys in Sarongs und gepflegten weißen Songkoks mit Messingknöpfen traten ein; einer brachte Gin und der andere ein Tablett mit Oliven und Sardellen. Sie begaben sich zu Tisch. Mr. Warburton schmeichelte sich, den besten Koch in Borneo zu haben, einen Chinesen, der keine Mühe scheute, die aufwendigsten und erlesensten Gerichte zu komponieren. Er ließ seine Erfindungskraft spielen, um das Beste aus den Mitteln zu zaubern, die ihm verfügbar waren.

„Wenn Sie einen Blick auf die Menü-Karte werfen wollen...", sprach Mr. Warburton und reichte sie Cooper. Sie war französisch geschrieben, und die Gänge hatten klangvolle Namen. Zwei Boys bedienten, zwei weitere wedelten riesige Fächer, um die schwüle Luft zu bewegen. Das Essen war vorzüglich und der Champagner exzellent.

„Veranstalten Sie das jeden Tag?" fragte Cooper.

Mr. Warburton warf einen nachlässigen Blick auf das Menü.

„Das Essen ist heute nicht anders als gewöhnlich", sagte er. „Ich esse nicht viel, aber ich lege Wert darauf, daß mir jeden Abend ein anständiges Dinner serviert wird. Das hält den Koch in Übung und bedeutet eine gute Schulung für die Boys."

Die Unterhaltung schleppte sich mühsam weiter. Mr. Warburton war ausgesucht höflich, und es konnte sein, daß er ein leicht boshaftes Vergnügen an der Verwirrung seines Gesellschafters fand. Cooper war nur wenige Monate in Sembulu gewesen, und Mr. Warburtons Erkundigungen über seine Freunde in Kuala Solor waren bald erschöpft.

„Übrigens", fragte er plötzlich, „haben Sie einen jungen Mann namens Hennerley kennengelernt? Er ist kürzlich herübergekommen, glaube ich."

„O ja, er ist bei der Polizei. Ein übler Patron."

„Das hätte ich kaum erwartet. Sein Onkel ist mein Freund Lord Barraclough. Ich erhielt einen Brief von Lady Barraclough, in dem sie mich bat, nach ihm zu sehen."

„Ich habe gehört, daß er mit diesem und jenem verwandt ist. Vermutlich hat er deshalb den Posten bekommen. Er war in Eton und Oxford und vergißt nie, einen das spüren zu lassen."

„Sie erstaunen mich", sagte Mr. Warburton. „Seine ganze Familie war seit einigen hundert Jahren in Eton und Oxford. Ich hätte erwartet, daß er das als Selbstverständlichkeit betrachtet."

„Ich fand ihn verdammt eingebildet."

„Welche Schulen haben Sie besucht?"

„Ich bin in Barbados geboren und auch dort erzogen worden."

„Ach so."

Mr. Warburton brachte es fertig, eine solche Beleidigung in seine kurze Antwort zu legen, daß Cooper rot wurde.

„Ich bekam zwei oder drei Briefe aus Kuala Solor", fuhr Mr. Warburton fort, „und mein Eindruck war, daß der junge Hennerley sich großer Beliebtheit erfreute. Man sagt, er sei ein erstklassiger Sportler."

„O ja, er ist allerdings beliebt. Er ist ganz der Typ, den man in Kuala Solor bevorzugt. Ich meinerseits kann nicht viel mit Sportskanonen anfangen. Was bedeutet das schon, wenn einer besser Golf oder Tennis spielt als andere? Wen kümmert's, wenn er beim Billard einen Fünfundsiebziger schafft? In England nimmt man diese Dinge viel zu wichtig, verdammt noch mal."

„Finden Sie? Ich hatte den Eindruck, daß der erstrangige Sportsmann sich im Krieg nicht schlechter bewährte als irgendein anderer."

„Oh, wenn Sie vom Krieg reden wollen, dann kann ich Ihnen einiges erzählen. Ich war im selben Regiment wie Hennerley und kann Ihnen sagen, daß die Jungs ihn nicht ausstehen konnten."

„Wieso wissen Sie das?“

„Weil ich darunter war.“

„Ah, Sie waren nicht Offizier?“

„Eine schöne Chance hatte ich, Offizier zu werden! Ich bin das, was man einen Koloniebewohner nennt, ich hab keine vornehme Schule besucht und hab keine Beziehungen. Ich war die ganze verdammte Zeit einfacher Soldat.“

Cooper runzelte die Brauen. Er mußte sich beherrschen, um nicht in wüste Beschimpfungen auszubrechen. Mr. Warburtons kleine blaue Augen verengten sich, er beobachtete Cooper und bildete sich seine Meinung. Das Thema wechselnd, begann er von der künftigen Arbeit zu sprechen. Als es zehn Uhr schlug, erhob er sich.

„Nun, ich möchte Sie nicht weiter aufhalten. Sie werden von der Reise erschöpft sein.“

Sie schüttelten sich die Hände.

„Ach, noch etwas“, sagte Cooper, „können Sie mir vielleicht einen Boy beschaffen? Der Boy, den ich vorher hatte, tauchte nicht mehr auf, als ich von Kuala Solor losfuhr. Mein Zeug brachte er noch an Bord, dann verschwand er. Ich hab's erst gemerkt, als wir draußen auf dem Fluß waren.“

„Ich werde meinen Head-Boy fragen. Ich zweifle nicht, daß er jemanden für Sie finden kann.“

„Prima. Sagen Sie ihm, er soll ihn rüberschicken; wenn er mir paßt, werd ich ihn nehmen.“

Der Mond schien, so daß keine Laterne nötig war. Cooper ging vom Fort zu seinem Bungalow.

‚Ich frage mich, warum um Himmels willen man mir solch einen Burschen geschickt hat‘, überlegte Mr. Warburton. ‚Wenn das die Sorte ist, die man jetzt einsetzt, halte ich nicht viel davon.‘

Er schlenderte seinen Garten hinunter. Das Fort lag auf einem kleinen Hügel, und der Garten erstreckte sich bis zum Fluß, an dessen Ufer eine Laube stand. Hier pflegte er nach dem Dinner eine Zigarre zu rauchen. Oft hörte er dann die Stimme eines Malaien, der zu ängstlich war, um es bei Tag zu wagen: Eine Klage, eine Beschwerde oder eine Information wurde ihm zugeflüstert oder ein nützlicher Wink, irgend etwas, das ihm offiziell niemals zugetragen worden wäre. Er warf sich schwer in einen Rohrliegestuhl. Cooper! Ein neidischer, ungehobelter Kerl, anmaßend, eingebildet und großspurig. Aber Mr. Warburtons Erbitterung konnte der ruhigen Schönheit der Nacht nicht widerstehen. Die Luft war geschwängert von den süßduftenden Blüten eines Baumes, der am Eingang der Laube wuchs. Glühwürmchen schimmerten und zogen langsam silberne Linien. Der Mond warf einen Weg zum breiten Flußbett für die hellen Füße der Shivas-Braut. Und am anderen Ufer bildete eine Palmengruppe die feine Silhouette im Abendhimmel. Friede senkte sich in die Seele Mr. Warburtons.

Er war ein merkwürdiger Mann und hatte eine eigentümliche Laufbahn hinter sich. Als er zwanzig war, fiel ihm die beträchtliche Erbschaft von einigen hunderttausend Pfund zu. Nachdem er von Oxford abgegangen war, stürzte er sich in ein buntes lustiges Leben, das sich in jenen Tagen (Mr. Warburton war jetzt vierundfünfzig) den jungen Männern von Familie bot. Seine Etage hatte er in Mount Street, seinen Wagen und seine Jagdhütte in Warwickshire. Er war überall, wo sich die große Gesellschaft traf. Er sah gut aus, war amüsant und großzügig. Er war eine Figur in der Londoner Welt der frühen neunziger Jahre; und die Gesellschaft damals hatte noch nichts von ihrer Exklusivität und Brillanz verloren. Der Burenkrieg, der sie erschütterte, war noch weit weg; der Erste Weltkrieg, der sie zerstörte, nur von den Pessimisten prophezeit. In jenen Tagen war es nicht unangenehm, ein junger und begüterter Mann zu sein, und auf Mr. Warburtons Kaminsims stapelten sich während der ganzen Saison die Einladungen für große, einander ablösende Veranstaltungen. Mr. Warburton zeigte sie mit Vergnügen. Denn Mr. Warburton war ein Snob. Kein schüchterner Snob, der sich ein bißchen schämt, von der großen Welt beeindruckt zu sein, noch ein Snob, der die Bekanntschaft mit Leuten sucht, die als Politiker oder Künstler berühmt sind, doch ein Snob, der sich von den Reichen blenden läßt. Er war der reine, echte, normale Snob, der einen Lord innig liebte, nur weil er ein Lord war. Er war empfindlich und reizbar, aber lieber wurde er von einer hochstehenden Persönlichkeit geschnitten als von einem gewöhnlichen Bürger umschmeichelt. Sein Name fand sich klein gedruckt im Adelskalender *Burke's Peerage*. Wunderbar war es zu beobachten, welche Empfindungsgabe er aufwandte, um beiläufig seine Verwandtschaft mit einer adeligen Familie zu erwähnen. Doch niemals erwähnte er den ehrlichen Liverpooler Fabrikanten, dem er – durch seine Mutter, eine geborene Miss Gubbins – sein Vermögen verdankte. Es war der peinigende Gedanke seines mondänen Lebens, daß in Cowes oder Ascot, wenn er in Gesellschaft einer Herzogin oder gar eines Prinzen von königlichem Geblüt weilte, einer von diesen Verwandten die Bekanntschaft mit ihm beanspruchen würde.

Seine Schwäche war zu offensichtlich, um nicht bald allgemein bekannt zu sein. Aber sie war so ungewöhnlich, daß sie ihn davor bewahrte, nur verächtlich zu wirken. Die Großen, die er anbetete, lachten über ihn, fanden aber seine Bewunderung nicht unnatürlich. Der arme Warburton war ein schrecklicher Snob, das war klar, aber ein guter Kerl. Er war allzeit bereit, einem Adeligen in Geldnöten beizuspringen; und steckte man in einer Klemme, konnte man immer mit hundert Pfund von ihm rechnen. Er gab großartige Dinners. Er spielte schlecht Whist, aber es war ihm gleichgültig, wieviel er verlor, wenn nur die Gesellschaft erlesen war. Er war ein Spieler – ein glückloser –, doch ein guter Verlierer, und man konnte nicht umhin, die Kaltblütigkeit zu bewundern, mit der er fünfhundert Pfund auf einen Schlag verlor. Seine Leidenschaft für Karten, fast so stark wie seine Liebe für Titel, war der Grund seines Untergangs. Das Leben, das er führte, war kostspielig und seine Spielverluste gewaltig. Seine Einsätze erhöhten sich; zuerst auf Perde, dann an der Effektenbörse. Er hatte eine gewisse Arglosigkeit, und die Skrupellosen fanden in ihm eine treuherzige Beute. Ich weiß nicht, ob er jemals merkte, wie seine noblen Freunde hinter seinem Rücken über ihn lachten, aber ich glaube, er besaß eine dunkle Ahnung, die ihm sagte, daß er es sich nicht leisten könne, anders als sorglos mit seinem Geld umzugehen. Er geriet in die Hände von Geldleihern. Mit vierunddreißig Jahren war er finanziell ruiniert.

Er war zu sehr vom Geist seiner Klasse durchdrungen, um in der Wahl seines nächsten Schrittes zu zögern. Wenn ein Mann seiner Gesellschaft sein Geld durchgebracht hatte, ging er in die Kolonien. Niemand hörte Mr. Warburton klagen. Er jammerte nicht, weil ihm ein adeliger Freund zu einer unseligen Spekulation geraten hatte. Er bedrängte keinen, dem er Geld geliehen hatte, es zurückzugeben. Er bezahlte seine Schulden (wenn ihm nur bewußt gewesen wäre, daß dabei das verachtete Blut des Liverpooler Fabrikanten zum Vorschein kam), suchte niemandes Hilfe und sah sich – der noch nie in seinem Leben einen Handschlag getan hatte – nach einem Lebensunterhalt um. Er blieb heiter, sorglos und humorvoll. Er hatte nicht das Bedürfnis, jeden, den er traf, mit Vorträgen über sein Unglück zu belästigen. Mr. Warburton war ein Snob, aber er war auch ein Gentleman.

Den einzigen Gefallen, den er von einem seiner berühmten Freunde erbat, in deren täglicher Gesellschaft er jahrelang gelebt hatte, war eine Empfehlung. Der tüchtige Mann, der zu dieser Zeit Sultan von Sembulu war, nahm ihn in seine Dienste. Die Nacht vor seiner Einschiffung dinierte er zum letztenmal in seinem Klub.

„Ich höre, Sie gehen weg, Warburton", sagte der alte Herzog von Hereford zu ihm.

„Ja, ich gehe nach Borneo."

„Guter Gott, was wollen Sie denn da?"

„Oh, ich bin bankrott."

„Wirklich? Das tut mir leid. Nun, lassen Sie uns wissen, wann Sie zurückkommen. Ich hoffe, Sie werden sich amüsieren."

„O ja, gute Jagdgegend, wissen Sie."

Der Herzog nickte und ging. Ein paar Stunden später sah Mr. Warburton die englische Küste im Nebel entschwinden. Er ließ alles zurück, was ihm das Leben lebenswert gemacht hatte.

Zwanzig Jahre waren seitdem vergangen. Er unterhielt mit verschiedenen vornehmen Damen eine lebhafte Korrespondenz, die aus amüsantem Klatsch bestand. Nie verlor er seine Verehrung für Persönlichkeiten mit Titeln. Aufmerksam studierte er den Anzeigenteil der *Times,* die ihn sechs Wochen nach Erscheinen erreichte. Er war über alle Geburten, Heiraten und Todesfälle auf dem laufenden und schrieb pünktlich Gratulationen oder Kondolenzbriefe. Die illustrierten Zeitschriften zeigten ihm, wie die Leute aussahen, und bei seinen periodischen Besuchen in England wußte er den Faden so wieder aufzunehmen, als sei er nie abgerissen. Er wußte alles über jede neue Figur, die in der Gesellschaft auftrat. Sein Interesse an der eleganten Welt war so lebendig, als ob er selbst noch eine Rolle darin spielte. Sie schien ihm noch immer das einzige, das zählte.

Aber unmerklich trat ein anderes Interesse in sein Leben. Die Position, die er bekleidete, schmeichelte seiner Eitelkeit. Er war nicht länger der Schmarotzer, den das Lächeln der Großen belebte, sondern der Herr, dessen Wort Gesetz war. Es freute ihn zu sehen, wie die eingeborenen Soldaten salutierten, wenn er vorbeischritt. Er liebte es, über Menschen zu Gericht zu sitzen. Es gefiel ihm, Streitereien zwischen rivalisierenden Häuptlingen zu schlichten. Als die Kopfjäger in jenen Tagen Unruhe stifteten, bestrafte er sie mit stolzer und bezwingender Überlegenheit. Er war zu eitel, um nicht unerschrockenen Mut zu zeigen. Von seiner Kaltblütigkeit erzählte man die hübsche Geschichte, wie er sich einmal allein in ein palisadenbefestigtes Dorf gewagt und die Herausgabe eines blutrünstigen Piraten verlangt hatte. Er wurde ein geschickter Verwalter. Er war streng, gerecht und ehrenhaft.

Nach und nach faßte er eine tiefe Zuneigung zu den Malaien. Er interessierte sich für ihre Sitten und Bräuche. Niemals ermüdeten ihn ihre Gespräche. Er bewunderte ihre Tugenden und verurteilte mit Lächeln und Schulterzucken ihre Untugenden.

„Zu meiner Zeit", pflegte er zu sagen, „stand ich auf vertrautem Fuße mit einigen der vornehmsten Gentlemen von England, aber ich traf niemals edlere Gentlemen als einige hochgeborene Malaien, die ich mit Stolz meine Freunde nennen darf."

Er liebte ihre Höflichkeit, ihre vorzüglichen Manieren, ihre Sanftheit und jähen Leidenschaften. Instinktiv wußte er sie richtig zu behandeln. Er empfand echte Zärtlichkeit für sie. Aber niemals vergaß er, daß er ein englischer Gentleman war, und er hatte kein Verständnis für Weiße, die malaiische Sitten annahmen. Er machte keine Zugeständnisse, nahm sich nicht, wie viele, eine Eingeborene zur Frau. Ein Liebesverhältnis, mochte es noch so üblich und gerechtfertigt sein, schien ihm nicht nur unanständig, sondern auch würdelos. Bei einem Mann, der von Albert Edward, dem Prince of Wales, mit George angeredet worden war, durfte man kaum annehmen, daß er ein Verhältnis mit einer Eingeborenen hatte.

Wenn er nun von seinen England-Besuchen nach Borneo zurückkehrte, fühlte er sich wie befreit. Seine Freunde waren, wie er, nicht mehr jung, es gab eine neue Generation, die in ihm nur einen öden alten Mann sah. Es schien ihm, als habe das heutige England viel von dem eingebüßt, was er am England seiner Jugend geliebt hatte. Aber Borneo blieb sich gleich. Es war ihm jetzt Heimat. Er gedachte, so lange als möglich im Dienst zu bleiben. In seinem Testament hatte er bestimmt, daß, wo immer er stürbe, sein Leichnam nach Sembulu überführt und bei den Menschen, die er liebte, beigesetzt werden sollte, wo man das Rauschen des sanftströmenden Flusses vernimmt.

Aber diese Gefühle versteckte er vor den Menschen, und niemand hätte geahnt, daß diesen gepflegten, aufrechten und selbstsicheren Mann mit dem glattrasierten Gesicht und dem ergrauenden Haar solch tiefe Empfindungen bewegten.

Er wußte, wie die Arbeit in der Residenz anzupacken war, und in den folgenden Tagen hielt er seinen neuen Assistenten wachsam im Auge. Er sah sehr bald, daß dieser fähig und sorgfältig war. Der einzige Fehler, den er an ihm entdecken konnte, war der barsche Umgang mit den Eingeborenen.

„Die Malien sind scheu und sehr empfindsam", sagte er zu ihm. „Ich glaube, Sie werden besser mit ihnen zurechtkommen, wenn Sie sie höflich, geduldig und freundlich behandeln."

Cooper lachte kurz und mißtönend.

„Ich wurde auf Barbados geboren und war im Krieg in Afrika. Ich glaube nicht, daß es was über Nigger gibt, was ich nicht weiß."

„Ich weiß nichts", sagte Mr. Warburton scharf. „Aber wir reden auch nicht von ihnen, sondern von Malaien."

„Sind das keine Nigger?"

„Was sind Sie für ein Ignorant", antwortete Mr. Warburton. Mehr sagte er nicht.

Am ersten Sonntag nach Coopers Ankunft lud er ihn zum Dinner. Obgleich sie sich am Vortag im Büro und um sechs auf der Veranda zum Gin getroffen hatten, schickte er einen Boy mit einigen Zeilen zum Bungalow. Cooper erschien im Abendanzug, und Mr. Warburton, zwar befriedigt, daß sein Wunsch respektiert wurde, bemerkte geringschätzig, daß die Kleider des jungen Mannes schlecht geschnitten waren und sein Hemd nicht paßte. Doch Mr. Warburton war an diesem Abend guter Laune.

„Übrigens", sprach er zu ihm, als sie sich die Hände reichten, „ich habe mit meinem Boy gesprochen, er empfiehlt seinen Neffen für Sie. Ich hab ihn gesehen, und er macht einen aufgeweckten und willigen Eindruck. Möchten Sie ihn sehen?"

„Ich hätte nichts dagegen."

„Er wartet bereits."

Mr. Warburton rief seinen Boy und trug ihm auf, den Neffen hereinzubringen. Ein hochgewachsener schlanker Bursche von etwa zwanzig Jahren erschien. Er hatte große dunkle Augen und ein gutes Gesicht. Er war adrett gekleidet, mit einem Sarong und kleiner weißer Jacke und einem pflaumenfarbenen Samtfez ohne Troddel. Er hieß Abas.

Mr. Warburton betrachtete ihn wohlgefällig und wurde unmerklich weicher, als er ihn in fließendem Malaiisch anredete. Weißen gegenüber war er eher sarkastisch, aber seine Art, mit den Malaien umzugehen, war eine glückliche Mischung von Herablassung und Güte. Er war der Stellvertreter des Sultans, wußte seine Würde zu bewahren und gleichzeitig dem Eingeborenen die Scheu zu nehmen.

„Gefällt er Ihnen?" fragte Mr. Warburton, zu Cooper gewandt.

„Ja; ich hoffe, er ist kein größerer Spitzbube als die anderen von der Sorte."

Mr. Warburton sagte dem Jungen, daß er engagiert sei, und entließ ihn.

„Sie haben großes Glück, einen solchen Diener zu bekommen", sprach er zu Cooper. „Er stammt aus sehr guter Familie, die vor mehr als hundert Jahren aus Malakka herüberkam."

„Es interessiert mich nicht, ob der Bursche, der meine Schuhe putzt und mir einen Drink bringt, wenn ich Lust darauf habe, blaues Blut in den Adern hat oder nicht. Er soll tun, was ich sage, und das plötzlich."

Mr. Warburton verzog den Mund, aber gab keine Antwort. Sie gingen zum Essen hinein. Es war vorzüglich und der Wein ausgezeichnet. Das wirkte sich beschwichtigend auf die Situation aus: Sie unterhielten sich nicht nur ohne Schärfe, sondern sogar freundlich. Mr. Warburton ließ es sich gern gutgehen – am Sonntagabend noch etwas besser als sonst.

Er begann zu glauben, daß er Cooper unrecht tat. Natürlich, er war kein Gentleman, aber das war nicht seine Schuld. Bei näherer Bekanntschaft mochte er sich sogar als anständiger Kerl herausstellen. Sein Fehler bestand vielleicht nur in schlechten Manieren. Ganz sicher war er gut in seiner Arbeit, schnell, gewissenhaft und gründlich. Beim Nachtisch angelangt, fühlte sich Mr. Warburton allen Menschenkindern freundlich gesinnt.

„Dies ist Ihr erster Sonntag hier, und ich werde Ihnen einen ganz besonderen Port servieren. Ich habe davon nur noch ungefähr zwei Dutzend, die ich für besondere Anlässe aufhebe."

Er gab seinem Diener Weisung, und die Flasche wurde gebracht. Mr. Warburton beobachtete den Boy, wie er die Flasche öffnete.

„Diesen Port bekam ich von meinem alten Freund Charles Hollington. Er hatte ihn seit vierzig Jahren, und in meinem Besitz befindet er sich auch schon eine hübsche Zeit. Charles Hollington war berühmt für den besten Weinkeller in England."

„Ist er Weinhändler?"

„Nicht eigentlich", lächelte Mr. Warburton. „Ich sprach von Lord Hollington von Castle Reagh. Er ist einer der reichsten Peers von England. Ein alter Freund von mir. Ich war mit seinem Bruder in Eton."

Das war eine Gelegenheit, der Mr. Warburton nicht widerstehen konnte, und er erzählte eine kleine Anekdote, deren Pointe darin zu bestehen schien, daß er mit einem Earl bekannt war. Der Port war in der Tat sehr gut. Er trank ein Glas und dann noch eins. Und verlor alle Zurückhaltung. Seit Monaten schon hatte er nicht mehr mit einem Weißen geredet. Er begann Geschichten zu erzählen, in denen er sich in Gesellschaft der Großen zeigte. Hörte man ihm zu, hätte man glauben mögen, daß nach seinem Rat, den er einer Herzogin zugeflüstert hatte, oder auf Grund einer bei Tisch hingeworfenen Bemerkung Kabinette gebildet und Politik beschlossen wurde. Die alten Tage in Ascot, Goodwood und Cowes lebten wieder auf. Noch ein Glas Port. Da waren die großen Bälle in Yorkshire und in Schottland, die er jedes Jahr besuchte.

„Ich hatte damals einen Butler namens Foreman, der beste Diener, den ich je hatte. Und was glauben Sie, warum er mir kündigte? Sie wissen, im Raum des Hausmeisters sitzen die Zofen und Kammerdiener entsprechend der Rangordnung ihrer Herrschaft. Er sagte zu mir, er habe es gründlich satt, von einer Gesellschaft zur anderen zu gehen, wo ich der einzige Bürgerliche sei. So mußte er immer am Tischende sitzen, und die besten Bissen waren weg, bevor ihn die Platten erreichten. Ich erzählte die Geschichte dem alten Duke von Hereford, und der lachte schallend. ‚Bei Gott, Sir, wenn ich König von England wär, würde ich Sie zum Viscount ernennen, nur um Ihrem Mann eine Chance zu geben.‘ ‚Nehmen Sie ihn für sich, Herzog‘, sagte ich. ‚Er ist der beste Kammerdiener, den ich je hatte.‘ ‚Schön, Warburton‘, sagte er, ‚wenn er gut genug ist für Sie, ist er es auch für mich.‘“

Dann kam Monte Carlo, wo Mr. Warburton und der Großherzog Fjodor an einem Abend zusammen die Bank gesprengt hatten; und da war Marienbad. In Marienbad hatte Mr. Warburton mit Eduard VII. Bakkarat gespielt.

„Damals war er natürlich Prince of Wales. Ich erinnere mich, wie er zu mir sagte: ‚George, wenn Sie auf die Fünf setzen, werden Sie Ihr Hemd verlieren.‘ Er hatte recht; ich glaube, er hat nie in seinem Leben ein wahres Wort gesprochen. Er war ein wundervoller Mann. Ich sagte immer, er ist der größte Diplomat in Europa. Aber damals war ich ein junger Narr und besaß nicht die Klugheit, seinem Rat zu folgen. Hätte ich es getan und nicht auf eine fünf gesetzt, säß ich heute nicht hier.“

Cooper beobachtete ihn. Seine braunen tiefliegenden Augen blickten hart und verächtlich, die Lippen waren zu einem spöttischen Lächeln verzogen. In Kuala Solor hatte er allerhand über Mr. Warburton gehört. Er sei kein übler Mensch und verwalte seinen Distrikt so regelmäßig wie ein Uhrwerk; aber Himmel, was für ein Snob! Sie schmunzelten und lachten gutmütig über ihn, denn es war unmöglich, diesen großzügigen und liebenswürdigen Mann nicht zu mögen. Man hatte Cooper schon die Geschichte vom Prince of Wales und vom Bakkaratspiel erzählt, aber Cooper hörte ohne Nachsicht zu. Von Anfang an war ihm die ganze Art des Residenten zuwider gewesen. Cooper war verletzbar und wand sich unter Mr. Warburtons höflichem Sarkasmus. Dieser besaß ein besonderes Geschick, Bemerkungen, die er mißbilligte, mit verletzender Ruhe zur Kenntnis zu nehmen. Cooper hatte nur kurze Zeit in England gelebt und empfand eine eigentümliche Abneigung gegen die Engländer. Ganz speziell verabscheute er die exklusiven Internatsschüler, vor deren gönnerhaftem Verhalten er sich immer gefürchtet hatte. Das Vornehmtun der anderen jagte ihm große Angst ein. Um ihnen zuvorzukommen, übertrumpfte er sie, indem er eine noch arrogantere Miene aufsetzte, damit alle glauben sollten, er sei unerträglich eingebildet.

„Auf alle Fälle hat der Krieg für uns sein Gutes gehabt", sagte er zum Schluß. „Er hat die Herrschaft der Aristokratie vernichtet. Der Burenkrieg hat sie angeknackst und der Weltkrieg beendet."

„Die großen Familien von England sind dem Untergang geweiht", sagte Mr. Warburton mit der nachdenklichen Melancholie eines *émigré,* der sich an den Hof Louis XV. erinnert. „Sie können es sich nicht länger leisten, in ihren prächtigen Schlössern zu leben, und ihre fürstliche Gastlichkeit wird bald nur noch Erinnerung sein."

„Nach meiner Meinung das Beste, was passieren konnte."

„Mein lieber Cooper, was wissen Sie von der Herrlichkeit Griechenlands und der Größe Roms?"

Mr. Warburton machte eine weitläufige Geste. Seine Augen versanken für einen Moment träumerisch in der Erinnerung an die Vergangenheit.

„Na, glauben Sie mir, wir haben alle die Nase voll von diesem Quatsch. Was wir wollen, ist eine tüchtige Regierung und tüchtige Männer. Ich wurde in einer Kronkolonie geboren und hab mein Leben in den Kolonien verbracht. Ich gebe keinen Pfifferling für einen Lord. Der Hauptfehler der Engländer ist ihr Snobismus. Und wenn es etwas gibt, das mich auf die Palme bringt, ist es ein Snob."

Ein Snob! Mr. Warburtons Gesicht färbte sich purpurrot, und seine Augen funkelten vor Wut. Das Wort verfolgte ihn sein ganzes Leben. Die vornehmen Damen, deren Gesellschaft er sich in seiner Jugend erfreut hatte, waren nicht geneigt, seine Wertschätzung für sie zu verachten oder als unwürdig zu empfinden. Doch auch vornehme Damen verloren manchmal die Nerven, und mehr als einmal war Mr. Warburton das schreckliche Wort ins Gesicht geschleudert worden. Er wußte, daß es einige abscheuliche Leute gab, die ihn einen Snob nannten. Wie ungerecht das war! Es gab für ihn keine verabscheuungswürdigere Untugend als Snobismus. Niemand konnte ihm verübeln, daß er mit Leuten seines Standes verkehrte, sich in ihrer Gesellschaft zu Hause fühlte. Warum, in Gottes Namen, konnte man das snobistisch nennen?

„Ich bin ganz Ihrer Meinung", antwortete er. „Ein Snob ist ein Mensch, der andere bewundert oder verachtet, weil diese gesellschaftlich über ihm stehen. Das ist die vulgäre Schwäche unserer englischen Spießbürger."

Er bemerkte ein belustigtes Funkeln in Coopers Augen. Cooper hob seine Hand zum Mund, um ein breites Grinsen zu verbergen, was er dadurch noch auffälliger machte. Mr. Warburtons Hände zitterten ein wenig.

Wahrscheinlich erkannte Cooper nicht, wie sehr er seinen Chef beleidigt hatte. Selbst ein empfindlicher Mensch, war er merkwürdig unsensibel gegenüber Gefühlen anderer.

Ihre Arbeit zwang sie, sich tagsüber ein paar Minuten zu sehen. Um sechs trafen sie sich zu einem Glas auf Mr. Warburtons Veranda. Das war eine Sitte des Landes, und Mr. Warburton mochte sie um keinen Preis aufgeben. Doch ihre Mahlzeiten nahmen sie getrennt ein; Cooper in seinem Bungalow und Mr. Warburton in der Residenz. Nach der Büroarbeit unternahmen sie Spaziergänge, bis die Dämmerung hereinbrach – aber jeder für sich. Es gab nicht viele Wege innerhalb der Ansiedlung, die vom Sumpfdickicht des Dschungels umschlossen war. Wenn Mr. Warburton seinen Assistenten mit schlaksigen Schritten daherkommen sah, machte er einen Umweg, um ihm nicht zu begegnen. Cooper mit seinen schlechten Manieren, seiner Intoleranz und seinem Dünkel, hatte begonnen, ihm ernsthaft auf die Nerven zu gehen; aber erst als Cooper etwa zwei Monate auf dem Fort war, trat der Vorfall ein, der des Residenten Abneigung in bitteren Haß verwandelte.

Mr. Warburton mußte eine Inspektionsreise ins Landesinnere unternehmen und ließ die Station vertrauensvoll in Coopers Obhut zurück, dessen Tüchtigkeit er erkannt hatte. Das einzige, was ihm nicht gefiel, war seine Unduldsamkeit. Er war ehrlich, genau und arbeitsam, hatte aber keine Sympathien für die Eingeborenen.

Amüsiert und erbittert sah Mr. Warburton, wie dieser Mensch, der sich jedem anderen Menschen gleich dünkte, so viele als unter ihm stehend behandelte. Er war hart und hatte kein Verständnis für die Mentalität der Eingeborenen; und er war ein Schikanierer. Mr. Warburton merkte bald, daß die Malaien ihn nicht mochten und ihn fürchteten. Das kam ihm nicht ungelegen, denn es hätte ihn nicht besonders erfreut, wenn sich dieser Assistent einer Popularität erfreut hätte, die mit seiner eigenen rivalisierte. Mr. Warburton traf sorgfältige Vorbereitungen für die Expedition, reiste ab und kehrte nach drei Wochen zurück. In der Zwischenzeit war die Post eingetroffen. Das erste, was ihm in die Augen stach, als er sich in den Salon begab, war ein Stapel auseinandergerissener Zeitungen. Cooper hatte ihn abgeholt, und sie gingen zusammen hinein. Mr. Warburton wandte sich an einen daheimgebliebenen Diener und fragte streng, was es mit diesen offenen Zeitungen auf sich habe. Cooper beeilte sich zu erklären: „Ich wollte die Geschichte vom Wolverhampton-Mörder lesen, und darum hab ich mir Ihre *Times* ausgeliehen und wieder zurückgebracht. Ich wußte, Sie würden nichts dagegen haben." Mr. Warburton fuhr herum, bleich vor Wut: „Aber ich *habe* was dagegen. Ich habe *sehr viel* dagegen."

„Entschuldigung", sagte Cooper gelassen. „Ich konnte einfach nicht so lange warten, bis daß Sie zurück waren."

„Ich wundere mich, daß Sie nicht auch meine Briefe geöffnet haben."

Cooper grinste unbewegt über die Erbitterung seines Chefs.

„Oh, das ist nicht ganz dasselbe. Schließlich kann ich ja nicht ahnen, daß Sie was dagegen haben, wenn man Ihre Zeitungen anschaut. Ist doch nichts Privates drin."

„Ich habe sehr wohl etwas dagegen, wenn jemand meine Zeitungen vor mir liest."

Er ging zu dem Stoß. Es waren ungefähr dreißig Nummern.

„Ich finde das außerordentlich unverschämt von Ihnen. Sie sind alle durcheinander."

„Wir können das leicht in Ordnung bringen", sagte Cooper und trat zu ihm an den Tisch.

„Rühren Sie sie nicht an!" schrie Mr. Warburton.

„Das ist doch kindisch, eine derartige Szene wegen so einer Lappalie zu machen."

„Was erlauben Sie sich, so mit mir zu sprechen?"

„Fahren Sie doch zur Hölle", sagte Cooper und rannte aus dem Zimmer.

Mr. Warburton, zitternd vor Erregung, war allein und sah die Zeitungen an. Das größte Vergnügen seines Lebens war zerstört durch diese gefühllosen, brutalen Hände.

Die meisten in abgelegener Gegend wohnenden Menschen reißen die neuangekommene Post sofort auf und überfliegen ungeduldig die letzten Zeitungsneuigkeiten. Nicht so Mr. Warburton. Sein

Zeitungshändler hatte Instruktionen, jede Nummer, die er expedierte, auf dem Streifband zu datieren. Wenn das Bündel dann ankam, schaute Mr. Warburton auf dieses Datum und numerierte danach jede Ausgabe mit Bleistift. Sein Head-Boy hatte Weisung, jeden Morgen eine Zeitung neben dem Morgen-Tee auf den Tisch der Veranda zu legen; und es bereitete Mr. Warburton besonderes Vergnügen, das Streifenband zu lösen und während er an seinem Tee nippte, die Morgenzeitung zu lesen. Das gab ihm die Illusion, zu Hause zu sein. Jeden Montagmorgen las er die Montag-*Times* von sechs Wochen vorher – und so fuhr er die Woche fort. Sonntags las er den *Observer.* Wie die Gewohnheit, sich zum Dinner umzukleiden, betrachtete er auch das als eine Verbindung zur Zivilisation. Es war sein Stolz, daß er niemals der Verlockung nachgegeben hatte, die Zeitung vor der zugemessenen Zeit zu öffnen. Während des Krieges war die Spannung manchmal unerträglich gewesen, und als er eines Tages vom Beginn einer Offensive las, erlebte er peinvolle Ungewißheit, vor der er sich hätte retten können, indem er die neueste Ausgabe, die ja bereitlag, geöffnet hätte. Das war die heftigste Anfechtung, der er sich jemals ausgesetzt sah. Doch überwand er sie siegreich. Und da kam nun dieser tölpelhafte Kerl und brach alle die ordentlichen, straffen Bündchen auf, weil er wissen wollte, ob irgendein greuliches Weib ihren abscheulichen Mann umgebracht hatte.

Mr. Warburton rief seinen Boy und befahl ihm, Streifbänder zu bringen. Er faltete die Zeitungen, so sorgfältig er konnte, zusammen, legte das Streifband darum und numerierte sie. Aber es war eine trübsinnige Arbeit.

„Das werde ich ihm nie verzeihen“, sprach er. „Niemals.“

Selbstverständlich hatte ihn sein Head-Boy auf der Expedition begleitet. Er reiste niemals ohne ihn, denn keiner wußte so genau, wie alles zu ordnen war, und er zählte nicht zu Dschungelreisenden, die auf Komfort verzichten mochten. Nach ihrer Ankunft eilte der Boy zum Schwatzen in die Bedienstetenräume. Dort erfuhr er, daß Cooper Scherereien mit den Dienern gehabt hatte. Alle, außer dem jungen Abas, hatten ihn verlassen. Abas wollte ebenfalls seinen Dienst quittieren; aber da er auf Geheiß des Residenten eingestellt worden war, scheute er sich, ohne Erlaubnis seines Onkels wegzulaufen.

„Ich sagte ihm, er hat recht gehandelt, Tuan“, sagte der Head-Boy, „aber er ist unglücklich. Er sagt, es ist kein gutes Haus, und er möchte wissen, ob er wie die anderen gehen darf.“

„Nein, er muß bleiben. Der Tuan braucht Diener. Sind andere gekommen für die, die gegangen sind?“

„Nein, Tuan, niemand will gehen.“

Mr. Warburton runzelte die Stirn. Cooper war ein impertinenter Bursche, aber er bekleidete eine offizielle Position und mußte angemessen mit Dienern versorgt sein. Es wäre nicht schicklich, wenn sein Haus unzulänglich geführt würde.

„Wo sind die weggelaufenen Boys?“

„Im Kampong, Tuan.“

„Besuch sie heute abend und sage ihnen, ich erwarte, daß sie morgen bei Tagesanbruch in Tuan Coopers Haus zurück sind.“

„Sie sagen, sie wollen nicht gehen, Tuan.“

„Nicht auf meinen Befehl hin?“

Der Boy war nun schon seit fünfzehn Jahren bei Mr. Warburton und kannte jeden Tonfall der Stimme seines Herrn. Nicht, daß er ihn fürchtete, sie hatten schon viel zusammen erlebt. Einmal, im Dschungel, hatte ihm der Resident das Leben gerettet, und ein andermal waren sie in einer Stromschnelle gekentert, wo der Resident beinahe ertrank, wenn nicht der Boy gewesen wäre. Er wußte genau, wann er dem Residenten widerspruchslos gehorchen mußte.

„Ich werde ins Kampong gehen“, sagte er.

Mr. Warburton erwartete, daß sein Untergebener die erste Gelegenheit benutzen würde, um sich für sein ungebührliches Betragen zu entschuldigen. Aber Cooper besaß das Unvermögen des schlecht erzogenen Menschen, eine Entschuldigung auszudrücken. Als sie sich am nächsten Morgen im Büro trafen, ignorierte er den Zwischenfall. Nach Mr. Warburtons dreiwöchiger Abwesenheit war eine längere Besprechung notwendig. Danach entließ ihn Mr. Warburton.

„Ich glaube, das ist alles. Ich danke Ihnen.“

Cooper wandte sich zum Gehen, als Mr. Warburton ihn anhielt.

„Ich hörte, Sie hatten Ärger mit Ihren Dienern?“

Cooper stieß ein hartes Lachen aus.

„Sie versuchten mich zu erpressen, dann hatten sie die Unverschämtheit wegzulaufen. Alle, außer diesem unfähigen Abas, der weiß, wo er sein Futter hat. Aber ich habe nicht nachgegeben. Gestern kamen sie alle wieder angekrochen."

„Heute morgen waren sie allesamt wieder an ihren Plätzen. Der Chinesenkoch und alle. Unverfroren standen sie da, als ob das Haus ihnen gehörte. Wahrscheinlich haben sie gemerkt, daß ich nicht so blöd bin, wie ich aussehe."

„Mitnichten. Sie sind auf meinen ausdrücklichen Befehl zurückgekehrt."

Leichte Röte stieg in Coopers Gesicht, und seine Stimme wurde lauter.

„Ich wäre Ihnen verbunden, wenn Sie sich nicht in meine Privatangelegenheiten mischen würden."

„Das sind leider nicht Ihre Privatangelegenheiten. Wenn Ihre Diener weglaufen, machen Sie sich lächerlich. Es sei Ihnen freigestellt, einen Narren aus sich zu machen, aber ich kann nicht dulden, daß man Sie als solchen behandelt. Es ist Ihrer Position nicht angemessen, wenn Ihr Haus nicht anständig mit Personal versehen ist. Sobald ich erfuhr, daß Ihre Boys Sie verlassen hatten, ließ ich ausrichten, sie hätten bei Tagesanbruch wieder ihre Plätze einzunehmen. Das ist alles."

Mr. Warburton nickte, um zu bedeuten, daß die Besprechung beendet sei. Cooper reagierte nicht darauf.

„Soll ich Ihnen sagen, was ich getan habe? Ich hab diesem ganzen verdammten Pack den Laufpaß gegeben und zehn Minuten, um zu verschwinden."

Mr. Warburton zuckte die Achseln.

„Was gibt Ihnen die Hoffnung, neue zu bekommen?"

„Ich habe meinem Schreiber befohlen, für neue Boys zu sorgen."

Mr. Warburton überlegte einen Moment.

„Ich glaube, Sie verhalten sich nicht sehr klug. Sie würden in Zukunft gut daran tun, sich zu überlegen, daß gute Herren mit guten Dienern belohnt werden."

„Haben Sie sonst noch eine Belehrung für mich?"

„Ich würde Ihnen gern Manieren beibringen, aber das wäre wohl etwas mühsam, und ich habe keine Zeit zu vergeuden. Ich werde dafür sorgen, daß Sie Diener bekommen."

„Bitte, bemühen Sie sich nicht. Ich bin sehr gut in der Lage, mir selber welche zu beschaffen.“

Mr. Warburton lächelte eisig. Ihm fiel ein, daß Cooper ihn ebenso wenig leiden konnte wie er ihn; und er wußte, daß nichts kränkender ist, als Gefälligkeiten von jemandem anzunehmen, den man verabscheut.

„Darf ich Sie darauf aufmerksam machen, daß Ihre Aussichten, malaiische oder chinesische Bedienstete zu bekommen, so gering sind, wie die, einen englischen Butler oder französischen Küchenchef zu finden? Keiner wird zu Ihnen kommen, es sei denn auf meinen ausdrücklichen Befehl. Gestatten Sie mir, Ihn zu erteilen?“

„Nein.“

„Wie Sie wünschen. Guten Morgen.“

Mr. Warburton verfolgte die Entwicklung der Situation mit beißendem Humor. Coopers Schreiber war nicht in der Lage, Malaien, Dyaks oder Chinesen zu bewegen, das Haus eines solchen Herrn zu betreten. Abas, der ergeben zurückgeblieben war, kannte nur chinesische Gerichte, vor denen Cooper, der ein kräftiger Esser war, sich ekelte, weil ihm der ständige Reis bis zum Hals stand. Er hatte keinen Wasserträger, dabei benötigte er in der großen Hitze mehrere Duschen täglich. Er verwünschte Abas, der ihm trotzigen Widerstand leistete und nicht mehr tat, als unbedingt nötig war. Es war bitter zu wissen, daß er nur blieb, weil der Resident darauf bestanden hatte. Das ging vierzehn Tage so; dann fand er eines Morgens alle Diener, die er voreilig entlassen hatte, in seinem Haus wieder vor. Helle Wut packte ihn, doch war er etwas vernünftiger geworden und ließ sie gewähren, ohne ein Wort zu sagen. Er schluckte die Demütigung, aber die ungeduldige Verachtung, mit der er die Eigenarten des Residenten ertragen hatte, verwandelte sich in finsteren Haß: Der Resident hatte ihn mit diesem boshaften Streich zum Gegenstand des Gelächters bei allen Eingeborenen gemacht.

Die beiden Männer unterhielten nun keinerlei Beziehungen mehr. Sie brachen mit dem altehrwürdigen Brauch, trotz aller persönlichen Abneigungen sich zum Sechs-Uhr-Drink zu treffen, wenn zufällig ein Weißer zu Besuch war. Jeder lebte für sich in seinem eigenen Haus, als ob der andere nicht existierte. Jetzt, wo Cooper eingearbeitet war, hatten sie auch im Büro nur wenig miteinander zu tun. Mr. Warburton benutzte den Dienstweg, wenn es etwas mitzuteilen gab, und sandte seine Instruktionen durch formelle Briefe. Sie sahen sich ständig, das war unvermeidlich, wechselten aber in einer Woche kein halbes Dutzend Wörter. Daß sie nicht verhindern konnten, einander zu sehen, zehrte an ihren Nerven. Sie brüteten über ihrer Feindschaft, und Mr. Warburton vermochte auf seinen täglichen Spaziergängen an nichts anderes zu denken, als wie sehr er seinen Assistenten verabscheute.

Das Schreckliche war, daß es aller Wahrscheinlichkeit nach so weiterging, bis Mr. Warburton in Urlaub fuhr. Das konnte noch drei Jahre dauern. Er hatte keinen triftigen Grund, eine Beschwerde an die Verwaltungsbehörde zu richten: Cooper tat seine Arbeit sehr korrekt, und in dieser Zeit waren Männer knapp. Von den Eingeborenen erreichten ihn zaghafte Beschwerden, die ihm andeuteten, daß sie Cooper hart fanden. Ganz sicher gab es ein Gefühl von Unzufriedenheit unter ihnen. Aber wenn Mr. Warburton einzelne Fälle näher untersuchte, konnte er nur sagen, daß Cooper Härte zeigte, wo Milde angebracht gewesen wäre, daß er gefühllos handelte, wo er selbst Verständnis gehabt hätte. Doch tat er nichts, wofür man ihn hätte zur Rechenschaft ziehen können. Mr. Warburton beobachtete ihn. Haß macht die Menschen oft klarsichtig. Er hegte den Verdacht, daß Cooper die Eingeborenen ohne Rücksicht ausnutzte, sich aber innerhalb gesetzlicher Grenzen hielt, denn er spürte, daß er damit seinen Chef reizen konnte; doch eines Tages würde er vielleicht zu weit gehen. Keiner wußte besser als Mr. Warburton, wie reizbar die unaufhörliche Hitze einen Menschen machen kann und wie schwer es ist, nach einer schlaflosen Nacht die Selbstbeherrschung zu bewahren. Er lächelte leise vor sich hin. Früher oder später würde Cooper sich ihm in die Hände liefern.

Als dann schließlich der Zeitpunkt kam, lachte Mr. Warburton laut. Cooper hatte die Aufsicht über die Strafgefangenen. Diese legten Straßen an, zimmerten Lagerbaracken, ruderten, wenn nötig, flußab- oder -aufwärts, hielten den Ort sauber oder machten sich sonst nützlich. Bei guter Führung konnte man sie sogar als Hausdiener einsetzen. Cooper sah ihnen scharf auf die Finger. Er liebte es, sie schuften zu sehen. Es machte ihm Vergnügen, mühselige Arbeiten zu ersinnen, und er sah sofort, wenn sie sie schlecht erledigten – denn sie begriffen rasch, daß er ihnen sinnlose Arbeiten aufbürdete. Dann bestrafte er sie durch Verlängerung der Arbeitsstunden. Das widerlief den Bestimmungen. Sobald Mr. Warburton davon erfuhr, befahl er, ohne Rücksprache mit seinem Unterbeamten, die Einhaltung der alten Arbeitszeit. Auf seinem Spaziergang sah Cooper verblüfft die Gefangenen zurück zum Gefängnis ziehen. Er hatte befohlen, daß sie nicht vor Einbruch der Dunkelheit aufhören dürften. Als er den diensthabenden Aufseher fragte, warum sie ihre Arbeit verlassen hätten, wurde ihm gesagt, das sei auf Anordnung des Residenten geschehen. Blaß vor Wut rannte er zum Fort. Mr. Warburton, in makellos weißen Segeltuchhosen und elegantem Tropenhelm, den Spazierstock in der Hand, war im Begriff, mit seinem Hund zum Nachmittagsbummel aufzubrechen. Er hatte Cooper weggehen sehen und wußte, daß er den Weg zum Fluß eingeschlagen hatte. Cooper sprang die Treppen hoch und lief schnurstracks zum Residenten.

„Ich möchte wissen, warum zum Teufel Sie meine Befehle umstoßen. Die Sträflinge haben bis sechs zu arbeiten", brach er aus, außer sich vor Wut.

Mr. Warburtons kalte blaue Augen weiteten sich und nahmen einen Ausdruck größter Überraschung an.

„Haben Sie den Verstand verloren? Sind Sie so ungebildet, daß Sie nicht wissen, wie Sie zu Ihrem offiziellen Vorgesetzten zu sprechen haben?"

„Fahren Sie doch zur Hölle! Die Sträflinge sind meine Sache, und Sie haben kein Recht, sich einzumischen. Scheren Sie sich um Ihren Kram und ich um meinen. Was denken Sie sich dabei, zum Teufel, einen verdammten Narren aus mir zu machen? Jeder weiß hier inzwischen, daß Sie meine Befehle widerrufen."

Mr. Warburton blieb kühl.

„Sie hatten gar keine Befugnis, derartige Befehle zu erteilen. Ich widerrief sie, weil sie grausam und tyrannisch waren. Glauben Sie mir, ich habe nicht halb so einen verdammten Narren aus Ihnen gemacht wie Sie selbst aus sich."

„Sie haben mich von Anfang an nicht leiden können. Vom ersten Tag an. Weil ich nicht vor Ihnen gekrochen bin, haben Sie alles getan, um meine Stellung hier unerträglich zu machen. Sie haben mir Steine in den Weg gelegt, wo Sie nur konnten – weil ich nicht um Sie herumscharwenzelt bin."

Cooper in seinem Zorn sprudelte hastig und verworren; er näherte sich einem gefährlichen Abgrund. Mr. Warburtons Augen wurden plötzlich noch kälter und durchdringender.

„Sie irren sich. Ich hielt Sie allerdings für einen Proleten; aber ich war durchaus zufrieden mit der Arbeit, die Sie lieferten."

„Sie Snob! Sie verdammter Vornehmtuer! Sie halten mich für einen Proleten, weil ich nicht in Eton war. Ha, man hat mir in Kuala Solor schon erzählt, was ich zu erwarten hätte. Ja, wissen Sie nicht, daß Sie im ganzen Land Gegenstand des Gelächters sind? Ich konnte mich kaum halten, um nicht loszuprusten, als Sie Ihre berühmte Geschichte vom Prince of Wales zum besten gaben. Lieber Himmel, wie haben sie im Klub gebrüllt, als sie mir das erzählten. Da bin ich lieber ein Prolet, für den Sie mich halten, als so ein Snob wie Sie."

Das traf.

„Wenn Sie nicht sofort mein Haus verlassen, schlage ich Sie zu Boden", schrie Mr. Warburton außer sich.

Cooper trat noch dichter heran und starrte ihm ins Gesicht.

„Rühren Sie mich an, rühen Sie mich nur an", sagte er. „Bei Gott, das möchte ich sehen, wie Sie mich schlagen. Soll ich es nochmal sagen? Snob! Snob!"

Cooper war ein gutes Stück länger als Mr. Warburton und ein kräftiger, muskulöser junger Bursche. Mr. Warburton war beleibt und vierundfünfzig. Seine geballte Faust schoß hervor. Cooper fing den Arm ab und stieß ihn zurück.

„Machen Sie keine Dummheiten. Bedenken Sie, ich bin kein Gentleman und weiß meine Fäuste zu gebrauchen."

Er zischte verächtlich, und über das ganze blasse, scharfe Gesicht grinsend, setzte er über die Veranda und rannte die Stufen hinab. Mr. Warburton sank erschöpft in einen Stuhl. Sein Herz schlug ihm bis zum Hals. Sein Körper prickelte, als ob er Hitzblattern hätte. Einen schrecklichen Augenblick lang dachte er, er würde in Tränen ausbrechen. Aber plötzlich wurde ihm bewußt, daß der Boy auf der Veranda stand, und instinktiv gewann er seine Beherrschung wieder. Der Boy trat hinzu und füllte ihm ein Glas Whisky mit Soda. Mr. Warburton nahm es wortlos und trank es in einem Zug.

„Wolltest du mir etwas sagen?“ fragte Mr. Warburton und versuchte krampfhaft seine verzerrten Lippen zu einem Lächeln zu zwingen.

„Tuan, der Tuan Assistent ist ein schlechter Mensch. Abas bittet wieder, ihn verlassen zu dürfen.“

„Er soll noch etwas warten. Ich werde nach Kuala Solor schreiben und bitten, daß Tuan Cooper versetzt wird.“

„Tuan Cooper ist nicht gut zu den Malaien.“

„Laß mich jetzt in Ruhe.“

Der Junge zog sich leise zurück. Mr. Warburton war mit seinen Gedanken allein gelassen. Er sah den Klub in Kuala Solor, die Männer in weißen Tenniskleidern rund um den Tisch versammelt, wenn die Nacht sie von den Golf- und Tennisplätzen hereingetrieben hatte. Er sah sie bei Whisky und Gin, lachend, wie sie sich die berühmte Geschichte von ihm und dem Prince of Wales in Marienbad erzählten. Ihm war elend vor Scham und Schmerz. Ein Snob! Sie alle hielten ihn für einen Snob, während er sie immer für anständige Kerle gehalten hatte. Er war immer Gentleman genug, um sie nicht merken zu lassen, daß sie gesellschaftlich zweiter Garnitur waren. Nun haßte er sie. Aber sein Haß gegen sie war nichts im Vergleich zu seinem Haß gegen Cooper. Wenn es zu Tätlichkeiten gekommen wäre, hätte Cooper ihn niedergeschlagen. Tränen der Erniedrigung rannen über sein rotes, gedunsenes Gesicht. Mehrere Stunden saß er da, rauchte eine Zigarette nach der anderen und wünschte, er wäre tot.

Schließlich kam sein Boy zurück und fragte ihn, ob er sich zum Dinner umkleiden wolle. Natürlich! Er kleidete sich stets zum Dinner um. Müde erhob er sich von seinem Sessel, legte gestärktes Hemd und steifen Kragen an und begab sich zur hübsch angerichteten Tafel, wo ihn wie üblich zwei Boys bedienten, während zwei andere große Fächer schwangen. Drüben im Bungalow, zweihundert Meter entfernt, aß Cooper sein schlechtes Essen, nur mit Sarong und kurzer Jacke bekleidet. Seine Füße waren nackt, und wahrscheinlich las er während des Essens einen Kriminalroman.

Nach dem Dinner setzte sich Mr. Warburton hin, um einen Brief zu schreiben. Der Sultan war nicht da, aber er schrieb privat und vertraulich an seinen Stellvertreter. Cooper verrichte seine Arbeit gut, schrieb er, doch käme er leider nicht mit ihm zu Rande. Sie fielen einander schrecklich auf die Nerven, und er würde es als großen Gefallen betrachten, wenn Cooper versetzt werden könnte.

Am nächsten Morgen sandte er den Brief per Eilkurier ab. Die Antwort kam vierzehn Tage später mit der Monatspost. Es war ein Privatbrief.

Mein lieber Warburton,

ich möchte Ihren Brief nicht offiziell beantworten und schicke Ihnen deshalb einige persönliche Zeilen. Natürlich werde ich, wenn Sie darauf bestehen, die Angelegenheit dem Sultan unterbreiten, aber ich glaube, es wäre klüger, wenn Sie es so beließen. Ich weiß, daß Cooper ein ungeschliffener Diamant ist, aber er ist tüchtig und verbrachte eine schlimme Zeit im Krieg, so daß ich meine, man sollte ihm jede Chance geben. Ich glaube, Sie sind ein wenig geneigt, der sozialen Stellung eines Menschen eine zu große Bedeutung beizumessen. Sie dürfen jedoch nicht vergessen, daß sich die Zeiten geändert haben. Natürlich ist es eine gute Sache für einen Mann, auch ein Gentleman zu sein; aber wichtiger sind jetzt fähige und tüchtige Arbeiter. Ich glaube, wenn Sie ein wenig Nachsicht üben, werden Sie gut mit Cooper auskommen.

Ihr sehr ergebener
Richard Temple

Der Brief entglitt Mr. Warburtons Hand. Es war leicht, zwischen den Zeilen zu lesen. Dick Temple, den er seit zwanzig Jahren kannte, Dick Temple, der aus einer guten alten Landadelfamilie stammte, hielt ihn für einen Snob, und deshalb hatte er kein Verständnis für seine Bitte. Ihn überkam große Entmutigung. Die Welt, von der er ein Teil gewesen war, bestand nicht mehr, und die Zukunft gehörte einer Durchschnittsgeneration. Cooper repräsentierte sie, und Cooper haßte er aus ganzem Herzen. Er streckte die Hand aus, um sein Glas zu füllen, und bei dieser Bewegung trat sein Head-Boy hinzu.

„Ich wußte nicht, daß du da bist."

Der Junge hob den Brief auf. Aha, darum wartete er.

„Geht Tuan Cooper, Tuan?“

„Nein.“

„Es wird ein Unglück geben.“

Bei seiner Müdigkeit blieben diese Worte einen Augenblick lang ohne Sinn. Dann plötzlich richtete er sich auf und schaute seinen Diener aufmerksam an.

„Wie meinst du das?“

„Tuan Cooper behandelt Abas nicht gut.“

Mr. Warburton zuckte die Achseln. Wie konnte ein Mann wie Cooper wissen, wie man Diener behandelt? Mr. Warburton kannte den Typ: einmal plump vertraulich und dann wieder grob und rücksichtslos.

„Laß Abas zu seiner Familie zurückgehen.“

„Tuan Cooper zahlt ihm keinen Lohn, so daß er nicht fort kann. Seit drei Monaten hat er ihn nicht bezahlt. Ich riet ihm, geduldig zu sein, aber er hört auf kein Zureden. Wenn der Tuan ihn weiterhin schlecht behandelt, wird es ein Unglück geben.“

„Gut, daß du mir das gesagt hast.“

Dieser Dummkopf! Kannte er die Malaien so schlecht, daß er meinte, sie ungestraft mißhandeln zu können? Es geschähe ihm verdammt recht, eines Tages einen Kris im Rücken zu haben. Ein Kris. Mr. Warburtons Herz setzte einen Schlag lang aus. Er brauchte nur den Dingen ihren Lauf zu lassen, und eines schönen Tages würde er befreit sein von Cooper. Er lächelte leise, als dieser Gedanke in ihm aufblitzte. Jetzt schlug sein Herz schneller. Er sah den verhaßten Menschen auf einem Dschungelpfad liegen; das Gesicht zu Boden und einen Dolch im Rücken. Das verdiente Ende für den Lumpen und Tyrannen. Mr. Warburton seufzte. Es war seine Pflicht, ihn zu warnen, und natürlich mußte er das tun. Er schrieb Cooper ein paar kurze formelle Zeilen und bat ihn, sofort zum Fort zu kommen.

Zehn Minuten später stand Cooper vor ihm. Sie hatten nicht miteinander gesprochen seit dem Tag, an dem Mr. Warburton ihn beinahe geschlagen hätte. Er forderte ihn nicht auf, Platz zu nehmen.

„Wünschten Sie mich zu sehen?“ fragte Cooper.

Er war unordentlich und nicht gerade sauber. Gesicht und

Hände waren mit kleinen roten Flecken bedeckt, wo ihn Moskitos gestochen und er sich gekratzt hatte, bis das Blut kam. Sein langes dünnes Gesicht hatte einen trotzigen Ausdruck.

„Ich hörte, Sie haben erneut Schwierigkeiten mit Ihrem Personal. Abas, der Neffe meines Head-Boys, beklagt sich, weil Sie ihm schon seit drei Monaten den Lohn vorenthalten. Ich betrachte das als ein höchst despotisches Vorgehen. Der Bursche möchte weg von Ihnen, und ich kann ihm das gewiß nicht verdenken. Ich muß darauf bestehen, daß Sie bezahlen, was Sie ihm schuldig sind."

„Ich will nicht, daß er davonläuft, und halte seinen Lohn als Pfand für anständiges Betragen zurück."

„Sie kennen den Charakter der Malaien nicht. Die Malaien reagieren sehr empfindlich auf Ungerechtigkeiten und Beleidigungen. Sie sind leidenschaftlich und rachsüchtig. Es ist meine Pflicht, Sie zu warnen. Wenn Sie den Jungen zum Äußersten treiben, setzen Sie sich großer Gefahr aus."

Cooper kicherte verächtlich.

„Was glauben Sie, wird er tun?"

„Ich glaube, er wird Sie umbringen."

„Hätten Sie was dagegen?"

„Oh, das nicht", antwortete Mr. Warburton mit schwachem Lächeln. „Ich würde es mit Fassung zu tragen suchen. Aber ich halte es für meine Obliegenheit, Sie ausdrücklich zu warnen."

„Glauben Sie, ich fürchte mich vor einem verdammten Nigger?"

„Das ist mir völlig gleichgültig."

„Gut, dann lassen Sie sich sagen, daß ich schon auf mich aufpassen werde. Dieser Bursche Abas ist ein dreckiger, diebischer Schuft, und wenn er irgendwelche Affenstreiche an mir versucht, bei Gott, dann dreh ich ihm seinen verfluchten Hals um."

„Das war alles, was ich Ihnen sagen wollte", sagte Mr. Warburton. „Guten Abend."

Mr. Warburton nickte verabschiedend. Cooper wurde rot und wußte einen Augenblick lang nicht, was er sagen oder tun sollte, dann drehte er sich auf dem Absatz um und stolperte hinaus. Mr. Warburton beobachtete ihn mit einem eisigen Lächeln auf den Lippen. Er hatte seine Pflicht getan. Aber was hätte er gedacht, wenn er gesehen hätte, wie Cooper, zu seinem Bungalow zurückgekehrt, so still und verlassen, sich auf das Bett warf und in seiner bitteren Einsamkeit plötzlich die Beherrschung verlor, wie schmerzendes Schluchzen sich seiner Brust entrang und schwere Tränen seine hageren Wangen hinabrannen?

Danach sah Mr. Warburton Cooper nur noch selten und sprach nicht mehr mit ihm. Jeden Morgen las er seine *Times,* erledigte seine Arbeit im Büro, unternahm seine gewohnten Spaziergänge, kleidete sich zum Dinner um, speiste und ging hinab zum Fluß, um seine Zigarre zu rauchen. Wenn der Zufall es wollte, daß sich ihre Wege kreuzten, schnitt er ihn. Obgleich keiner einen Augenblick die Nähe des andern vergaß, tat jeder so, als sei der andere nicht vorhanden. Die Zeit besänftigte ihren Haß. Sie beobachteten einander, und jeder wußte, was der andere tat. Mr. Warburton war in seiner Jugend ein passionierter Jäger gewesen, doch mit den Jahren faßte er eine Abneigung gegen das Töten der wilden Tiere im Dschungel. Cooper jedoch lief alle Sonn- und Feiertage mit seinem Gewehr in den Urwald. Wenn er etwas erlegte, bedeutete das einen Triumph über Mr. Warburton; wenn nicht, so zuckte Mr. Warburton die Achseln und kicherte. Diese Ladenschwengel wollen Waidmänner sein! Weihnachten war für beide eine schlimme Zeit. Sie aßen ihr Festmahl allein, jeder in seinem Quartier, und betranken sich ausgiebig. Sie waren die einzigen Weißen im Umkreis von zweihundert Meilen und lebten in Rufweite voneinander. Zu Jahresbeginn befiel Cooper ein Fieber. Als Mr. Warburton ihn wieder zu Gesicht bekam, war er überrascht zu sehen, wie abgemagert Cooper war. Er sah krank und erschöpft aus. Die Einsamkeit – um so unnatürlicher, weil durch keine Notwendigkeit bedingt – zehrte an seinen Nerven. Auch Mr. Warburton war nervös und konnte oft nachts nicht schlafen. Dann lag er wach und brütete. Cooper trank viel, und zweifellos war der Punkt näher gerückt, der die Explosion auslösen würde. Bei seinem Umgang mit den Eingeborenen trug er Sorge, nichts zu tun, was ihm einen Verweis seines Chefs eintragen konnte. Sie fochten einen grimmigen lautlosen Kampf. Es war eine Geduldsprobe. Die Monate vergingen. Sie waren wie Wesen, die in Regionen immerwährender Nacht weilten; ihre Seelen niedergedrückt vom Wissen, daß für sie niemals mehr der Tag anbrechen würde. Es sah so aus, als müßten sie immer in dieser dumpfen und furchtbaren Monotonie des Hasses weiterleben.

Als endlich das Unvermeidliche eintrat, traf es Mr. Warburton mit der Wucht eines unerwarteten Schlages. Cooper beschuldigte Abas, Kleidungsstücke gestohlen zu haben. Als der Junge abstritt, packte Cooper ihn am Genick und stieß ihn die Stufen des Bungalows hinab. Abas verlangte seinen Lohn, doch Cooper warf ihm nur einen Schwall von Flüchen hinterher. Wenn er ihn in einer Stunde noch auf dem Hof sähe, würde er ihn der Polizei übergeben. Am nächsten Morgen, als Cooper zum Büro lief, lauerte ihm der Knabe außerhalb des Forts auf. Wieder forderte er seinen Lohn. Cooper schlug ihm die geballte Faust ins Gesicht. Abas stürzte zu Boden, Blut rann ihm aus der Nase.

Cooper erreichte das Büro und begann mit seiner Arbeit. Aber er konnte sich nicht konzentrieren. Der Hieb hatte seine Gereiztheit besänftigt, und er wußte, daß er zu weit gegangen war. Er war beunruhigt und fühlte sich krank, elend und entmutigt. Im angrenzenden Büro saß Mr. Warburton. Er hatte das Bedürfnis, zu ihm zu laufen und zu erzählen, was er getan hatte. Er machte eine Bewegung in seinem Stuhl, aber er wußte, mit welch eisiger Genugtuung Mr. Warburton die Geschichte anhören würde. Er sah sein gönnerhaftes, herablassendes Lächeln. Eine ängstliche Besorgnis ergriff ihn, was Abas tun würde. Warburton hatte ihn mit Recht gewarnt. Er stöhnte. Was für ein Dummkopf war er gewesen. Dann zuckte er ungeduldig die Achseln. Es war alles egal. Was für ein Hundeleben. Es war Warburtons Schuld; wenn er ihn nicht so gereizt hätte, wäre nichts dergleichen geschehen. Warburton hatte ihm von Anfang an das Leben zur Hölle gemacht. Dieser Snob. Aber so waren sie alle, diese Kolonisten. Was für eine verdammte Schande, daß er im Krieg kein Offizierspatent bekommen hatte. Er war so gut wie irgendein anderer. Es gab einen Haufen dreckiger Snobs. Ein verdammter Narr wäre er, jetzt klein beizugeben. Natürlich würde Warburton erfahren, was passiert war: der alte Satan erfuhr alles. Er hatte keine Angst. Er hatte vor keinem einzigen Malaien in Borneo Angst, und Warburton sollte sich zum Teufel scheren.

Er behielt recht in der Vermutung, daß Mr. Warburton von der Sache erfahren würde. Sein Head-Boy berichtete es ihm, als er zum Lunch kam.

„Wo ist dein Neffe jetzt?"

„Ich weiß nicht, Tuan, er ist weg."

Mr. Warburton schwieg. Nach dem Lunch pflegte er sich etwas hinzulegen. Heute jedoch blieb er hellwach. Seine Augen suchten unwillkürlich immer den Bungalow, wo Cooper seine Mittagspause hielt. Dieser Schwachkopf. Einen Moment lang stiegen in ihm Bedenken auf. Wußte der Mann, in welcher Gefahr er schwebte? Er überlegte, daß er ihn kommen lassen sollte. Aber er hatte oft genug versucht, vernünftig mit Cooper zu reden. Und jedesmal war er beleidigt worden. Eine wilde Wut packte ihn plötzlich, seine Stirnadern schwollen an, und er ballte die Fäuste. Der Kerl hatte seine Warnung bekommen. Sollte er nun fertig werden mit dem, was er angerichtet hatte. Es war nicht seine Angelegenheit und wenn etwas passierte, nicht seine Schuld. Die in Kuala Solor wären vielleicht froh gewesen, wenn sie seinen Rat befolgt und Cooper versetzt hätten.

Er war sonderbar unruhig an diesem Abend. Nach dem Dinner schritt er die Veranda auf und ab. Als der Boy in sein Zimmer gehen wollte, fragte ihn Mr. Warburton, ob er Abas gesehen hätte.

„Nein, Tuan, aber ich glaube, er ist in das Dorf seines Onkels gegangen."

Mr. Warburton sah ihn scharf an, doch der Junge schaute zu Boden, und ihre Blicke trafen sich nicht. Mr. Warburton ging hinunter zum Fluß und setzte sich in die Laube. Doch Friede war ihm nicht beschieden. Der Fluß strömte unheilverkündend ruhig. Er glich einer großen Schlange, die mit trägen Bewegungen zum Meer glitt. Vom Dschungel, jenseits des Wassers, ging eine schwere, atemlose Bedrohung aus. Kein Vogel sang. Keine Brise zauste die Blätter der Kassia. Alles schien auf der Lauer zu liegen. Er durchschritt den Garten und gelangte zur Straße. Hier hatte er volle Sicht auf Coopers Bungalow. Im Wohnzimmer brannte Licht, und quer über die Straße dröhnte ein *Ragtime*. Cooper ließ sein Grammophon laufen. Mr. Warburton schauderte; niemals hatte er seine instinktive Abneigung gegen dieses Instrument überwinden können. Sonst wäre er jetzt hinübergegangen, um mit Cooper zu reden. Er wendete sich ab und ging in sein Haus zurück. Bis spät in der Nacht las er und schlummerte dann ein. Aber er schlief nicht lange; schreckliche Träume plagten ihn, und zuletzt schien ihm, als werde er durch einen Schrei geweckt. Natürlich war es auch ein Traum, denn kein Schrei – vom Bungalow zum Beispiel – wäre in seinem Zimmer zu hören. Bis Tagesanbruch lag er wach. Dann hörte er eilige Schritte und Stimmen. Sein Head-Boy stürzte plötzlich in sein Zimmer, ohne Fez. Mr. Warburtons Herz stand still.

„Tuan! Tuan!"

Mr. Warburton sprang aus dem Bett.

„Ich komme sofort."

Er schlüpfte in Pantoffeln, Sarong und Pyjamajacke und lief quer über den Hof zum Bungalow. Cooper lag im Bett, mit offenem Mund, ein Kris steckte in seinem Herzen. Er war im Schlaf ermordet worden. Mr. Warburton zuckte, nicht weil ihm dieser Anblick unvermutet kam, sondern weil er ein aufwallendes Triumphgefühl verspürte. Eine große Last war von seinen Schultern genommen.

Cooper war bereits ganz kalt. Mr. Warburton zog das Messer aus der Brust. Es war mit solcher Wucht hineingestoßen worden, daß er Mühe hatte, es herauszubekommen. Er sah den Kris an und erkannte ihn wieder. Es war ein Kris, der ihm vor einigen Wochen von einem Krämer angeboten wurde und er wußte, daß Cooper ihn gekauft hatte.

„Wo ist Abas?" fragte er streng.

„Abas ist im Dorf seines Onkels."

Der Sergeant der Eingeborenenpolizei stand regungslos am Fuß des Bettes.

„Nehmen Sie zwei Männer, laufen Sie ins Dorf und verhaften Sie ihn." Mr. Warburton tat, was unverzüglich notwendig war. Mit unbeweglichem Gesicht gab er seine Befehle. Seine Worte waren kurz und entschieden. Dann ging er zurück ins Fort. Er rasierte sich, nahm ein Bad, kleidete sich an und ging ins Eßzimmer. Die *Time,* eingewickelt in Streifband, lag wartend neben dem Gedeck. Er nahm etwas Obst. Sein Boy schenkte ihm Tee ein, während ein anderer ihm Rührei servierte. Mr. Warburton aß mit gutem Appetit. Der Head-Boy wartete.

„Was gibt's?" fragte Mr. Warburton.

„Tuan, Abas, mein Neffe, war die ganze Nacht im Haus seines Onkels. Das kann nachgeprüft werden. Sein Onkel wird schwören, daß er das Dorf nicht verlassen hat."

Mr. Warburton wandte sich ihm mit einem Stirnrunzeln zu.

„Tuan Cooper wurde von Abas getötet. Das weißt du so gut wie ich. Gerechtigkeit muß sein."

„Tuan, wird man ihn hängen?"

Mr. Warburton zögerte einen Moment. Obwohl sein Gesicht unbeweglich streng blieb, wechselte der Ausdruck seiner Augen. Ein Flackern, das der Malaie blitzschnell verstand. In seinen eigenen Augen leuchtete ein Begreifen.

„Es war eine große Herausforderung. Abas wird zu einer Gefängnishaft von bestimmter Dauer verurteilt werden." Es entstand eine Pause, während Mr. Warburton von der Marmelade nahm. „Wenn er einen Teil der Gefängnisstrafe abgebüßt hat, werde ich ihn als Diener aufnehmen. Du kannst ihn dann anlernen. Ich zweifle nicht, daß er im Hause Tuan Coopers schlechte Gewohnheiten angenommen hat."

„Soll Abas sich selbst stellen, Tuan?"

„Das wäre klug von ihm."

Der Boy verschwand. Mr. Warburton nahm seine *Times* und schlitzte das Streifband sorgfältig auf. Er liebte es, die schweren raschelnden Seiten auszubreiten. Der Morgen war köstlich frisch und kühl, und sein Blick streifte kurz und freundlich den Glanz auf dem Garten. Eine große Last war von ihm genommen worden. Er wandte sich den Kolumnen zu, in denen die Geburten, Todesfälle und Vermählungen angezeigt waren. Diese schaute er immer zuerst an. Ein Name, den er kannte, fesselte seine besondere Aufmerksamkeit. Lady Ormiskirk hatte endlich einen Sohn bekommen. Heiliger Georg, wie selig die alte Dame, ihre Mutter, sein mußte! Er würde ihr mit der nächsten Post mit ein paar Zeilen gratulieren.

Abas würde sicher einen guten Boy abgeben.

Dieser Dummkopf Cooper!

*P. E O.**

Mrs. Hamlyn sah von ihrem Liegestuhl aus die Passagiere den Laufsteg heraufsteigen. Das Schiff war in der Nacht in Singapur angekommen und hatte seit Tagesanbruch Fracht eingeladen. Die Kräne und Winden hatten den ganzen Tag gequietscht und geächzt, doch waren ihre Ohren mittlerweile an dieses andauernde Geräusch gewöhnt. Sie hatte im ‚Hôtel de l'Europe' zu Mittag gegessen und war dann, weil sie nichts besseres zu tun hatte, in einer Rikscha durch die bunt belebten Straßen der Stadt gefahren. In Singapur treffen viele Rassen aufeinander. Die Malaien fühlen sich, obschon sie auf heimischem Boden sind, in Städten nicht wohl und sind nur in geringer Anzahl vertreten. Auf den Straßen wimmelt es von geschmeidigen, geschäftstüchtigen und fleißigen Chinesen. Die dunkelhäutigen Tamilen gehen unhörbar auf nackten Sohlen, als wären sie nur zu kurzem Aufenthalt in einem fremden Land; aber die wohlhabenden Bengalen ordnen sich leicht in ihre neue Umwelt ein. Die verschlagenen und unterwürfigen Japaner scheinen mit dringenden geheimen Angelegenheiten beschäftigt zu sein. Die Engländer im Tropenhelm und in weißen Anzügen bewegen sich schnell in Autos oder gemächlich in ihren Rikschas durch die Straßen und tragen ein lässiges und sorgloses Wesen zur Schau. Die Herrscher über diese an Zahl ihnen weit überlegene Bevölkerung üben ihre Autorität lächelnd und scheinbar unbeteiligt aus. Und nun wartete Mrs. Hamlyn müde und von der Hitze erschöpft auf die Abfahrt des Schiffes und die lange Reise durch den Indischen Ozean.

Sie winkte mit einer ziemlich großen Hand – denn sie war eine große, kräftige Frau – dem Arzt und Mrs. Linsell zu, als diese an Bord kamen. Sie war schon in Yokohama zugestiegen und hatte mit süßsaurer Miene die zwischen den beiden entstandene

* Abkürzung für *Peninsular and Oriental Steamship Line* – Malaiisch-Fernöstliche Dampfschiffahrtslinie

Intimität beobachtet. Linsell war Marineoffizier und der britischen Botschaft in Tokio zugeteilt gewesen, und Mrs. Hamlyn hatte sich gewundert, mit welcher Gleichgültigkeit er die Aufmerksamkeiten hinnahm, die der Arzt seiner Frau erwies. Zwei Männer kamen jetzt über den Steg, neue Passagiere. Sie versuchte zum Zeitvertreib aus ihrem Auftreten zu schließen, ob sie Junggesellen oder verheiratet waren. Ganz in der Nähe saß eine Gruppe Männer auf Rohrstühlen. Mrs. Hamlyn hielt sie ihren Khakianzügen und breitrandigen Filzhüten nach für Pflanzer. Der Decksteward war vollauf beschäftigt, alle Bestellungen zu erledigen. Sie sprachen und lachten laut, denn sie hatten alle reichlich getrunken und waren deshalb unbekümmert lustig. Sie sagten offenbar einem aus ihrer Schar Lebewohl, aber Mrs. Hamlyn konnte nicht entdecken, wer von ihnen als Passagier zurückbleiben würde. Die Zeit bis zur Abfahrt wurde immer kürzer. Weitere Passagiere trafen ein, und dann kam Mr. Jephson würdevoll den Steg heraufgestiegen. Er war Konsul und fuhr auf Heimaturlaub. Er war in Schanghai an Bord gekommen und hatte sofort begonnen, sich um Mrs. Hamlyn zu bemühen. Aber sie war sehr wenig zum Flirten aufgelegt. Wenn sie an den Grund dachte, der sie nach England zurückführte, wurde ihr Gesicht finster. Sie würde Weihnachten noch an Bord sein, meilenweit von allen fort – aber wem lag überhaupt noch etwas an ihr? Sie fühlte so etwas wie einen Stich durchs Herz, aber es dauerte nur einen Augenblick. Es ärgerte sie, daß eine Sache, die sie mit solcher Entschlossenheit aus ihrem Bewußtsein verbannen wollte, immer wieder ihren Geist beschäftigte.

Die Schiffsglocke klang laut über Deck. Es war die Ankündigung, daß der Dampfer bald abfahren würde. Die Männer, die in ihrer Nähe saßen, schickten sich zum Aufbruch an.

„Nun, wenn wir nicht mitfahren wollen, machen wir uns besser auf die Socken“, sagte einer von ihnen.

Sie erhoben sich und gingen auf die Schiffstreppe zu. Jetzt, da das Händeschütteln im Gange war, sah Mrs. Hamlyn auch, von wem sie sich verabschiedeten. Der Mann, den sie ins Auge faßte, hatte nichts Interessantes an sich, aber weil sie nichts Besseres zu tun hatte, sah sie ihn nicht nur oberflächlich an. Er war kräftig und breitschultrig und über einen Meter achtzig groß. Sein Khakianzug war schon reichlich abgetragen, sein Hut zerbeult und verwittert.

Seine Freunde, die nun das Schiff verlassen hatten, setzten die Unterhaltung vom Kai aus fort. Mrs. Hamlyn hörte, daß er mit einem stark irischen Akzent sprach. Seine Stimme war volltönend, laut und herzhaft.

Mrs. Linsell war nach unten gegangen. Der Arzt begrüßte Mrs. Hamlyn und setzte sich neben sie. Sie erzählten einander ihre kleinen Tageserlebnisse. Die Glocke erklang wieder, und bald darauf glitt das Schiff vom Kai fort. Der Ire winkte seinen Freunden ein letztes Lebewohl zu und schlenderte dann zurück zu dem Stuhl, auf dem er Zeitungen und Zeitschriften hatte liegen lassen. Er grüßte den Arzt mit einem kurzen Nicken.

„Kennen Sie ihn?“ fragte Mrs. Hamlyn.

„Ich bin ihm im Klub vor dem Tiffin vorgestellt worden. Er heißt Gallagher und ist Pflanzer.“

Nach dem Lärm bei der Abfahrt und dem Hin- und Herrennen auf dem Schiff wirkte die Stille jetzt um so stärker und wohltuender. Sie dampften langsam an schroffen, mit grünem Buschwerk bewachsenen Felsenklippen vorüber (der Ankerplatz der Malaiisch-Fernöstlichen Dampfschiffahrtsgesellschaft befand sich in einer kleinen geschützten Bucht) und fuhren nun in den Haupthafen ein. Schiffe aller Nationen lagen hier in großer Anzahl vor Anker – Passagierschiffe, Schlepper, Leichter und Trampschiffe. Darüber hinaus hinter der Brandungslinie sah man die Masten und Rahen, einen richtigen Stangenwald, der einheimischen Dschunken. In der sanften Abendsonne hatte die ganze Szenerie etwas seltsam Geheimnisvolles. Man fühlte, alle diese Schiffe, die jetzt stillagen, warteten auf den Augenblick, wo sie ihre Tätigkeit wieder aufnehmen konnten.

Mrs. Hamlyn schlief nicht besonders gut und hatte sich angewöhnt, bei Tagesanbruch an Deck zu gehen. Es beruhigte ihr wundes Herz, die letzten, nur noch schwach schimmernden Sterne vor dem immer heller werdenden Licht des Morgens verbleichen zu sehen. Zu so früher Stunde ließ das unbewegt daliegende glasklare Meer alle irdischen Sorgen unbedeutend erscheinen. Das Licht war noch blaß und die Luft angenehm kühl. Als sie am nächsten Morgen ans Ende des Promenadendecks kam, stellte sie fest, daß jemand schon vor ihr aufgestanden war. Es war Mr. Gallagher. Er spähte nach der niedrigen Küste Sumatras hinüber, die der Sonnenaufgang wie durch Zauberhand aus dem dunklen Meer gehoben hatte. Sie war überrascht und ein wenig ärgerlich, aber bevor sie umkehren konnte, hatte er sie gesehen und nickte ihr zu.

„Schon so früh auf?“ sagte er. „Zigarette gefällig?“

Er war im Schlafanzug und Pantoffeln. Er nahm die Zigarettendose aus der Jackentasche und reichte sie ihr. Sie zögerte. Sie hatte nur ihren Morgenrock an und eine kleine Spitzenmütze über ihr zerzaustes Haar gezogen. Ihrer Meinung nach mußte sie wie eine Vogelscheuche aussehen, aber sie hatte ihre Gründe, ihre Seele zu peinigen und ihre Unvollkommenheiten nicht zu vertuschen.

„Ich denke, mit vierzig Jahren hat eine Frau kein Recht mehr, besonderen Wert auf ihr Aussehen zu legen“, sagte sie lächelnd, als müsse der Mann wissen, welch eitle Gedanken sie beschäftigten. Sie nahm die Zigarette an. „Aber Sie sind auch schon so früh auf.“

„Ich bin Pflanzer. Ich mußte viele Jahre lang jeden Morgen um fünf Uhr aufstehen und weiß noch nicht, wie ich diese Gewohnheit ablegen soll.“

Sie konnte sein Gesicht jetzt, da es nicht von einem Hut beschattet war, besser sehen. Es war angenehm, ohne hübsch zu sein. Er war natürlich überhaupt zu dick, und so waren auch seine Gesichtszüge, die in seiner Jugend nicht übel gewesen sein mochten, verschwommen. Jetzt war sein Gesicht rot und aufgedunsen. Aber seine dunklen Augen blickten fröhlich drein. Er war mindestens fünfundvierzig; trotzdem war sein Haar schwarz und dicht. Er war ein schwerer, wenig anmutiger, gewöhnlicher Mann, und Mrs. Hamlyn wäre es wohl kaum eingefallen, mit ihm zu sprechen, wenn nicht die auf Schiffsreisen übliche größere Freiheit des Umgangs sie dazu verführt hätte.

„Fahren Sie auf Urlaub?“ fragte sie ohne viel Umschweife.

„Nein, ich gehe für immer heim.“

Seine schwarzen Augen zwinkerten. Er war eine mitteilsame Natur, und ehe Mrs. Hamlyn nach unten ging, um ihr Bad zu nehmen, hatte er bereits ziemlich viel von seinem Leben erzählt. Er war fünfundzwanzig Jahre im Malaiischen Staatenbund gewesen und hatte in den letzten zehn Jahren eine Plantage in Selantan geleitet. Sie war hundertundfünfzig Kilometer von jeder einigermaßen zivilisierten Gegend entfernt; das Leben war also dort ziemlich einsam für ihn gewesen, aber er hatte während der Gummihausse viel Geld verdient und mit schlauer Überlegung, die man einem so unbekümmert aussehenden Mann gar nicht zugetraut hätte, seine Ersparnisse in Staatspapieren angelegt. Jetzt, da Gummi immer niedrigere Preise erzielte, wollte er sich ins Privatleben zurückziehen.

„Aus welchem Teil Irlands stammen Sie?“ fragte Mrs. Hamlyn.

„Aus Galway.“

Mrs. Hamlyn hatte einmal eine Autotour durch Irland gemacht und eine schwache Erinnerung an eine traurige und düstere Stadt mit verlassenen und zerfallenden großen steinernen Lagerhäusern an der melancholischen Küste zurückbehalten. Sie hatte damals den Eindruck von viel Grün und leisem Regen, von Stille und Entsagung gehabt. Dort wollte Mr. Gallagher den Rest seines Lebens verbringen? Er sprach mit knabenhafter Begeisterung von seiner Heimat. Die Vorstellung, ein so vitaler Mann wolle sein Leben in einer so grauen Welt von Schatten verbringen, bereitete Mrs. Hamlyn Mißbehagen.

„Wohnt Ihre Familie dort?“ erkundigte sie sich.

„Ich habe keine Familie. Meine Eltern sind tot. Soviel ich weiß, habe ich keinen Verwandten in der Welt.“

Ein Vierteljahrhundert lang hatte er Pläne geschmiedet, aber er hatte sie nur mit sich selbst erörtern können, und jetzt war er froh, jemanden zu haben, mit dem er darüber reden konnte. Er wollte ein Haus kaufen und sich ein Auto anschaffen. Er wollte Pferde züchten. Aus der Jagd machte er sich nicht mehr viel. Er habe in der ersten Zeit seines Aufenthalts auf der malaiischen Halbinsel genug Großwild geschossen; jetzt habe er seine Jagdleidenschaft verloren. Er habe, nachdem er selbst lange genug im Dschungel gelebt hätte, seine Ansichten darüber geändert und sehe nicht ein, warum man die Tiere des Dschungels erschießen sollte. Er sei ein guter Jäger gewesen.

„Meinen Sie, ich bin zu dick?“ fragte er.

Mrs. Hamlyn sah ihn abschätzend von oben bis unten an.

„Sie müssen eine Tonne wiegen“, sagte sie lächelnd.

Die irischen Pferde, so fuhr er lachend fort, seien die besten der Welt. Er habe sich trotz seiner Schwere seine Beweglichkeit bewahrt. Auf einer Gummiplantage müsse man den ganzen Tag auf den Beinen sein, und dann habe er auch viel Tennis gespielt. In Irland würde er bald abnehmen. Dann werde er heiraten. Mrs. Hamlyn blickte schweigend auf das Meer, das sich jetzt mit dem zarten Gold des Sonnenaufgangs färbte. Sie seufzte.

„War es so leicht, Ihr Leben hier mit allen Wurzeln auszureißen? Ist denn niemand da, den Sie ungern zurücklassen? Ich könnte mir denken, daß es Ihnen nach so vielen Jahren, als die Zeit des Scheidens schließlich herbeikam, doch etwas schmerzlich war, mögen Sie sich auch noch sehr auf das Heimkommen gefreut haben."

„Nein, ich freute mich, daß es zu Ende war. Ich hatte die Nase voll. Ich habe nicht das geringste Verlangen, dieses Land oder irgend jemanden in ihm jemals wiederzusehen."

Jetzt kamen auch einige andere Passagiere aufs Deck. Mrs. Hamlyn erinnerte sich an ihre spärliche Kleidung und ging nach unten in ihre Kabine.

Während der nächsten zwei Tage sah sie Mr. Gallagher kaum. Er verbrachte seine Zeit im Rauchsalon. Wegen eines Streiks legte das Schiff nicht in Colombo an. Die Passagiere hofften auf eine angenehme Fahrt über den Indischen Ozean. Sie trieben Sport auf Deck, sie unterhielten sich über die guten Eigenschaften der lieben Nächsten, sie flirteten. Weihnachten nahte heran, und der Gedanke an das Fest bot allen eine angenehme Abwechslung. Jemand hatte den Vorschlag gemacht, man solle zu Weihnachten einen Kostümball geben. Die Damen begannen schon, sich mit ihren Kleidern zu beschäftigen. Es wurde eine Versammlung der Passagiere erster Klasse einberufen, die entscheiden sollte, ob auch die Passagiere der zweiten Klasse einzuladen seien. Trotz der Hitze war die Diskussion lebhaft. Die Damen waren der Meinung, die Passagiere der zweiten Klasse würden sich sehr unbehaglich fühlen. Es sei zu erwarten, daß sie auf Weihnachten mehr tränken als sonst, und das könne unangenehme Folgen haben. Jeder, der sich zum Wort meldete, betonte, er (oder sie) habe keinerlei Klassenvorurteile, niemand sei so hochmütig und eingebildet, behaupten zu wollen, es bestehe irgendein Unterschied zwischen den Passagieren der ersten und der zweiten Klasse, aber man täte besser, die Passagiere der zweiten Klasse nicht in eine schiefe Lage zu bringen. Sie würden sich ungehemmter amüsieren, wenn sie eine eigene Veranstaltung durchführten. Andererseits wolle niemand sie verletzen, und heute müsse man natürlich demokratischer sein (dies in Erwiderung der Bemerkung einer Missionarsfrau aus China, die gesagt hatte, sie reise jetzt fünfunddreißig Jahre mit den Schiffen der Malaiisch-Fernöstlichen Dampfschiffahrtsgesellschaft, aber sie habe noch nie gehört, daß Passagiere der zweiten Klasse in den Salon der ersten zum Tanzen eingeladen worden seien), und selbst wenn sie keinen Gefallen daran fänden, so würden sie doch vielleicht gern erscheinen. Mr. Gallagher hatte sich nur unter Sträuben vom Kartentisch wegschleppen lassen, aber man hatte ihn geholt, weil man voraussah, daß bei der Abstimmung nur eine knappe Mehrheit herauskommen würde, und der Konsul ihn auf jeden Fall um seine Meinung befragen wollte. Mr. Gallagher hielt mit ihr auch nicht zurück. In der zweiten Klasse, so sagte er, fahre ein Mann mit, der auf seiner Plantage gearbeitet habe. Er hob seinen massiven Körper von der Couch, auf der er sich niedergelassen hatte.

„Ich für meine Person habe nur dies zu bemerken: der Mann, der mit mir fährt, hat unseren Maschinenpark beaufsichtigt. Er ist ein ganz famoser Kerl und könnte ebenso gut auf Ihrer Gesellschaft erscheinen wie ich selbst. Aber er wird nicht kommen, weil ich ihn an dem Tage bis sechs Uhr abends so betrunken machen werde, daß ihm nichts anderes übrig bleibt, als ins Bett zu kriechen."

Mr. Jephson, der Konsul, lächelte säuerlich. Man hatte ihn wegen seiner amtlichen Stellung zum Vorsitzenden der Versammlung gewählt, und so wollte er die Angelegenheit ernsthaft behandelt sehen. Er sagte gern, wenn es sich lohne, eine Sache anzufassen, so müsse man sie auch richtig anfassen und sie zu einem guten Ende führen.

„Ich entnehme aus Ihrer Bemerkung", sagte er nicht ohne Schärfe, „daß die Angelegenheit, mit der sich die Versammlung beschäftigt, Ihnen nicht von großer Bedeutung zu sein scheint."

„Ich halte sie in der Tat für so unbedeutend, daß es sich nicht lohnt, einen Finger deswegen zu rühren", erwiderte Gallagher augenzwinkernd.

Mrs. Hamlyn lachte. Man beschloß dann, auf folgende Weise vorzugehen: Die Passagiere der zweiten Klasse sollten eingeladen werden, aber privat wollte man an den Kapitän herantreten, um ihn zu bestimmen, dem Plan, die Passagiere der zweiten Klasse zu einem Ball in den Salon der ersten zu bitten, seine Genehmigung zu versagen. Am Abend dieses Tages kam Mrs. Hamlyn, bereits zum Essen angekleidet, zur selben Zeit aufs Deck wie Mr. Gallagher.

„Gerade noch Zeit, einen Cocktail zu trinken, Mrs. Hamlyn", rief er in bester Laune.

„Gern. Ich sage Ihnen ganz offen, ich brauche einen, um mich ein wenig aufzuheitern."

„Warum?" fragte er lächelnd.

Mrs. Hamlyn fand sein Lächeln verführerisch, aber sie hielt es doch für besser, seine Frage nicht zu beantworten.

„Ich habe es Ihnen schon einmal in der Frühe gesagt, ich bin vierzig."

„Ich habe noch nie eine Frau gesehen, die diese Tatsache so hartnäckig betonte."

Sie gingen in die Wandelhalle, und der Ire bestellte einen trockenen Martini für sie und einen Gin Pahit für sich. Er hatte zu lange im Osten gelebt, um an anderen Getränken noch Geschmack zu finden.

„Sie haben ja einen Schluckauf", sagte Mrs. Hamlyn.

„Ja, er hat mich schon den ganzen Nachmittag geplagt", erwiderte er unbekümmert. „Sonderbar, er setzte ein, als wir das Land aus den Augen verloren."

„Nun, nach dem Essen wird er wohl aufhören."

Sie tranken aus. Es läutete zum zweitenmal, und sie gingen in den Speisesaal.

„Spielen Sie Bridge?" fragte er, als sie sich trennten.

„Nein."

Mrs. Hamlyn fiel es nicht auf, daß sie Mr. Gallagher einige Tage nicht sah. Sie war mit ihren eigenen Gedanken beschäftigt. Sie beschlichen sie, wenn sie eine Näharbeit vornahm, sie traten mit Macht zwischen sie und den Roman, durch den sie sich abzulenken suchte. Sie hatte sich der Hoffnung hingegeben, ihre innere Qual würde sich mindern, je weiter das Schiff sie von dem Schauplatz ihres Unglücks wegführte, aber im Gegenteil, jeder Tag, der sie England näher brachte, vermehrte ihr Leid. Mit Entsetzen sah sie dem trostlosen Leben entgegen, das sie erwartete, und wenn sie ihre erschöpften Gedanken von der wenig erfreulichen Aussicht

Das glatte Meer, das unter der Sonnenglut wie eine Glasscheibe glitzerte, war so leer und feindlich wie das Leben, in dem kein Platz für sie war. Drei Tage lang hatte kein anderes Schiff die Einsamkeit dieser weiten Fläche durchbrochen. Nur die kurz auftauchenden und hastig über das Wasser eilenden fliegenden Fische kräuselten für eine Weile die bleierne Glätte. Die Hitze war so groß, daß selbst die unternehmungslustigsten Passagiere ihren Decksport eingestellt hatten und jetzt – es war nach dem Mittagessen – auf Stühlen ausgestreckt lagen, wenn sie nicht in ihren Kabinen schlummerten. Mr. Linsell kam auf sie zu und setzte sich zu ihr.

„Wo ist Ihre Frau?“ fragte Mrs. Hamlyn.

„Ich weiß nicht, irgendwo wird sie schon sein.“

Seine Gleichgültigkeit ärgerte sie. Sah er denn nicht, daß seine Frau mit dem Arzt ein Techtelmechtel begonnen hatte? Vor nicht allzu langer Zeit hätte er das sicher gemerkt. Ihre Ehe hatte einen romantischen Anstrich gehabt. Sie hatten sich verliebt, als seine zukünftige Frau noch auf der Schule und er selbst kaum mehr als ein Jüngling war. Sie mußten ein reizendes, hübsches Paar gewesen sein. Ihre Jugend und ihre gegenseitige Liebe mußten die Herzen gerührt haben. Und nun, nach so kurzer Zeit, waren sie schon einander überdrüssig geworden. Das Herz tat einem weh, wenn man das sah. Was hatte ihr Mann gesagt?

„Werden Sie in London bleiben, wenn Sie heimkommen?“ fragte Linsell, nur um etwas zu sagen.

„Ich nehme es an“, erwiderte Mrs. Hamlyn.

Sie konnte sich schwer mit der Tatsache abfinden, daß sie nicht wußte, wohin sie gehen sollte, und daß es niemanden kümmerte, wo sie sich aufhielt. Diese Gedanken führten sie wieder zu Gallagher. Sie beneidete ihn, weil er sich so auf die Rückkehr in die Heimat freute. Zugleich gerührt und belustigt dachte sie an die überschäumende Phantasie, mit der er das Haus beschrieben hatte, in dem er wohnen wollte, und die Frau, die er zu heiraten gedachte. Ihre Bekannten in Yokohama, denen sie sich anvertraut hatte, billigten ihren Entschluß, sich von ihrem Manne scheiden zu lassen, und hatten ihr tröstend versichert, sie werde wieder heiraten. Es verlangte sie nicht sehr, zum zweiten Male einen Zustand herbeizuführen, der sie schon einmal so enttäuscht hatte, und übrigens würden es sich die meisten Männer zweimal überlegen, bevor sie einer vierzigjährigen Frau einen Heiratsantrag machten. Mr. Gallagher zum Beispiel wünschte sich eine junge, dralle Person.

„Wo ist Mr. Gallagher?" fragte sie den in sein Schicksal so ergebenen Linsell. „Ich habe ihn schon ein paar Tage nicht mehr gesehen."

„Er ist krank. Wußten Sie das nicht?"

„Armer Kerl! Was fehlt ihm denn?"

„Er hat den Schluckauf."

Mrs. Hamlyn lachte.

„Nun, das kann man doch wohl keine Krankheit nennen."

„Der Arzt ist ziemlich besorgt. Er hat alles mögliche versucht, aber er kann kein Hilfsmittel finden."

„Wie sonderbar!"

Sie dachte nicht weiter darüber nach, aber als sie am andern Morgen dem Arzt begegnete, fragte sie ihn, wie es Mr. Gallagher gehe. Sie war überrascht, als sein knabenhaftes, fröhliches Gesicht plötzlich ernst wurde und einen verwirrten Ausdruck annahm.

„Ich fürchte, der arme Kerl ist ziemlich schlecht dran", sagte er.

„Wegen des Schluckaufs?" fragte sie erstaunt. „Eine solche kleine Unpäßlichkeit kann man doch unmöglich ernst nehmen."

„Sie müssen bedenken, er kann keine Nahrung bei sich behalten, er kann auch nicht schlafen. Er ist gänzlich erschöpft. Ich habe alles Erdenkliche versucht." Er zögerte, dann setzte er hinzu: „Wenn ich den Schluckauf nicht bald beseitigen kann, weiß ich wirklich nicht, was eintreten wird."

Mrs. Hamlyn war plötzlich beunruhigt.

„Er ist doch so stark. Er schien voll Lebenskraft zu sein."

„Ich wollte, Sie könnten ihn jetzt sehen."

„Hätten Sie etwas dagegen, wenn ich ihn besuche?"

„Kommen Sie mit."

Gallagher war von seiner Kabine ins Krankenzimmer gebracht worden, und als sie näher kam, hörte sie einen lauten Schluckauf. Der Ton hatte, vielleicht weil man ihn in Gedanken mit Unmäßigkeit verbindet, etwas Lächerliches an sich. Aber sobald Mrs. Hamlyn Gallagher erblickte, verging ihr das Lachen. Er war abgemagert und sein Hals dürr und faltig geworden. Unter der braunen Tönung der Haut sah man die Blässe seines Gesichts. Die

Augen, die vorher so voll Heiterkeit und Lachen gewesen waren, lagen tief in den Höhlen, matt und angstvoll. Sein mächtiger Körper wurde unausgesetzt vom Schluckauf geschüttelt, und jetzt hatte der Laut nichts Lächerliches mehr an sich. Mrs. Hamlyn erschien er, sie wußte nicht aus welchem Grunde, sonderbar beängstigend. Sie lächelte, als sie eintrat.

„Es tut mir leid, Sie in diesem Zustand zu sehen", sagte sie.

„Ich werde nicht daran sterben", keuchte er mit Mühe hervor. „Ich werde schon noch die grünen Küsten Erins sehen."

Ein Mann saß neben ihm. Er stand auf, als sie hereinkamen.

„Dies ist Mr. Pryce", stellte der Arzt vor. „Er hatte den Maschinenpark auf Mr. Gallaghers Plantage in Ordnung zu halten."

Mrs. Hamlyn nickte. Das war der Passagier der zweiten Klasse, auf den sich Gallagher bezogen hatte, als man über die Einladung zum Ball verhandelte. Er war ein sehr kleiner, aber kräftiger Mann mit einem angenehm lausbübischen Gesicht und selbstbewußtem Auftreten.

„Freuen Sie sich auf die Heimkehr?" fragte ihn Mrs. Hamlyn.

„Das kann man wohl behaupten, Ma'am", antwortete er keck.

An den wenigen Worten und dem Ton, in dem sie gesprochen wurden, erkannte Mrs. Hamlyn den gebürtigen Londoner. Sie konnte Leute seiner Art gut leiden. Sie hatten etwas Fröhliches, Frisches und Sorgloses an sich.

„Sie sind kein Ire, nicht wahr?" sagte sie lächelnd.

„Ich? Nee, Miss, ich bin Londoner, und ich werde keinen Trauerflor anstecken, wenn ich wieder hinkomme, das kann ich Ihnen sagen."

Mrs. Hamlyn nahm ihm das ‚Miss' nicht übel, es gefiel ihr sogar sehr gut.

„Nun, Sir, ich will mich mal wieder auf die Socken machen", sagte er zu Gallagher und machte eine Geste, als wolle er sich an die Mütze fassen, die er nicht aufhatte.

Mrs. Hamlyn fragte den Kranken, ob sie etwas für ihn tun könne, und verließ dann ebenfalls mit dem Arzt das Krankenzimmer. Der kleine Londoner wartete draußen vor der Tür.

„Kann ich Sie einen Augenblick sprechen, Miss?" fragte er.

„Natürlich."

Das Krankenzimmer des Schiffs war achtern. Sie standen an der Reling und blickten in den Lichtschacht hinab, wo ostindische Matrosen und Stewards, die dienstfrei waren, auf den geschlossenen Lukentüren des Kühlraums ihre Muße genossen.

„Wenn ich nur wüßte, wo ich anfangen soll", sagte Pryce unsicher, wobei seine ernste Miene das lebhafte, runzelige Gesicht sonderbar veränderte. „Ich bin jetzt vier Jahre bei Mr. Gallagher, und einen besseren Herrn wird man wohl so leicht nicht finden." Er zögerte wieder. „Die Sache gefällt mir nicht, wirklich ganz und gar nicht."

„Was gefällt Ihnen nicht?"

„Nun, wenn Sie mich fragen – er ist geliefert. Der Arzt weiß das nicht. Ich wollte es ihm klarmachen, aber er will einfach auf mich nicht hören."

„Sie dürfen nicht so schwarz sehen, Mr. Pryce. Der Doktor ist zwar noch jung, aber doch sehr geschickt, und an einem Schluckauf stirbt man nicht. In ein paar Tagen wird Mr. Gallagher sich wieder erholt haben."

„Wissen Sie, wann es losging? Gerade als wir das Land aus den Augen verloren. Sie sagte, er würde nie mehr Land sehen."

Mrs. Hamlyn drehte sich ihm vollends zu und sah ihn an. Sie war um eine gute Handbreite größer als er.

„Was soll das heißen?"

„Ich glaube, er ist verhext, wenn Sie verstehen, was ich damit meine. Medizin hilft ihm da nichts. Sie kennen die Malaiinnen nicht so wie ich."

Einen Augenblick war Mrs. Hamlyn sehr betroffen, aber gerade weil ein Schauer sie durchlief, zuckte sie die Schultern und lachte.

„Oh, Mr. Pryce, reden Sie doch nicht solchen Unsinn!"

„Das sagt auch der Doktor. Aber denken Sie an meine Worte: Er wird sterben, bevor wir wieder Land sehen."

Der Mann sprach in solchem Ernst, daß er auf Mrs. Hamlyn gegen ihren Willen Eindruck machte und es ihr ein wenig unheimlich zumute wurde.

„Warum soll ihn denn jemand verhext haben?" fragte sie verwundert.

„Es ist ein bißchen peinlich, mit einer Dame darüber zu reden."

„Bitte, sagen Sie es mir."

Pryce wurde so verlegen, daß Mrs. Hamlyn bei einer anderen Gelegenheit nur schwer das Lachen hätte unterdrücken können.

„Mr. Gallagher hat lange im Inneren gelebt, wenn Sie verstehen, was ich meine. Es ist sehr einsam dort, wissen Sie, und wie Männer nun einmal sind, Miss ..."

„Ich bin seit zwanzig Jahren verheiratet", sagte sie lächelnd.

„Verzeihen Sie, Ma'am. Also – er lebte mit einer Malaiin zusammen. Wie lange, weiß ich nicht, aber es könnten schon so zehn oder zwölf Jahre gewesen sein. Als er sich nun entschloß, für immer in die Heimat zu fahren, sagte er nichts davon. Sie saß stumm da und beobachtete ihn. Er dachte, sie würde nie wieder den Mund auftun, aber darin irrte er sich. Natürlich hatte er sie nicht einfach sitzenlassen. Er stattete sie gut aus, schenkte ihr ein eigenes kleines Haus und setzte ihr monatlich eine bestimmte Summe aus. Das muß ich sagen, gemein hat er nicht an ihr gehandelt, und sie wußte ja, daß er einmal fortgehen würde. Sie maulte nicht und weinte nicht. Als er seine Sachen zusammenpackte und wegschickte, saß sie da und guckte hinter ihnen her. Sie sagte kein Wort, als er seine Möbel an die Chinesen verkaufte. Er gab ihr alles, was sie haben wollte. Und als es nun Zeit war, aufzubrechen, saß sie noch immer auf der Treppe des Bungalows, machte große Augen, sagte aber nichts. Er wollte ihr Lebewohl sagen, wie man das so tut, aber, es ist nicht zu glauben, sie rührte sich nicht einmal. ‚Willst du mir nicht Lebewohl sagen?' fragte er. Da trat ein sonderbarer Ausdruck in ihr Gesicht. ‚Du gehst', sagte sie. Wissen Sie, diese Eingeborenen drücken sich komisch aus, nicht wie wir. ‚Du gehst', sagte sie, ‚aber du wirst nie in deine Heimat kommen. Wenn das Land ins Meer sinkt, wird dich der Tod berühren, und ehe noch die anderen, die mit dir gehen, wieder Land sehen, wirst du schon tot sein.' Mir lief es ganz kalt den Rücken runter, als ich das hörte."

„Und was sagte Mr. Gallagher?" fragte Mrs. Hamlyn.

„Sie wissen ja, wie er ist. Er lachte nur. ‚Immer frisch und munter', sagte er, sprang ins Auto – und weg waren wir."

Mrs. Hamlyn sah die helle, sonnige Straße, die durch die Gummipflanzungen mit ihren zierlichen, im gleichen Abstand still dastehenden Bäumen führte und sich dann auf und ab durch den dichten Dschungel wand. Das Auto mit den zwei Weißen, gelenkt von einem verwegen fahrenden Malaien, flitzte an malaiischen Häusern vorbei, die voneinander abgesondert am Wege standen, durch Dörfer, deren Märkte von dunkelhäutigen Menschen in bunten Sarongs wimmelten. Dann erreichte es gegen Abend die reinliche moderne Stadt mit ihren Klubs und Golfplätzen, ihrem gut eingerichteten Rasthaus, den vielen Weißen und der Eisenbahnstation, von wo die zwei Männer mit dem Zug nach Singapur fahren konnten. Und die Frau saß auf der Treppe des Bungalows, der nun leer stand, bis der neue Verwalter einzog, und sah die Straße hinab, dem verschwindenden Auto nach, saß dort, bis es Nacht war.

„Wie sah sie aus?“ fragte Mrs. Hamlyn.

„Wissen Sie, für meinen Geschmack sehen alle Malaiinnen gleich aus. So jung war sie natürlich nicht mehr, und diese Weiber werden ja auch mit der Zeit schrecklich fett.“

„Fett?“

Die Vorstellung erfüllte Mrs. Hamlyn merkwürdigerweise mit Entsetzen.

„Mr. Gallagher war immer ein Mann, der es sich gutgehen ließ, wenn Sie verstehen, was ich meine.“

Das Bild einer korpulenten Frau brachte Mrs. Hamlyn sofort auf den Boden der Wirklichkeit zurück. Es hatte ja beinahe ausgesehen, als ob sie, wenn auch nur für einen Augenblick, derselben Meinung gewesen wäre wie der kleine Londoner.

„Ihre Annahme ist vollständig lächerlich, Mr. Pryce. Dicke Frauen könnten Leute nicht auf eine Entfernung von tausend Meilen verhexen.“

„Sie können ruhig lachen, Miss. Aber wenn nichts geschieht, so ist Mr. Gallagher verloren. Sie werden noch an meine Worte denken. Medizin kann ihm nicht helfen, nicht die Medizin, die Weiße verabreichen.“

„Aber nehmen Sie doch Vernunft an, Mr. Pryce. Diese dicke Dame kann sich über Mr. Gallagher nicht beklagen. So wie diese Dinge hier im Osten gehandhabt werden, hat er sie sehr gut behandelt. Warum sollte sie ihm Böses wünschen?“

„Wir wissen nicht, wie die Eingeborenen darüber denken. Ich sage Ihnen, ein Mann kann zwanzig Jahre mit so einer Frau zusammengelebt haben, aber meinen Sie, er wüßte, was in ihr vorgeht? Nicht die Spur!“

Diesmal konnte sie über seine melodramatische Ausdrucksweise nicht lachen, denn er schien in vollem Ernst und aus Überzeugung zu sprechen, und sie wußte ja selbst besser als irgend jemand, wie unberechenbar das Menschenherz ist, mag es unter einer gelben, weißen oder braunen Haut schlagen.

„Aber selbst wenn sie böse auf ihn war, selbst wenn sie ihn haßte und ihn töten wollte, was konnte sie denn ausrichten?" Sonderbarerweise versuchte Mrs. Hamlyn jetzt unbewußt, sich mit ihren Fragen selbst zu beruhigen. „Es gibt kein Gift, das erst nach sechs oder sieben Tagen zu wirken beginnt."

„Von Gift habe ich nichts gesagt."

„Es tut mir leid, Mr. Pryce", erwiderte sie lächelnd, „aber an Zauberei glaube ich nicht."

„Sie haben doch im Osten gelebt."

„Zwanzig Jahre lang."

„Nun, wenn Sie zu sagen vermögen, was die Leute imstande sind zuwege zu bringen und was nicht, dann sind Sie gescheiter als ich." Er schlug plötzlich heftig und ärgerlich mit der geballten Faust auf die Reling. „Ich habe dieses verdammte Land satt. Es geht mir auf die Nerven. Wir kommen mit ihnen nicht mit, wir Weiße, das ist mal sicher. Entschuldigen Sie mich bitte, ich muß mir jetzt einen hinter die Binde gießen. Mir ist speiübel."

Er machte eine steife Verbeugung und ging fort. Mrs. Hamlyn sah ihm nach. Er war ein kleiner, rundlicher Mann und ging mit schlurfenden Schritten. Er stieg die Kajütentreppe hinab und verschwand mittschiffs im Salon zweiter Klasse. Sie wußte nicht recht, warum er sie in so unbehaglicher Stimmung zurückgelassen hatte. Sie konnte das Bild der dicken Frau nicht mehr verscheuchen. Die Frau war nicht mehr jung, trug einen Sarong, eine bunte Jacke und goldene Ohrringe. Sie saß auf der Treppe eines Bungalows und blickte eine leere Straße hinab. Ihr grobes Gesicht war geschminkt, aber ihre großen tränenlosen Augen waren ausdruckslos. Am frühen Morgen unter dem heiteren Himmel war Gallagher in bester Laune, die Zukunft lag wie eine sonnige Straße vor ihm, die sich durch eine weite, bewaldete Ebene schlängelt...

Später am Tage traf Mrs. Hamlyn den Arzt und fragte ihn, wie es seinem Patienten gehe. Der Doktor schüttelte den Kopf.

„Ich weiß nicht mehr, was ich tun soll, ich bin am Ende meines

Lateins." Er runzelte die Stirn und machte ein unglückliches Gesicht. „Das nennt man Pech, wenn man mit einem solchen Fall wie diesem zu tun hat. Es wäre schon schlimm genug, wenn wir an Land in einem Krankenhaus wären, aber an Bord eines Schiffes ..."

Er hatte in Edinburgh studiert und erst kürzlich seine Abschlußprüfung gemacht. Er unternahm diese Reise mehr zur Erholung; er wollte erst ein bißchen von der Welt sehen, ehe er eine Praxis eröffnete. Er fühlte sich um seinen Urlaub betrogen. Er hatte sich ein paar gute Wochen machen wollen und sah sich nun dieser geheimnisvollen Krankheit gegenüber, mit der er nicht fertig werden konnte. Er hatte natürlich wenig Erfahrung, aber er tat alles, was er konnte. Es war ihm vor allem peinlich, daß ihn die Passagiere womöglich für einen unwissenden Quacksalber hielten.

„Haben Sie gehört, was Mr. Pryce denkt?" warf Mrs. Hamlyn ein.

„So ein Unsinn ist mir noch nicht vorgekommen. Ich habe dem Kapitän davon Mitteilung gemacht. Er war ganz aufgebracht. Er möchte nicht, daß dieses Gerücht sich verbreitet. Er befürchtet, unter den Passagieren könnte eine Panik ausbrechen."

„Ich werde mich in Grabesschweigen hüllen."

Der Arzt sah sie scharf an.

„Sie glauben doch wohl nicht, daß an solchem Unsinn etwas Wahres sein könnte?" fragte er.

„Natürlich nicht." Sie sah auf das Meer, das blau, ölig und unermeßlich dalag.

„Ich habe lange im Osten gelebt. Es geschehen dort merkwürdige Dinge", sagte sie dann.

„Die Sache geht mir auf die Nerven", erwiderte der Arzt.

In ihrer Nähe spielten zwei kleine Japaner mit Wurfringen. Sie sahen in ihren Tennishemden, weißen Hosen und Leinenschuhen sehr elegant und europäisch aus und riefen sich sogar die Punkte auf englisch zu, und doch fühlte Mrs. Hamlyn in diesem Augenblick ihnen gegenüber ein leises Unbehagen, weil ihnen die Verkleidung so leichtzufallen schien. Auch Mrs. Hamlyn war mit ihren Nerven am Ende.

Bald, niemand wußte wie, verbreitete sich auf dem Schiff das Gerücht, Mr. Gallagher sei verhext. Während die Damen auf Deck saßen und emsig an ihren Kostümen nähten, die sie auf dem Weihnachtsball tragen wollten, sprachen sie leise darüber, und auch die Männer im Rauchsalon redeten von dieser geheimnisvollen Angelegenheit, während sie ihre Cocktails tranken. Manche Passagiere hatten lange im Osten gelebt und holten nun aus dem Schacht ihrer Erinnerung sonderbare und merkwürdige Geschichten hervor. Die Annahme, Gallagher könnte wirklich verhext sein, war natürlich lächerlich. Solche Dinge waren unmöglich. Und doch führte der eine diese, der andere jene Tatsache an, die niemand erklären konnte. Der Arzt mußte bekennen, er könne keine natürliche Ursache für Gallaghers Zustand angeben. Er hatte zwar eine physiologische Erklärung zur Hand, aber warum diese schrecklichen Magenkrämpfe so plötzlich aufgetreten waren, konnte er nicht sagen. Da er sich der Kritik ausgesetzt fühlte, versuchte er, sich zu verteidigen.

„Es ist dies ein Fall, wie er sonst vielleicht in der Praxis nie vorkommt", sagte er. „Es ist mein persönliches Pech."

Er stand in drahtloser Verbindung mit anderen Schiffen und erhielt von ihnen Behandlungsanweisungen.

„Ich habe alles versucht, was sie mir vorgeschlagen haben", sagte er ärgerlich. „Der japanische Schiffsarzt empfahl mir Adrenalin. Aber woher soll ich mitten auf dem Indischen Ozean Adrenalin bekommen?"

Das Schiff fuhr durch eine leere Wasserwüste und erhielt doch von allen Seiten unsichtbare Botschaften. Auf die Passagiere machte das einen großen Eindruck. Das Schiff war fast allein auf dem ungeheuren Meer und schien doch der Mittelpunkt der Welt zu sein. Im Lazarett rang der Kranke, von heftigen Anfällen geschüttelt, um sein Leben.

Auf einmal merkte man, daß das Schiff einen anderen Kurs genommen hatte. Man hörte, der Kapitän habe sich entschlossen, Aden anzulaufen. Gallagher sollte dort ans Land und in ein Krankenhaus gebracht werden, wo er eine Pflege erhalten konnte, wie sie an Bord nicht möglich war. Der Erste Ingenieur bekam die Anweisung, die Fahrt des Schiffes zu beschleunigen. Das Schiff war schon ein alter Kasten und ächzte unter der Anstrengung. Die Passagiere hatten sich an den gleichmäßigen Gang der Maschinen gewöhnt, und jetzt machte sie das Zittern des Schiffes nervös. Sie empfanden etwas, was sie vorher nicht gespürt hatten. Das mochte nicht allen bewußt sein, aber jeder fühlte doch, daß es auch ihn persönlich betraf. Noch immer war kein Fahrzeug auf dem weiten Meer zu sehen; es war, als führen sie durch eine leere Welt. Allmählich wurde das Unbehagen, das alle fühlten und das niemand hatte zugeben wollen, so stark, daß sie es nicht mehr verbergen konnten. Die Passagiere wurden reizbar, sie stritten sich um Kleinigkeiten, die sonst niemanden aus der Ruhe gebracht hätten. Mr. Jephson ließ weiter seine abgedroschenen Witze vom Stapel, aber niemand lachte mehr über sie. Die Linsells hatten eine Auseinandersetzung; spät am Abend hörte man, wie Mrs. Linsell bei einem Spaziergang an Deck ihrem Mann bittere Vorwürfe machte. Im Rauchsalon kam es eines Abends beim Bridge zu einer heftigen Szene. Der Streit wurde zwar bald beigelegt, aber die Versöhnung hatte einen allgemeinen Alkoholrausch zur Folge. Die Passagiere erwähnten Mr. Gallagher kaum, und doch war er in ihren Gedanken stets gegenwärtig. Sie studierten die Route, die das Schiff fuhr. Der Arzt sagte jetzt, Mr. Gallagher habe nur noch einen Tag zu leben. Alle erörterten unruhig, wann das Schiff wohl Aden erreichen könnte. Wie es dem Patienten nach der Landung ergehen würde, das bekümmerte sie nicht, sie wünschten nur, daß er nicht an Bord stürbe.

Mrs. Hamlyn besuchte Gallagher jeden Tag. Es war bei ihm der umgekehrte Vorgang wie beim tropischen Frühling, wenn der Regen nach einer langen Trockenperiode das Grün vor unseren Augen aus dem Boden treibt – Gallagher verfiel sichtlich von Tag zu Tag. Die Haut hing ihm schon lose an den Knochen. Das Doppelkinn sah aus wie die runzligen Fleischlappen am Halse eines Truthahns. Seine Wangen waren eingefallen. Man sah jetzt erst, wie mächtig sein Körper war; unter der Decke erschien sein Knochengerüst wie das Skelett eines urweltlichen Riesen. Die meiste Zeit lag er mit geschlossenen Augen da, vom Morphium im Dämmerschlaf gehalten, aber dabei von einem unaufhörlichen Schluckauf geschüttelt, und wenn er einmal die Augen öffnete, waren sie unnatürlich groß. Aus der Tiefe seiner knochigen Augenhöhlen schauten sie einen trübe, verdutzt und verstört an. Aber wenn er aus seinem Dämmerzustand erwachte und Mrs. Hamlyn erkannte, zwang er sich zu einem galanten Lächeln.

„Wie geht es Ihnen, Mr. Gallagher?“ sagte sie.

„Geht so, geht so. Wenn wir aus dieser verdammten Hitze heraus sind, ist alles wieder gut. Gott, wie sehne ich mich danach, in den Atlantischen Ozean zu tauchen und weit hinauszuschwimmen. Ich möchte fühlen, wie das kalte graue Meer von Galway mir gegen die Brust schlägt.“

Dann schüttelte ihn der Schluckauf vom Kopf bis zu den Fußsohlen. Mr. Pryce und der Steward teilten sich in seine Pflege. Das Gesicht des kleinen Londoners hatte nicht mehr die unbekümmerte Fröhlichkeit, es hatte einen verdrossenen Zug.

„Gestern hat mich der Kapitän kommen lassen“, erzählte er Mrs. Hamlyn, „und mir einen schönen Marsch geblasen.“

„Worüber?“

„Er sagte, es müsse jetzt endlich Schluß mit diesem Zauberkram gemacht werden. Die Passagiere seien davon angesteckt. Ich solle meinen Mund halten oder ich würde es mit ihm zu tun bekommen.“

„Das ganze Schiff weiß davon.“

„Ja, ja, aber meinen Sie, ich sagte es allein? Alle Matrosen und Chinesen wissen, was mit ihm los ist. Sie wissen alle, daß es keine natürliche Krankheit ist.“

Mrs. Hamlyn schwieg. Außer den Weißen zweifelte niemand daran, daß die Frau, die Gallagher im fernen Selantan zurückgelassen hatte, ihn mit ihrer Zauberei tötete. Sie wußte das von den Ahmas* einiger Passagiere. Alle waren überzeugt, seine Seele würde sich vom Körper trennen, sobald die kahlen Felsen Arabiens aus dem Meer tauchten.

„Der Kapitän will mich für den Rest der Reise in meine Kabine sperren, wenn ich, wie er sich ausdrückte, Hokuspokus mache“, sagte Pryce und legte dabei sein runzeliges Gesicht in Falten.

„Was für ein Hokuspokus soll das sein?“

„Zauberei bringt ihn um, und nur Zauberei kann ihn retten. Sagen Sie nicht, das sei nicht möglich. Ich habe es mit eigenen Augen gesehen.“ Er sprach plötzlich mit schriller Stimme und in gereiztem Ton. „Ich habe gesehen, wie man einen Mann sozusagen aus dem Rachen des Todes zog. Man brachte einen Pawang zu ihm,

* chinesische Kinderfrau

einen Zauberer, wie wir sagen. Der machte so'n bißchen Hokuspokus, und der Mann war gesund. Ich habe es mit eigenen Augen gesehen, versichere ich Ihnen."

Mrs. Hamlyn sagte nichts dazu. Pryce sah sie forschend an.

„Einer der ostindischen Matrosen an Bord versteht was von diesen Dingen und kann zaubern wie ein Pawang. Er will es auch versuchen. Nur muß er ein lebendes Tier haben. Er meint, ein Hahn würde genügen."

„Was will er denn mit dem lebenden Tier machen?" fragte Mrs. Hamlyn stirnrunzelnd.

Der kleine Londoner wurde sofort argwöhnisch.

„Wenn ich Ihnen einen Rat geben darf, sagen Sie kein Wort darüber. Ich werde nichts unversucht lassen, um meinen Chef zu retten. Und wenn der Kapitän davon hört und mich in meine Kabine sperren läßt, soll er das tun."

In diesem Augenblick kam Mrs. Linsell hinzu, und Mr. Pryce verabschiedete sich mit seiner sonderbaren Verbeugung, die mehr einem Nicken glich. Mrs. Linsell bat Mrs. Hamlyn, ihr bei der Anprobe des Kleides zu helfen, das sie sich selbst für den Kostümball zurechtgeschneidert hatte. Auf dem Wege zur Kabine sprach sie besorgt von der Möglichkeit, Gallagher könnte gerade zu Weihnachten sterben. Dann müsse der Ball leider ausfallen. Sie habe dem Arzt gesagt, sie würde nie wieder ein Wort mit ihm reden, falls Gallagher vorher sterbe, und er habe ihr hoch und heilig versprochen, er würde ihn auf jeden Fall über Weihnachten am Leben halten.

„Das wäre ja auch für ihn das beste", meinte Mrs. Linsell.

„Für wen?" fragte Mrs. Hamlyn.

„Für den armen Mr. Gallagher. Niemand stirbt ja gern zu Weihnachten, nicht wahr?"

„Das weiß ich wirklich nicht", sagte Mrs. Hamlyn.

In der Nacht erwachte sie, nachdem sie ein wenig geschlafen hatte, mit Tränen in den Augen. Sie war beunruhigt, weil sie im Schlaf weinte. Die Schwäche des Fleisches schien sie überwältigt zu haben, ihr Wille war gebrochen, und sie war wehrlos gegen ihren Kummer. Sie dachte wieder über die Einzelheiten der Katastrophe nach, die einen so tiefen Eindruck in ihr hinterlassen hatte. Sie ging noch einmal die Gespräche, die sie mit ihrem Mann geführt hatte, durch und dachte, hätte ich doch dies gesagt und jenes lieber nicht. Sie wünschte von Herzen, von der Verirrung ihres Mannes nichts erfahren zu haben, es wäre viel bequemer gewesen, und sie fragte sich, ob sie nicht klüger gehandelt hätte, wenn sie ihren Stolz beiseite gestellt und die Augen vor der unwillkommenen Wahrheit geschlossen hätte. Sie war eine Frau von Welt und wußte zu gut, wieviel mehr sie durch die Trennung von ihrem Mann verlor als nur seine Liebe. Sie verlor ihre sichere gesellschaftliche Stellung, die reichlichen Geldmittel und die Stütze der sozialen Einordnung. Sie kannte viele geschiedene Frauen, die in zweideutiger Stellung von kleinen Einkommen lebten, und wußte, wie schnell ihre Freunde ihrer überdrüssig wurden. Sie stand jetzt ganz allein. Sie war so allein wie das Schiff, das sich schnaubend einen Weg durch ein leeres Meer bahnte, so allein wie der verlassene Mann, der sterbend in dem Lazarett des Schiffes lag. Mrs. Hamlyn wußte, daß sie diesen Gedanken jetzt nicht mehr entrinnen und so leicht nicht wieder einschlafen würde. Es war sehr heiß in der Kajüte. Sie sah auf die Uhr. Es war zwischen vier und halb fünf. Noch zwei furchtbare Stunden bis Tagesanbruch!

Sie schlüpfte in einen Kimono und ging an Deck. Die Nacht war finster. Obschon der Himmel nicht bewölkt war, funkelten keine Sterne. Keuchend und zitternd stampfte das Schiff unter Volldampf durch die Dunkelheit. Die Stille war unheimlich. Es war so pechschwarz, daß sie nicht die Hand vor den Augen sehen konnte. Sie kam ans Ende des Promenadendecks und lehnte sich an die Reling. Plötzlich fuhr sie auf. Etwas hatte ihre Aufmerksamkeit erregt. Denn auf dem Zwischendeck sah sie einen Feuerschein, und vorsichtig beugte sie sich vor. Sie sah nur das Glühen, weil die nackten Rücken der am Boden hockenden Männer die Flammen verdeckten. Am Rande des Kreises erkannte sie undeutlich eine untersetzte Gestalt im Schlafanzug. Dies war ein Europäer, die anderen waren Malaien. Es mußte Pryce sein, und sie vermutete sofort, daß dort so etwas wie eine Teufelsbeschwörung im Gange war. Wenn sie angestrengt lauschte, konnte sie eine leise Stimme hören, die geheimnisvolle Formeln murmelte. Sie fing an zu zittern. Obschon die Männer offenbar zu sehr mit ihrem Unternehmen beschäftigt waren, um daran zu denken, jemand könnte sie beobachten, wagte sie es nicht, sich zu bewegen. Plötzlich erklang das Krähen eines Hahnes. Es durchdrang die Stille der Nacht, als risse man ein Stück Seide heftig entzwei. Mrs. Hamlyn hätte beinahe aufgeschrien. Mr. Pryce brachte den seltsamen Göttern des Ostens ein Opfer dar und versuchte dadurch, das Leben seines Chefs zu retten. Leise und unaufhörlich murmelte die fremde Stimme, dann entstand in dem dunklen Kreis eine Bewegung. Es geschah etwas, sie wußte aber nicht, was. Erschreckt und zornig machte der Hahn gluck-gluck, und dann kam ein sonderbarer, unbeschreiblicher Laut. Der Zauberer durchschnitt dem Hahn die Kehle. Darauf wurde es still. Anscheinend gingen verschiedene Zeremonien vor sich, die sie nicht verfolgen konnte. Nach einer Weile sah es so aus, als ob jemand das Feuer ausstampfte. Die Gestalten, die sie nur undeutlich hatte sehen können, verschwanden im Dunkel, und wieder war alles still. Nur das regelmäßige Dröhnen der Maschinen war noch zu hören.

Mrs. Hamlyn blieb, seltsam berührt, noch eine Weile stehen. Dann ging sie langsam über das Deck. Sie fand einen Liegestuhl und ließ sich auf ihm nieder. Sie konnte nur ahnen, was geschehen war. Schließlich wurde es langsam hell. Es war noch nicht Tag, aber es war auch nicht mehr Nacht. Gegen den dunklen Himmel konnte sie nun die Reling des Schiffes sehen. Dann bemerkte sie, daß jemand auf sie zukam. Es war ein Mann im Schlafanzug.

„Wer ist da?“ rief sie nervös.

„Nur der Doktor“, antwortete eine freundliche Stimme.

„Was tun denn Sie hier um diese Zeit?“

„Ich war bei Gallagher.“ Er setzte sich neben sie und zündete sich eine Zigarette an. „Ich habe ihm eine gute, starke Spritze gegeben. Er ist jetzt ruhig.“

„War es so schlimm mit ihm?“

„Ich dachte, das Ende sei nahe. Ich beobachtete ihn, und plötzlich setzte er sich auf und begann malaiisch zu reden. Ich konnte natürlich nichts verstehen. Besonders ein Wort wiederholte er immer wieder.“

„Vielleicht war es ein Name, ein Frauenname.“

„Er wollte aus dem Bett steigen. Er hatte selbst jetzt noch eine verteufelte Kraft in sich. Ich mußte mich sehr anstrengen, ihn zurückzuhalten. Ich fürchtete, er würde über Bord springen. Er schien zu glauben, jemand rufe ihn.“

„Wann war das?“ fragte Mrs. Hamlyn leise.

„Zwischen vier und halb fünf. Warum?“

„Oh, nichts.“

Es schauderte sie.

Später am Tage, als das Leben auf dem Schiff wieder normal verlief, kam Mrs. Hamlyn auf Deck an Pryce vorüber, aber er grüßte nur kurz, wandte dann seine Augen schnell ab und ging weiter. Er sah müde und überanstrengt aus. Mrs. Hamlyn dachte wieder an die dicke Frau mit den goldenen Ohrringen unter dem schwarzen Haar, die auf der Treppe des verlassenen Bungalows saß und auf die leere Straße sah.

Es war schrecklich heiß. Sie wußte jetzt, warum die Nacht so dunkel gewesen war. Der Himmel war nicht mehr blau, sondern gleichmäßig mit einem aschfahlen Weiß überzogen. Die Hitze war in den oberen Luftschichten wie ein Leichentuch ausgebreitet. Die Fläche war zu ebenmäßig, als daß man hätte an Wolken denken können. Es ging kein Windhauch. Das Meer, genauso fahl wie der Himmel, war glatt und glänzend wie die Flüssigkeit in einem Färberbottich. Die Passagiere hatten zu nichts Lust. Wenn sie an Deck spazierengingen, keuchten sie. Bei jeder Bewegung traten Schweißtropfen auf die Stirn. Man unterhielt sich nur leise. Eine unheimliche, unruhige Stimmung lag über dem ganzen Schiff. Niemand konnte mehr fröhlich lachen. Die Herzen waren voll Groll. Die Menschen auf dem Schiff hingen am Leben, und es reizte sie, daß ganz in ihrer Nähe ein Mensch im Sterben lag und sie dadurch (denn es ging sie eigentlich nichts an) auf sonderbare Weise in Mitleidenschaft zog. Im Rauchzimmer gab ein Pflanzer bei eisgekühltem Gin in brutaler Art den Gefühlen Ausdruck, die alle hegten, die aber bis jetzt niemand geäußert hatte.

„Wenn er schon abkratzen muß“, sagte er, „soll er schnell machen; er verdirbt einem die Stimmung.“

Der Tag wollte nicht zu Ende gehen. Mrs. Hamlyn war froh, als es Zeit zum Abendessen war. Soweit hatte man den Tag wenigstens hinter sich gebracht. Sie saß am Tisch des Arztes.

„Wann kommen wir nach Aden?“ fragte sie.

„Morgen früh. Wie der Kapitän sagte, sollen wir zwischen fünf und sechs Uhr morgens Land sichten.“

Sie sah ihn scharf an. Er hielt ihrem Blick nur kurz stand, senkte dann die Lider und wurde rot. Er dachte daran, daß die Frau – die Frau, die auf der Treppe des Bungalows saß – gesagt hatte, Gallagher werde nie mehr Land sehen. Mrs. Hamlyn fragte sich, ob nun auch er, der skeptische, nüchterne junge Arzt, von diesem Aberglauben angesteckt worden war. Er zog die Brauen zusammen, als wolle er seine Schwäche überwinden, und sah sie dann wieder an.

„Ich werde es nicht bedauern, wenn ich meinen Patienten dem Krankenhaus übergebe, das kann ich Ihnen sagen."

Der nächste Tag war der vierundzwanzigste Dezember. Als Mrs. Hamlyn aus unruhigem Schlaf erwachte, dämmerte der Morgen. Sie blickte aus dem Lukenfenster und sah, daß der Himmel klar und silbrig hell war. Während der Nacht war der Dunst vergangen. Mit leichterem Herzen ging sie an Deck. Sie eilte so weit nach vorn, wie es nur möglich war. Ein später Stern funkelte noch schwach am Horizont. Das Meer schimmerte, als streiche eine Brise, die sich noch nicht aufraffen konnte, mit spielenden Fingern über die Fläche. Das Licht war ungemein fein und zart wie ein knospender Wald im Frühling und kristallrein, daß man das Plätschern eines Bergbaches zu hören glaubte. Sie wandte sich der im Osten rosig aufgehenden Sonne zu. Da sah sie den Arzt auf sich zukommen. Er trug seine Uniform. Er war die ganze Nacht nicht im Bett gewesen. Er ging mit gebeugten Schultern wie ein Mensch, der zum Umfallen müde ist. Sie wußte sofort, daß Gallagher gestorben war. Als er näher kam, sah sie, daß er weinte. Er war so jung und hilflos, daß er ihr von Herzen leid tat. Voller Mitgefühl ergriff sie seine Hand.

„Sie Armer!" sagte sie. „Sie sind vollständig erschöpft."

„Ich habe alles getan, was ich konnte", erwiderte er. „Ich hätte ihn so gern gerettet."

Seine Stimme zitterte. Er konnte jeden Augenblick die Beherrschung verlieren.

„Wann ist er gestorben?"

„Vor einigen Minuten."

Mrs. Hamlyn seufzte nur. Sie fand keine Worte. Ihr Blick wanderte über das ruhige, friedliche, ewige Meer. Es schien grenzenlos zu sein wie der Kummer der Menschen. Doch plötzlich blieben ihre Augen an etwas haften, das aussah wie eine steil abfallende große Wolke. Aber die Umrisse waren für eine Wolke zu scharf. Sie berührte den Arzt am Arm.

„Was ist das?"

Er sah kurz hin, und sie bemerkte, wie er unter seiner braungebrannten Haut weiß wurde.

„Land."

Wieder dachte Mrs. Hamlyn an die Malaiin, die still auf der Treppe des Bungalows saß. Wußte sie in diesem Augenblick, was geschehen war?

Sie senkten ihn ins nasse Grab, als die Sonne hoch am Himmel stand. Sie waren alle auf dem Zwischendeck versammelt, die Passagiere der ersten und zweiten Klasse, die weißen Stewards und die europäischen Offiziere. Der Missionar hielt den Trauergottesdienst.

„Der Mensch, vom Weibe geboren, hat nur kurze Zeit zu leben und ist voll Elend. Er entsteht und wird niedergemäht wie eine Blume, er flieht dahin wie ein Schatten und dauert nicht lange."

Pryce sah mit zusammengezogenen Brauen zu Boden. Er hatte die Zähne fest aufeinandergepreßt. Er fühlte nur Zorn im Herzen. Der Arzt und der Konsul standen nebeneinander. Der Konsul mit der Miene offiziellen Bedauerns; der Arzt jedoch, jetzt glattrasiert, sah in seiner gutsitzenden, mit goldenen Tressen besetzten Uniform bleich und mitgenommen aus. Von ihm wanderten Mrs. Hamlyns Augen zu Mrs. Linsell. Sie stand dicht neben ihrem Mann und weinte; er hatte sie zärtlich an der Hand gefaßt. Mrs. Hamlyn wußte nicht, warum dieser Anblick sie so seltsam berührte. In diesem Augenblick der Trauer, in dem ihre Nerven versagten, suchte die kleine Frau instinktiv den Schutz ihres Mannes. Da fühlte Mrs. Hamlyn einen Schauer durch ihren Körper gehen; sie heftete ihre Augen auf die Ritzen des Deckbodens, denn sie wollte nicht sehen, was jetzt vor sich ging. Der Missionar hörte auf zu sprechen. Sie hörte verschiedene Bewegungen. Ein Offizier gab einen Befehl. Der Missionar fuhr fort:

„Da es dem Herrn über Leben und Tod in seiner großen Gnade gefallen hat, die Seele unseres lieben verschiedenen Bruders zu sich zu nehmen, übergeben wir seinen Leib der Tiefe, damit er in Verwesung übergehe und der Auferstehung des Fleisches entgegenharre, da das Meer seine Toten zurückgibt."

Mrs. Hamlyn rannen die heißen Tränen die Wangen hinab. Man hörte ein dumpfes Aufklatschen. Die Stimme des Missionars klang weiter.

Nach Beendigung des Gottesdienstes zerstreuten sich die Passagiere. Die der zweiten Klasse kehrten in ihre Quartiere zurück. Die Glocke rief sie zum Mittagessen. Aber die Passagiere der ersten Klasse schlenderten ziellos über das Promenadendeck. Die meisten Männer gingen ins Rauchzimmer und suchten sich mit Whisky und Soda oder mit eisgekühltem Gin aufzuheitern. Der Konsul heftete eine Notiz an das Mitteilungsbrett vor dem Speisesaal. Es war eine Einladung zu einer Versammlung. Die meisten wußten gleich, worum es sich handelte, und versammelten sich zur festgesetzten Stunde. Seit einer Woche waren sie zum erstenmal wieder fröhlich und plauderten mit einer Leichtigkeit, die nur durch eine von der Sitte auferlegte Reserve nicht zur Ausgelassenheit wurde. Der Konsul, ein Monokel im Auge, sagte, er habe die Versammlung einberufen, um die Entscheidung darüber herbeizuführen, ob der Kostümball am nächsten Tage stattfinden solle. Wie er wisse, hätten sie alle tiefstes Mitgefühl mit Mr. Gallagher. Er würde vorgeschlagen haben, sie sollten alle zusammen den Verwandten des Verstorbenen ihr Beileid übermitteln, aber bei der Durchsicht der Papiere Mr. Gallaghers habe man keine Spur von einem Verwandten oder einem Freunde des Verstorbenen gefunden, mit dem man sich in Verbindung setzen könnte. Gallagher scheine ganz allein in der Welt gestanden zu haben. Er, der Konsul, wolle es aber nicht versäumen, dem Arzt seine aufrichtige Anerkennung auszudrücken, der sicher alles getan habe, was unter den gegebenen Umständen möglich gewesen sei.

„Hört! Hört!" riefen einige Passagiere.

Sie hätten alle eine anstrengende Zeit hinter sich, so fuhr der Konsul fort, und einige könnten denken, man schulde es dem

Andenken des Verstorbenen, den Kostümball auf den Neujahrsabend zu verschieben. Dies sei jedoch nicht seine Ansicht, wie er offen sage, und er sei überzeugt, Mr. Gallagher selbst hätte dies nicht gewünscht. Natürlich müsse die Mehrheit hierüber entscheiden. Dann stand der Arzt auf und dankte dem Konsul und den anderen Anwesenden für die freundlichen Worte. Es sei wirklich eine sehr anstrengende Zeit gewesen. Der Kapitän habe ihn zu der Mitteilung ermächtigt, er, der Kapitän, wünsche ausdrücklich, daß alle Festlichkeiten zu Weihnachten stattfänden, als sei nichts geschehen. Er, der Arzt, sage ihnen im Vertrauen, der Kapitän habe das Gefühl, die Passagiere seien in einer ziemlich deprimierten Stimmung, und glaube, es würde ihnen allen guttun, wenn sie sich an Weihnachten ein paar vergnügte Stunden machten. Dann erhob sich die Frau des Missionars und sagte, man müsse nicht nur an sich selbst denken; das Festkomitee habe eine Weihnachtsbescherung für die Kinder vorbereitet, die unmittelbar nach dem Essen stattfinden sollte, und die Kinder freuten sich schon darauf, alle in Kostümen zu sehen. Es wäre doch zu arg, sie zu enttäuschen. Sie nehme es mit jedem an Achtung für den Toten auf und verstehe jeden, der in zu trüber Stimmung sei, um gerade jetzt an Tanz zu denken. Auch ihr eigenes Herz sei sehr bedrückt, aber sie habe das Gefühl, es sei doch zu selbstsüchtig, einer Stimmung nachzugeben, durch die anderen nicht geholfen werden könne. Man sollte in erster Linie an die Kleinen denken. Dies machte einen großen Eindruck auf die Passagiere. Sie wollten das Schreckliche vergessen, das viele Tage wie eine dunkle Wolke über dem Schiff gehangen hatte; sie waren am Leben und wollten etwas davon haben, aber sie hatten noch das unbehagliche Gefühl, einen gewissen Kummer zeigen zu müssen. Es war etwas ganz anderes, wenn sie ihren Wünschen aus altruistischen Beweggründen nachgeben konnten. Als der Konsul sie aufforderte, durch Handaufheben ihre Zustimmung zu erklären, streckten alle außer Mrs. Hamlyn und einer rheumatischen Dame eifrig den Arm hoch.

„Mit überwältigender Mehrheit angenommen", stellte der Konsul fest. „Ich möchte der Versammlung zu ihrer sehr vernünftigen Entscheidung gratulieren."

Man wollte schon aufbrechen, als ein Pflanzer aufstand und sagte, er wolle einen Vorschlag machen. Würden nicht alle unter den obwaltenden Umständen dafür sein, die Passagiere der zweiten Klasse zu dem Ball einzuladen? Sie seien ja auch alle heute morgen zu der Totenfeier gekommen. Der Missionar sprang auf und unterstützte den Antrag. Die Ereignisse der letzten Tage hätten sie alle zusammengeführt, so sagte er, und im Angesicht des Todes seien alle Menschen gleich. Auch der Konsul hielt wieder eine Ansprache. Diese Sache sei schon einmal bei einer früheren Zusammenkunft erörtert worden. Man sei damals zu dem Schluß gekommen, die Passagiere der zweiten Klasse würden sich wohler fühlen, wenn sie eine eigene Veranstaltung durchführten, aber die Dinge änderten sich mit den Umständen, und er sei jetzt durchaus der Meinung, der frühere Beschluß sollte rückgängig gemacht werden.

„Hört! Hört!" riefen wieder einige Passagiere.

Eine Welle demokratischer Gesinnung rauschte über sie hinweg, und der Antrag wurde durch Zuruf angenommen. Erleichtert trennten sich die Passagiere. Sie hatten alle das Gefühl, ein gutes Werk getan zu haben. Im Rauchsalon spendierten sich die Männer gegenseitig Getränke.

Und so zog auch Mrs. Hamlyn am nächsten Abend ihr Kostüm an. Sie war zwar nicht für die bevorstehende Festlichkeit aufgelegt und hatte schon daran gedacht, sich wegen Krankheit zu entschuldigen, aber das würde ihr, wie sie wußte, niemand glauben, und sie fürchtete, als überspannt angesehen zu werden. Sie ging als Carmen und konnte nicht der Eitelkeit widerstehen, sich so hübsch wie möglich zu machen. Sie schwärzte ihre Wimpern und legte Rouge auf ihre Wangen. Das Kostüm stand ihr gut. Als das Hornsignal ertönte und sie in den Salon kam, wurde sie mit schmeichelhafter Überraschung empfangen. Der Konsul, immer ein großer Spaßmacher, war als Ballettmädchen verkleidet und wurde mit Lachstürmen begrüßt. Der Missionar und seine Frau, ein wenig schüchtern, aber sonst mit sich zufrieden, wirkten großartig als Mandschus. Mrs. Linsell zeigte als Kolumbine soviel wie möglich von ihren schönen Beinen. Ihr Mann war ein Araberscheich und der Arzt ein malaiischer Sultan.

Man hatte eine Sammlung veranstaltet, um Champagner für das Festessen zu besorgen, und daher verlief die Mahlzeit in ausgelassener Stimmung. Die Dampfschiffahrtsgesellschaft hatte Knallbonbons gestiftet, in denen Papierhüte verschiedenster Formen verborgen waren, und diese setzten sich nun die Passagiere auf. Sie warfen auch mit Papierschlangen und stießen unter Schreien und Lachen kleine Ballons durch die Luft. Sie amüsierten sich ganz vortrefflich. Nach dem Essen gingen sie in den Salon, in dem bereits die Kerzen am Christbaum brannten. Die Kinder wurden hereingeführt und stürzten sich mit fröhlichem Kreischen auf die Geschenke. Dann begann der Tanz. Die Passagiere der zweiten Klasse umstanden scheu die dafür auf dem Deck reservierte Fläche und tanzten gelegentlich miteinander.

„Ich freue mich, daß wir sie eingeladen haben", sagte der Konsul zu Mrs. Hamlyn. „Ich bin für demokratische Gleichheit und muß feststellen, sie benehmen sich sehr vernünftig, weil sie sich ganz für sich halten."

Mrs. Hamlyn bemerkte, daß Pryce nicht da war, und fragte einen der Passagiere zweiter Klasse, wo er stecke.

„Er will nichts mehr sehen und hören", war die Antwort. „Wir haben ihn am Nachmittag zu Bett gebracht und ihn in seiner Kabine eingeschlossen."

Der Konsul holte Mrs. Hamlyn noch einmal zum Tanz und machte viele Späße. Plötzlich fühlte sie, daß sie das alles nicht mehr ertragen konnte, den Lärm und die von Dilettanten gespielte Musik, die Witze des Konsuls und die Ausgelassenheit der Tanzenden. Sie wußte nicht weshalb, aber die Fröhlichkeit dieser Leute, die auf dem Schiff durch die Nacht und über das leere Meer fuhren, erfüllte sie plötzlich mit Entsetzen. Als der Konsul sie frei gab, entzog sie sich dem Trubel und stieg die Treppe zum Bootsdeck hinauf. Hier war alles dunkel. Sie ging langsam zu einer Stelle, wo sie, wie sie wußte, nicht gestört werden konnte. Da hörte sie ein leises Lachen und entdeckte in einer verborgenen Ecke eine Kolumbine und einen malaiischen Sultan. Mrs. Linsell und der Arzt hatten den Flirt, den der Tod Gallaghers unterbrochen hatte, bereits wiederaufgenommen.

Schon hatten alle mit einer gewissen Wut den Gedanken an den armen einsamen Mann, der auf so sonderbare Weise in ihrer Mitte gestorben war, aus ihrem Geist verbannt. Sie fühlten kein Mitleid mit ihm, sondern waren ungehalten, weil er sie in ihrer Ruhe gestört hatte. Gierig griffen sie wieder nach dem Leben. Sie machten Witze, sie flirteten, sie unterhielten sich über den lieben Nächsten. Mrs. Hamlyn dachte an die Worte des Konsuls, der gesagt hatte, daß sich unter Mr. Gallaghers Papieren kein Brief gefunden hatte, nicht der Name eines einzigen Freundes, dem man von seinem Tode Mitteilung machen konnte, und dies erschien ihr, sie wußte selbst nicht warum, von erschütternder Tragik. Es war etwas Geheimnisvolles an einem Mann, der in solcher Einsamkeit durchs Leben gehen konnte. Wenn sie daran dachte, wie er erst vor kurzer Zeit so gesund und lebensvoll in Singapur an Bord gekommen war und welche großartigen Pläne er für die Zukunft gehegt hatte, wurde ihr elend zumute. Die Worte des Trauergottesdienstes erfüllten sie mit ehrfürchtiger Scheu: *„Der Mensch, vom Weibe geboren, hat nur kurze Zeit zu leben und ist voll Elend. Er entsteht und wird niedergemäht wie eine Blume...“*

Jahraus, jahrein hatte Gallagher seine Pläne für die Zukunft geschmiedet. Er hatte so gern gelebt und hätte so sorglos leben können, und gerade als er seine Hand ausstreckte – oh, es war jammervoll! Alle anderen Sorgen der Welt erschienen ihr dadurch nichtig. Der Tod mit seinem Geheimnis war die einzige Tatsache von wirklicher Bedeutung. Mrs. Hamlyn lehnte sich an die Reling und blickte zum Himmel mit seinen Sternen auf. Warum machten sich die Menschen so unglücklich? Ja, der Tod war immer schrecklich, und man mußte weinen um jene, die man geliebt hatte. Aber im übrigen – lohnte es sich, elend, eitel und unbarmherzig zu sein, Bosheit im Herzen zu tragen? Sie dachte wieder an ihren Mann und an die Frau, die er auf so unerklärliche Weise liebte. Auch er hatte gesagt, man habe nur kurze Zeit, um glücklich zu sein – und die Zeit des Todes sei so ewig. Sie dachte lange und angestrengt nach, und plötzlich, so wie sommerliches Wetterleuchten die dunkle Nacht erhellt, machte sie eine Entdeckung, die sie überraschte und erstaunte: Sie fühlte, daß in ihrem Herzen kein Zorn auf ihren Mann und keine Eifersucht auf ihre Nebenbuhlerin mehr waren. Eine Erkenntnis dämmerte am Horizont ihres Bewußtseins und füllte wie Morgensonne ihre Seele mit zarter wonniger Glut. Aus dem tragischen Tode dieses unbekannten Iren schöpfte sie in einer erhabenen Stimmung den Mut zu einem großen Entschluß. Sie konnte es kaum abwarten, ihn sofort in die Tat umzusetzen. Es drängte sie, sich selbst aufzuopfern.

Die Musik hatte aufgehört. Der Ball war vorüber. Die meisten Passagiere waren wohl schon schlafen gegangen, und der Rest würde noch im Rauchsalon sein. Sie begegnete keinem Menschen, als sie zu ihrer Kabine ging. Sie nahm ihre Schreibmappe und schrieb einen Brief an ihren Mann.

„Liebster!

Es ist Weihnachten, und ich möchte Dir sagen, wie sehr mein Herz von guten Gedanken für Euch beide erfüllt ist. Ich bin töricht und unvernünftig gewesen. Ich denke jetzt, wir sollten alle, die wir lieben, auf ihre eigene Weise glücklich werden lassen, und unsere Liebe müßte groß genug sein, daß wir dadurch nicht unglücklich werden. Ich möchte Dir sagen, daß ich Dir die Freude, die auf so seltsame Weise in Dein Leben getreten ist, nicht mißgönne. Ich bin nicht mehr eifersüchtig, nicht mehr verletzt und nicht mehr rachsüchtig. Glaube nicht, ich würde unglücklich oder einsam sein. Wenn Du jemals fühlst, daß Du mich brauchst, komm zu mir, und ich will Dich mit fröhlichem Geist, ohne Vorwürfe und ohne Hinterhältigkeit empfangen. Ich bin sehr dankbar für all das Glück und die Zärtlichkeit, die Du mir gegeben hast, und dafür möchte ich Dir eine Zuneigung schenken, die keine Ansprüche an Dich stellt und die, wie ich hoffe, ganz uneigennützig ist. Denke gut von mir und sei glücklich, glücklich, glücklich!“

Sie setzte ihren Namen unter den Brief und steckte ihn in einen Umschlag. Er würde zwar erst in Port Said weiterbefördert werden, aber sie wollte ihn sofort in den Briefkasten werfen. Als sie das getan hatte, zog sie sich langsam aus und warf dabei einen Blick in den Spiegel. Ihre Augen leuchteten, und unter dem künstlichen Licht glühten ihre Wangen in einem natürlichen Rot. Die Zukunft war nicht mehr trostlos, sondern hell von einer uneigennützigen Hoffnung. Sie schlüpfte ins Bett und sank sofort in einen tiefen und traumlosen Schlaf.

Das runde Dutzend

Ich habe eine Vorliebe für Elsom. Es ist ein Seebad im Süden Englands, nicht sehr weit von Brighton, und hat etwas von dem spätgeorgianischen Charme dieser angenehmen Stadt. Aber es ist weder betriebsam noch marktschreierisch. Vor zehn Jahren, als ich nicht selten hinkam, war da und dort noch ein altes Haus zu sehen, gediegen und prätentiös in nicht unsympathischer Weise (wie eine heruntergekommene Dame aus guter Familie, deren diskreter Stolz auf ihre Herkunft eher belustigt als beleidigt), ein Haus, das während der Regierung des ‚ersten Gentlemans in Europa' erbaut worden war und in dem etwa ein Hofmann in zerrütteten Vermögensverhältnissen seinen Lebensabend verbracht haben mochte. Die Hauptstraße hatte ein verschlafenes Aussehen, und das Automobil des Arztes schien hier nicht ganz am Platz. Die Hausfrauen erledigten ihre Besorgungen auf gemächliche Art. Sie plauderten mit dem Fleischhauer, während sie zusahen, wie er ihnen aus einer mächtigen Rinderlende ein Stück vom Besten herausschnitt, und sie fragten freundlich nach der Frau des Krämers, während er ihnen ein Pfund Tee und ein Pfund Salz in das Einkaufsnetz legte. Ich weiß nicht, ob Elsom jemals fashionable war: Damals jedenfalls konnte davon keine Rede sein; aber es war gediegen und billig. Ältliche Damen, ledig und verwitwet, lebten hier, indische Zivilisten und pensionierte Soldaten: Sie blickten mit gelinden Angstschauern den Monaten August und September entgegen, die Sommergäste bringen würden; aber sie verschmähten es nicht, diesen Eindringlingen ihre Häuser zu vermieten und sich von den Erträgnissen ein paar weltliche Wochen in einer Schweizer Pension zu leisten. Ich hatte Elsom nie in jener hektischen Zeit erlebt, wenn alle Pensionen und möblierten Zimmer besetzt waren und junge Herren in Flanelljacken die Seepromenade entlangschlenderten, wenn auf dem Strand Pierrots ihre Künste zeigten und im Billardzimmer des Dolphin-Hotels bis elf Uhr nachts das Klicken der Bälle zu hören war. Ich kannte es nur im Winter. Dann trug jedes Haus der Seefront – Stuckhäuser mit Erkerfenstern, die vor hundert Jahren erbaut waren – eine Tafel, die ankündigte, daß hier Zimmer zu vermieten wären, und die Gäste im Dolphin wurden von einem einzigen Kellner und dem Schuhputzer bedient. Um zehn Uhr kam der Portier in das Rauchzimmer und schaute in so eindeutiger Weise zu einem herüber, daß man aufstand und schlafen ging. Dann war Elsom ein geruhsamer Ort und das Dolphin ein sehr behagliches Gasthaus. Man erfuhr, daß zu seiner Zeit der Prinzregent mehr als einmal mit Frau Fitzherbert herübergefahren war, um im Dolphin Tee zu trinken. In der Halle hing eingerahmt ein Brief von Herrn Thackeray, mit dem er ein Wohnzimmer und zwei Schlafzimmer mit Meeraussicht bestellte und Anweisung gab, daß ihm ein Wagen zum Bahnhof entgegengeschickt werden sollte.

Einmal im November, zwei oder drei Jahre nach dem Krieg – ich hatte einen bösen Anfall von Influenza hinter mir –, ging ich nach Elsom, um wieder zu Kräften zu kommen. Ich traf am Nachmittag ein und unternahm, nachdem ich meine Sachen ausgepackt hatte, einen kleinen Spaziergang an den Strand. Der Himmel war verhangen und die stille See grau und kalt. Ein paar Möwen flogen nah an das Ufer heran. Segelboote mit winterlich abgetakelten Masten waren hoch auf das steinige Ufer gezogen, und die Badehütten standen Seite an Seite in einer langen grauen, verfallenen Reihe. Niemand saß auf den Bänken, die die Stadtverwaltung da und dort aufgestellt hatte, aber ein paar Leute trotteten auf und ab, um sich Bewegung zu machen. Ich begegnete einem alten Oberst mit roter Nase, der in Sporthosen einherstampfte, gefolgt von einem Terrier, zwei ältlichen Frauen in kurzen Röcken und derben Schuhen und einem unschönen Mädchen mit einer Wollmütze. Ich hatte den Strand nie so verlassen gesehen. Die Häuser erinnerten an armselige alte Jungfern, die auf ihre nie wiederkehrenden Liebhaber warteten, und selbst das freundliche Dolphin schien öde und trostlos. Mein Herz sank. Das Leben schien mir mit einem Male sehr grau. Ich kehrte ins Hotel zurück, zog die Vorhänge in meinem Wohnzimmer zu, schürte das Feuer und suchte mit einem Buch meine Melancholie zu zerstreuen. Aber ich war recht froh, als es Zeit war, mich zum Dinner umzuziehen.

Ich ging in den Speisesaal und fand die Gäste des Hotels schon an ihren Plätzen. Ich streifte sie mit einem flüchtigen Blick. An einem Tisch allein saß eine Dame mittleren Alters, und dann waren zwei ältliche Herren da, vermutlich Golfspieler, mit roten Gesichtern und kahlen Köpfen, die mißmutig schweigend ihre Mahlzeit verzehrten. Sonst waren nur noch drei Personen im Saal, die in der Nische am Fenster Platz genommen hatten und sofort meine erstaunte Aufmerksamkeit auf sich zogen. Die Gesellschaft bestand aus einem alten Herrn und zwei Damen, von denen die eine alt und wahrscheinlich seine Frau war, während die andere jünger schien und seine Tochter sein mochte. Die alte Dame war es, die zuerst mein Interesse erregte. Sie trug ein voluminöses schwarzes Seidenkleid und ein schwarzes Spitzenhäubchen; um ihre Handgelenke hingen schwere goldene Armbänder und um ihren Hals eine massive Goldkette, an der ein großes goldenes Medaillon baumelte; an ihrem Kragen steckte eine dicke Goldbrosche. Ich wußte nicht, daß es noch Menschen gab, die solchen Schmuck trugen. Oft, wenn mich mein Weg an Antiquitäten- und Trödlerläden vorbeigeführt hatte, war ich einen Augenblick stehengeblieben, um diese seltsam altmodischen Gegenstände zu betrachten. Wie gediegen, kostbar und häßlich sie doch waren! Und mit einem Lächeln, in das sich ein Schatten von Traurigkeit mischte, hatte ich mich der längst verstorbenen Frauen erinnert, die sie getragen hatten. Sie riefen die Zeit herauf, da Fabeln und Rüschen die Krinoline abgelöst und runde Hüte die Schutenhaube verdrängt hatten. In jenen Tagen war man in England für das Solide und Gute gewesen. Am Sonntagvormittag ging man in die Kirche und nach der Kirche im Park spazieren. Man gab Dinners mit zwölf Gängen, bei denen der Hausherr die Rinderkeule und das Geflügel vorschnitt, und nach dem Essen beglückten die Damen, die Klavier spielen konnten, die Gesellschaft mit einem Mendelssohnschen ‚Lied ohne Worte', und der Herr mit dem schönen Bariton sang eine altenglische Ballade.

Die jüngere Dame saß mit dem Rücken zu mir, und anfangs konnte ich nur sehen, daß sie eine schlanke jugendliche Figur hatte. Ihr reiches braunes Haar schien kunstvoll frisiert zu sein. Die drei plauderten leise, und mit einem Male wandte sie den Kopf, so daß ich ihr Profil sehen konnte. Es war erstaunlich schön. Die Nase war gerade und fein, die Wangenlinie von erlesenem Schnitt; ich bemerkte nun, daß sie ihr Haar nach Art der Königin Alexandra trug. Das Essen war beendet, und die Gesellschaft stand auf. Die alte Dame segelte aus dem Zimmer, weder rechts noch links blickend, und die junge folgte ihr. Da stellte ich mit Erschrecken fest, daß sie alt war. Ihr Kleid war eigentlich sehr einfach; der Rock, länger als die damalige Mode vorschrieb, hatte etwas leicht Altfränkisches im Schnitt – vielleicht war die Taille deutlicher markiert als üblich –, aber es war ein Jungmädchenkleid. Sie war groß wie eine Heldin von Tennyson, schlank, mit langen Beinen und anmutiger Haltung. Ich hatte die Nase schon einmal gesehen: Es war die Nase einer griechischen Göttin. Ein schöner Mund, große blaue Augen. Die Haut lag wohl etwas dünn über den Knochen, und auf der Stirn und um die Augen waren Falten, aber in der Jugend mußte sie wunderbar gewesen sein. Sie erinnerte an jene römischen Damen mit den köstlich regelmäßigen Zügen, die Alma Tadema gemalt hat und die trotz ihres antiken Gewandes so verstockt englisch aussehen. Es war ein Typ von kalter Vollkommenheit, wie man ihn seit fünfundzwanzig Jahren nicht mehr gesehen hatte. Heute ist er tot wie das Epigramm. Mir war zumute wie einem Archäologen, der eine lang begrabene Statue findet, und es regte mich auf, so unerwartet auf den Überrest eines versunkenen Zeitalters zu stoßen. Denn nichts ist so tot wie das Vorgestern.

Der Herr erhob sich, als die beiden Damen hinausgingen, und setzte sich dann wieder in seinen Stuhl zurück. Ein Kellner brachte ihm ein Glas schweren Portwein. Er roch daran, nippte und rollte den Schluck auf der Zunge herum. Ich beobachtete ihn. Er war ein kleiner Mann, viel kleiner als seine imposante Frau, gut genährt, ohne dick zu sein, mit einem schönen Kopf und gewelltem grauem Haar. Sein Gesicht zeigte viele Falten und trug einen leicht humorvollen Ausdruck. Er hatte schmale Lippen und ein viereckiges Kinn. Er war nach unseren gegenwärtigen Begriffen etwas ungewöhnlich gekleidet. Er trug einen schwarzen Samtrock, ein weiches Hemd mit niedrigem Kragen, eine große schwarze Krawatte und sehr weite Smokinghosen. Dieser Anzug wirkte beinahe wie ein Kostüm. Nachdem er gemächlich seinen Portwein ausgetrunken hatte, stand er auf und schlenderte aus dem Zimmer.

Als ich durch die Halle kam, nahm ich, neugierig zu erfahren, wer diese merkwürdigen Menschen sein mochten, das Gästebuch vor. In einer eckigen weiblichen Handschrift, der Art von Schrift, wie sie vor vierzig Jahren in modischen Mädchenpensionaten gelehrt wurde, waren folgende Namen eingetragen: Mr. und Mrs. St. Clair und Miss Porchester. Die angegebene Adresse lautete 68, Leinster Square, Bayswater, London. Das mußten Namen und Adresse der Leute sein, die mich so lebhaft interessierten. Ich fragte die Wirtin, was für einen Beruf Mr. St. Clair denn hätte, und sie meinte, er wäre wohl etwas in der City. Ich ging in das Billardzimmer und manövrierte ein wenig mit den Bällen herum; dann, auf dem Weg hinauf, kam ich durch die Halle. Die beiden Herren mit den roten Gesichtern lasen die Abendblätter, und die ältliche Dame döste über einem Roman. Die drei anderen saßen in einer Ecke. Mrs. St. Clair strickte, Miss Porchester arbeitete an einer Stickerei, und Mr. St. Clair las ihnen mit gedämpfter, aber klangvoller Stimme vor. Im Vorbeigehen entdeckte ich, daß er ‚Bleak House' von Dickens las.

Ich las und schrieb den größten Teil des folgenden Tages, aber am Nachmittag ging ich spazieren, und auf dem Heimweg setzte ich mich für ein Weilchen auf eine der bequemen Bänke an der Seepromenade. Es war nicht ganz so kalt wie am Tag zuvor, und die Luft war angenehm. In Ermangelung einer besseren Beschäftigung beobachtete ich eine Gestalt, die aus der Ferne auf mich zukam. Es war ein Mann, und als er näher kam, sah ich, daß es ein ziemlich schäbiger kleiner Mann war. Er trug einen dünnen schwarzen Überzieher und einen etwas verbeulten steifen Hut. Er ging mit den Händen in den Taschen und sah verfroren aus. Er streifte mich mit einem Blick, als er vorbeikam, ging ein paar Schritte weiter, zögerte, blieb stehen und machte kehrt. Als er wieder zu der Bank gelangt war, auf der ich saß, zog er eine Hand aus der Tasche und führte sie an den Hut. Ich bemerkte, daß er abgenutzte schwarze Handschuhe trug. Vermutlich ein Witwer in beschränkten Vermögensverhältnissen, schloß ich. Er konnte aber auch ein Stummer sein, der, wie ich, eine Influenza überstanden hatte und Erholung suchte.

„Verzeihen Sie, mein Herr", sagte er, „könnten Sie mir gütigst mit einem Zündhölzchen aushelfen?"

„Gewiß."

Er setzte sich neben mich, und während ich die Hand auf der Suche nach Zündhölzern in die Tasche steckte, kramte er in der seinen nach Zigaretten. Er zog ein kleines Paket ‚Gold Flakes' hervor, und sein Gesicht wurde lang.

„Mein Gott, wie dumm! Ich habe ja keine Zigarette mehr."

„Darf ich Ihnen eine anbieten?" entgegnete ich lächelnd.

Ich holte mein Etui hervor, und er bediente sich.

„Gold?" fragte er und tippte mit dem Finger auf das Etui, während ich es schloß. „Gold? Mit solchen Sachen habe ich immer Pech gehabt. Drei habe ich besessen. Alle gestohlen."

Seine Augen blieben melancholisch an seinen Stiefeln haften, die in betrüblicher Weise reparaturbedürftig aussahen. Er war ein vertrockneter kleiner Mann mit einer langen dünnen Nase und blassen blauen Augen. Seine Haut war fahl und zerfurcht. Ich hätte nicht sagen können, wie alt er sei; er konnte ebenso gut fünfunddreißig wie sechzig sein. Es war nichts Bemerkenswertes an ihm, und das einzige, was auffiel, war vielleicht gerade dieser Mangel an jeglicher Besonderheit. Aber trotz seiner offensichtlichen Armut war er sauber und nett. Er sah ehrbar aus und hielt etwas auf seine Ehrbarkeit. Nein, er war kein Stummer. Er war wohl ein kleiner Kanzlist, der vor kurzem seine Frau begraben hatte und nach Elsom geschickt worden war, um über die Heftigkeit des ersten Schmerzes hinwegzukommen.

„Gedenken Sie lange hierzubleiben?" fragte er mich.

„Zehn oder vierzehn Tage."

„Ist dies Ihr erster Besuch in Elsom?"

„Nein, ich war schon wiederholt da."

„Ich kenne es genau, mein Herr. Ich schmeichle mir, daß es wenige Seebäder gibt, die ich nicht das eine oder das andere Mal besucht habe. Elsom ist schwer zu übertreffen. Es kommen besonders nette Leute her. Elsom hat nichts Schreiendes, nichts Vulgäres, wenn Sie mich richtig verstehen. Für mich knüpfen sich sehr angenehme Erinnerungen an Elsom. In früheren Zeiten habe ich Elsom gut gekannt. Ich bin in der St. Martinskirche getraut worden."

„Wirklich?" entgegnete ich matt.

„Es war eine sehr glückliche Ehe, mein Herr."

„Das freut mich", antwortete ich.

„Neun Monate hat sie gedauert – diese spezielle", fuhr er nachdenklich fort.

Zweifellos war diese Bemerkung etwas sonderbar. Ohne den geringsten Enthusiasmus hatte ich der drohenden Wahrscheinlichkeit entgegengesehen, daß er mich mit einer Schilderung seiner ehelichen Erlebnisse beglücken würde, nun aber wartete ich, wenn nicht mit Spannung, so doch mit Neugier auf seine weiteren Ausführungen. Sie blieben aus. Er seufzte ein wenig. Endlich unterbrach ich die Stille.

„Es scheinen nicht viele Leute hier zu sein."

„So habe ich es gern. Ich bin nicht für Massen. Wie ich vorhin schon erwähnte: Zusammengerechnet sind es viele Jahre, die ich in den verschiedenen Seebädern zugebracht habe, aber nie bin ich zur Saison an einen Ort gefahren. Ich liebe den Winter mehr als den Sommer."

„Finden Sie es nicht etwas melancholisch?"

Er wandte sich mir zu und legte einen Augenblick seine schwarzbehandschuhte Hand auf meinen Arm.

„Es *ist* melancholisch. Und gerade weil es melancholisch ist, kann ein kleiner Sonnenstrahl doppelt erfreuen."

Diese Bemerkung erschien mir vollkommen idiotisch, und ich antwortete nicht. Er entfernte seine Hand von meinem Ärmel und stand auf.

„Ich will Sie nicht länger belästigen, mein Herr. Erfreut, Ihre Bekanntschaft gemacht zu haben."

Er zog sehr höflich seinen schmuddeligen Hut und machte sich davon. Es begann kühl zu werden, und ich hielt es für angezeigt, ins Hotel zurückzukehren. Als ich die breite Treppe erreichte, fuhr ein von zwei zottigen Pferden gezogener Landauer vor, und diesem entstieg Mr. St. Clair. Er trug einen Hut, der wie das Produkt einer unglücklichen Kreuzung zwischen einem Zylinder und einem steifen runden Hut wirkte. Er half erst seiner Frau, dann seiner Nichte aus dem Wagen. Der Portier folgte ihnen mit Decken und Kissen ins Haus. Als Mr. St. Clair den Kutscher bezahlte, hörte ich, wie er ihm einschärfte, am nächsten Tag zur gleichen Stunde wieder hierzusein, und ich schloß daraus, daß die St. Clairs jeden Nachmittag eine Spazierfahrt im Landauer unternahmen. Es hätte mich nicht gewundert, zu erfahren, daß keiner von ihnen je ein Automobil bestiegen habe.

Die Wirtin erzählte mir, daß sie sehr abgeschlossen lebten und keine Bekanntschaften mit den anderen Hotelgästen suchten. Ich ließ meiner Phantasie freie Zügel. Ich sah sie drei Mahlzeiten im Tag verzehren. Ich sah Mr. und Mrs. St. Clair frühmorgens oben an der Hoteltreppe sitzen. Er las die *Times,* und sie strickte. Ich vermute, daß Mrs. St. Clair ihr Lebtag keine Zeitung gelesen hatte – denn sie kaufte immer nur die *Times,* und die nahm Mr. St. Clair doch jedenfalls mit in die City. Gegen zwölf Uhr gesellte sich Miss Porchester zu ihnen.

„War dein Spaziergang angenehm, Eleanor?“ fragte Mrs. St. Clair.

„Ja, sehr nett, Tante Gertrud“, antwortete Miss Porchester.

Ich schloß also, daß Miss Porchester jeden Vormittag ‚ihren Spaziergang‘ machte, ebenso wie Mrs. St. Clair jeden Nachmittag ‚ihre Ausfahrt‘ unternahm.

„Wenn du mit deiner Reihe zu Ende bist, meine Liebe“, sagte Mr. St. Clair mit einem Blick auf die Strickerei seiner Frau, „dann könnten wir noch einen kleinen Gang vor dem Lunch machen, um uns Appetit zu holen.“

„Das wäre sehr nett“, entgegnete Mrs. St. Clair. Sie faltete ihre Arbeit zusammen und gab sie Miss Porchester.

„Willst du meine Arbeit mitnehmen, Eleanor, wenn du hinaufgehst?“

„Gern, Tante Gertrud.“

„Du bist sicher ein wenig ermüdet von deinem Spaziergang, Liebe.“

„Ich werde mich vor dem Essen ein Weilchen hinlegen.“

Miss Porchester ging ins Hotel, und Mr. und Mrs. St. Clair promenierten langsam den Strand hinauf bis zu einem gewissen Punkt und kehrten dann langsam wieder um.

Wenn ich einem von ihnen auf der Treppe begegnete, machte ich eine Verbeugung und bekam eine höfliche, von keinem Lächeln begleitete Verbeugung zurück. Des Morgens wagte ich ein „Guten Tag“, aber damit hatte die Sache auch schon ein Ende. Es sah aus, als würde sich mir niemals Gelegenheit bieten, mit einem von ihnen zu reden. Aber bald hatte ich den Eindruck, daß Mr. St. Clair mir hie und da einen Blick zuwarf, und mutmaßend, daß er vielleicht meinen Namen erfahren hätte, redete ich mir eitlerweise ein, daß er mich mit einer gewissen Neugier beobachtete.

Ein, zwei Tage später saß ich in meinem Zimmer, als der Portier hereinkam und mir eine Botschaft bestellte.

„Mr. St. Clair schickt seine Empfehlung und läßt fragen, ob Sie die Güte haben wollten, ihm Whiteakers Literaturalmanach zu leihen."

Ich wunderte mich.

„Was, in aller Welt, bringt ihn auf den Gedanken, daß ich Whiteakers Literaturalmanach besitzen könnte?"

„Die Wirtin hat ihm erzählt, daß Sie schreiben."

Ich konnte den Zusammenhang nicht erraten.

„Sagen Sie Mr. St. Clair, daß ich sehr bedaure, Whiteakers Almanach nicht zu besitzen, daß es mir aber ein besonderes Vergnügen gewesen wäre, ihm gefällig zu sein."

Da war also endlich die langgesuchte Gelegenheit. Allmählich hatte sich meiner ein ausgesprochenes Verlangen bemächtigt, diese phantastischen Menschen näher kennenzulernen. Hie und da, im Herzen von Asien, war ich auf einen einsamen Stamm gestoßen, der in einem kleinen Dorf inmitten einer andersgearteten Bevölkerung lebte. Niemand weiß, wo diese Fremdlinge hergekommen sind oder warum sie sich gerade an diesem Ort niedergelassen haben. Sie leben ihr eigenes Leben, sprechen ihre eigene Sprache und haben keine Verbindung mit ihren Nachbarn. Niemand weiß, ob sie Nachkommen einer Bande sind, die zurückgelassen wurde, als ihre Nation in großen Horden über den Kontinent fegte, oder ob sie die aussterbenden Überreste eines mächtigen Volkes darstellen, das einst in diesem Land geherrscht hat. Sie sind ein Rätsel. Sie haben keine Zukunft und keine Geschichte. Die merkwürdige kleine Familie schien mir ähnlich in ihrer Wesensart. Sie gehörte einer Ära an, die tot und begraben ist. Sie erinnerte mich an gewisse Gestalten aus den beschaulichen altmodischen Romanen, die unsere Väter lasen. Sie gehörte den achtziger Jahren an und hatte keinen Schritt weiter getan. Wie seltsam, daß sie die letzten vierzig Jahre durchlebt hatte, als ob die Welt stillgestanden wäre! Sie führte mich in meine Kindheit zurück, und ich erinnerte mich an längst verstorbene Leute. Ob es wohl nur die Entfernung ist, die mir den Eindruck aufzwingt, die Menschen seien zu jener Zeit eigenartiger gewesen als heute? Wenn es damals von jemandem hieß, er sei ein ‚Original', bei Gott, dann hatte es etwas zu bedeuten.

An diesem Abend nach dem Dinner ging ich also in die Halle und brachte die Kühnheit auf, Mr. St. Clair anzusprechen.

„Es tut mir so leid, daß ich Whiteakers Almanach nicht besitze", sagte ich, „aber wenn ich Ihnen mit irgendeinem anderen Buch dienlich sein kann, werde ich mich glücklich schätzen."

Mr. St. Clair war sichtlich betroffen. Die beiden Damen hielten die Augen auf ihre Handarbeiten geheftet. Eine betretene Stille trat ein.

„Es hat nicht das geringste auf sich. Ich hatte bloß von der Wirtin gehört, daß Sie Romanschriftsteller sind."

Ich zerbrach mir den Kopf. Offenbar bestand eine Beziehung zwischen meinem Beruf und Whiteakers Almanach, die mir verborgen blieb.

„In früheren Tagen pflegte Herr Trollope des öfteren bei uns in Leinster Square zu dinieren, und ich entsinne mich, von ihm gehört zu haben, die beiden wichtigsten Bücher für einen Schriftsteller wären Whiteakers Literaturalmanach und die Bibel."

„Ich sehe, daß Thackeray einmal in diesem Hotel gewohnt hat", bemerkte ich, um das Gespräch nicht fallenzulassen.

„Ich habe mir nie sehr viel aus Thackeray gemacht, obgleich er zu wiederholten Malen bei dem Vater meiner Gattin, dem verstorbenen Mr. Sergeant Saunders, zu Gast war. Er war mir zu zynisch. Meine Nichte hat bis zum heutigen Tag ‚Vanity Fair' noch nicht gelesen."

Miss Porchester errötete leicht bei dieser Erwähnung ihrer Person. Ein Kellner brachte den Kaffee, und Mrs. St. Clair wandte sich an ihren Gatten.

„Vielleicht, mein Lieber, würde uns der Herr das Vergnügen machen, seinen Kaffee mit uns zu trinken."

Obgleich die Rede nicht direkt an mich gerichtet war, antwortete ich rasch:

„Vielen Dank."

Ich setzte mich.

„Trollope war immer mein Lieblingsschriftsteller", sagte Mr. St.

Clair. „Er ist ein so ausgesprochener Gentleman. Ich bewundere Charles Dickens. Aber Charles Dickens konnte niemals einen Gentleman zeichnen. Ich höre, daß die jungen Leute heutzutage Trollope ein wenig langweilig finden. Meine Nichte, Miss Porchester, zieht die Romane von William Black vor."

„Ich habe leider nie einen gelesen", sagte ich.

„Ach, ich sehe, Sie sind wie ich; nicht up-to-date. Meine Nichte hat mich einmal überredet, einen Roman von Rosa Broughton vorzunehmen, aber über hundert Seiten bin ich nicht hinausgekommen."

„Ich habe nie gesagt, daß mir das Buch gefällt, Onkel Edwin", brachte Miss Porchester, abermals errötend, zu ihrer Verteidigung vor. „Ich habe dir gleich gesagt, daß ich es etwas frei finde; aber es wurde so viel davon gesprochen."

„Jedenfalls gehört es nicht zu den Büchern, die deiner Tante Gertrud als Lektüre für dich erwünscht sind, Eleanor."

„Ich erinnere mich, daß Miss Broughton mir einmal erzählt hat, wie merkwürdig es ihr mit ihren Büchern ergangen sei. Als sie jung war, fand man sie zu frei, und als sie alt war, fand man sie zu moralisch; und das ist hart, denn sie hat vierzig Jahre hindurch genau die gleichen Bücher geschrieben."

„Ach, Sie haben Miss Broughton gekannt?" fragte Miss Porchester und redete mich damit zum erstenmal an. „Wie interessant! Kannten Sie auch Ouida?"

„Meine liebe Eleanor, was werden wir noch alles zu hören bekommen? Du hast doch sicherlich nie ein Buch von Ouida gelesen?"

„Doch, Onkel Edwin. Ich habe ‚Unter zwei Flaggen' gelesen, und es hat mir sehr gefallen."

„Ich bin erstaunt und erschrocken. Diese jungen Mädchen von heutzutage! Ich weiß wirklich nicht, wohin das noch führen soll!"

„Du hast immer gesagt, wenn ich dreißig Jahre alt bin, gibst du mir vollkommene Freiheit, zu lesen, was ich will."

„Freiheit darf nicht verwechselt werden mit Zügellosigkeit, liebe Eleanor", sagte Mr. St. Clair leicht lächelnd, um seiner Zurechtweisung den Stachel zu nehmen, aber doch mit einem gewissen Ernst.

Ich weiß nicht, ob es mir bei der Wiedergabe dieses Gespräches gelungen ist, den Eindruck zu vermitteln, den es in mir wachrief, den Eindruck nämlich einer bezaubernden, altmodischen Melodie. Ich hätte die ganze Nacht zuhören mögen, wie sie über die Verruchtheit eines Zeitalters diskutierten, das in den achtziger Jahren jung gewesen ist. Ich hätte etwas darum gegeben, einen Blick in ihr stattliches, geräumiges Haus in Leinster Square werfen zu dürfen. Ich hätte die Garnitur wiedererkannt, mit rotem Brokat überzogen, die steif im Salon herumstand, jedes Stück an einem bestimmten Platz; und die mit Meißner Porzellan gefüllten Vitrinen hätten mir meine Kindheit ins Gedächtnis zurückgerufen. Im Eßzimmer, wo man sich gewöhnlich aufhielt, denn der Salon wurde nur für Gesellschaften benützt, lag ein türkischer Teppich, und das Mahagonibüfett ‚bog sich' vor Silber. An den Wänden hingen die Bilder, die in den achtziger Jahren das Entzücken der Mrs. Humphrey Ward und ihres Onkels Matthew erregt hatten.

Am nächsten Morgen, als ich einen hübschen Weg hinter den Häusern von Elsom entlangschlenderte, begegnete ich Miss Porchester, die auf ‚ihrem' Spaziergang begriffen war. Ich wäre gern ein Stückchen mit ihr gegangen, aber ich wußte bestimmt, daß es diesem Mädchen von Fünfzig peinlich gewesen wäre, allein mit einem Mann selbst meines würdigen Alters gesehen zu werden. Sie neigte, als ich an ihr vorbeikam, den Kopf und errötete. Seltsamerweise stieß ich wenige Meter hinter ihr auf das komische schäbige Männchen mit den schwarzen Handschuhen, mit dem ich mich am Strand ein paar Minuten unterhalten hatte. Er berührte seinen alten steifen Hut.

„Verzeihen Sie, mein Herr, könnten Sie mir vielleicht mit einem Zündhölzchen aushelfen?" fragte er.

„Gewiß", entgegnete ich, „aber ich habe leider keine Zigaretten bei mir."

„Gestatten Sie mir, Ihnen eine von den meinen anzubieten", sagte er und zog die Pappschachtel hervor. Sie war leer. „Mein Gott, ich habe auch keine. Was für ein merkwürdiges Zusammentreffen!"

Er ging weiter, und es war mir, als ob er seine Schritte beschleunige. Ich fing an, mir meine Zweifel über ihn zu machen. Ich hoffte, daß er Miss Porchester nicht behelligen würde. Einen Augenblick dachte ich daran, umzukehren, tat es aber schließlich doch nicht. Er war ein manierlicher kleiner Mensch, und ich glaubte nicht ernstlich daran, daß er sich einer einzelnen Dame gegenüber lästig zeigen würde.

Ich sah ihn noch am gleichen Nachmittag wieder. Ich saß an der Seepromenade. Er kam mit kleinen ungeschickten Schritten auf mich zu. Es war etwas stürmisch, und er sah aus wie ein vertrocknetes Blatt, das vom Wind dahingetrieben wird. Dieses Mal zögerte er nicht, sondern setzte sich neben mich.

„Schon wieder begegnen wir einander, mein Herr. Die Welt ist klein. Wenn es Sie nicht stört, werden Sie mir vielleicht gestatten, mich einen Augenblick neben Sie zu setzen. Ich bin ein wenig müde.“

„Dies ist eine öffentliche Bank, und Sie haben das gleiche Recht, hier zu sitzen, wie ich.“

Ich wartete nicht, bis er mich um ein Streichholz bitten würde, sondern bot ihm sofort eine Zigarette an.

„Wie reizend von Ihnen, mein Herr. Ich bin gezwungen, mich auf eine bestimmte Zahl von Zigaretten am Tag zu beschränken; die aber rauche ich mit Genuß. Wenn man älter wird, werden die Freuden des Lebens spärlicher. Dafür genießt man die wenigen, die bleiben, um so intensiver.“

„Ein tröstlicher Gedanke.“

„Entschuldigen Sie, mein Herr, aber vermute ich richtig, daß Sie der bekannte Schriftsteller sind?“

„Ja, ich bin Schriftsteller“, antwortete ich. „Aber wie kommen Sie darauf?“

„Ich habe Ihr Bild in den illustrierten Blättern gesehen. Sie erkennen *mich* wohl nicht?“

Ich schaute ihn an, den kümmerlichen kleinen Mann, in seinem sauberen, aber schäbigen schwarzen Anzug, mit der langen Nase und den wässerigen blauen Augen.

„Leider nicht.“

„Ja, ich habe mich wohl verändert“, seufzte er. „Es gab eine Zeit, da war meine Photographie in jedem Blatt der Vereinigten Königreiche zu sehen. Natürlich können einem diese Pressephotographen nicht gerecht werden. Ich gebe Ihnen mein Wort: In den meisten Fällen wäre ich nie auf den Gedanken gekommen, daß *ich* das sein sollte, wenn nicht mein Name daruntergestanden hätte.“

Es war eine Weile still. Die Flut war zurückgetreten, und hinter dem Uferkies zeigte sich ein Streifen gelblichen Schlamms. Die Wellenbrecher lagen halb darin begraben wie die Rückenkämme vorsintflutlicher Tiere.

„Es muß wunderbar interessant sein, Schriftsteller zu sein, mein Herr. Oft habe ich mir gedacht, daß ich selbst Talent zum Schreiben hätte. Es gab Zeiten, da verschlang ich die Bücher geradezu. Aber in den letzten Jahren habe ich das etwas vernachlässigt. Vor allem, weil meine Augen nicht mehr so gut sind. Ich glaube, ich könnte ein Buch schreiben, wenn ich es versuchen würde."

„Es wird behauptet, daß jeder ein Buch schreiben könnte", antwortete ich.

„Keinen Roman, wissen Sie. Ich bin nicht sehr für Romane; ich ziehe geschichtliche Sachen vor. Auch Memoiren. Wenn jemand mir ein vernünftiges Angebot machen würde, wäre ich ohne weiteres bereit, meine Memoiren zu schreiben."

„Im Augenblick sehr modern", entgegnete ich.

„Es gibt nicht viele Menschen, die so viel erlebt haben wie ich, in gewisser Beziehung. Vor kurzem erst habe ich an ein Sonntagsblatt darüber geschrieben, aber man hat meinen Brief unbeantwortet gelassen."

Er musterte mich mit einem langen, taxierenden Blick. Er sah mir zu ehrbar aus, als daß er im Begriff sein konnte, mich um ein paar Shillings anzugehen.

„Sie wissen natürlich nicht, wer ich bin, mein Herr, nicht wahr?"

„Ehrlich gestanden, nein."

Er schien einen Aubenglick nachzudenken, dann zog er seine Handschuhe straffer über die Finger, betrachtete einen Moment ein Loch in dem einen und wandte sich schließlich ohne Befangenheit zu mir.

„Ich bin der berühmte Mortimer Ellis", sagte er nicht ohne Stolz.

„Ach?"

Ich wußte mir keinen anderen Ausruf, denn nach bestem Wissen hatte ich diesen Namen nie zuvor gehört. Ich sah einen Ausdruck von Enttäuschung über sein Gesicht ziehen und war etwas verlegen.

„Mortimer Ellis", wiederholte er. „Sie werden mir doch nicht erzählen, daß Sie nichts von mir wissen."

„Leider bleibt mir nichts anderes übrig. Ich bin sehr oft im Ausland."

Ich überlegte, welchem Verdienst er seine Berühmtheit verdanken mochte. Im Geist überflog ich die verschiedenen Möglichkeiten. Er konnte kein Athlet gewesen sein, das einzige was einem Menschen in England wahren Ruhm sichert, aber er konnte Gesundbeter gewesen sein oder vielleicht Meisterbillardspieler. Es gibt natürlich nichts so Obskures wie einen verabschiedeten Minister, und er konnte auch Präsident des Handelsministeriums in einem längst begrabenen Kabinett gewesen sein. Aber er hatte nichts von dem Aussehen eines Politikers.

„So ist es mit dem Ruhm", meinte er bitter. „Wochenlang war ich der meistbesprochene Mann in England. Schauen Sie mich doch an. Sie *müssen* meine Photographie in den Blättern gesehen haben. Mortimer Ellis."

„Tut mir furchtbar leid", sagte ich und schüttelte den Kopf.

Er machte eine kleine Pause, um seiner Eröffnung Wirkung zu verleihen.

„Ich bin der berühmte Bigamist."

Was soll man nun antworten, wenn einem ein Mensch, der einem so gut wie fremd ist, plötzlich aus heiterem Himmel mitteilt, er sei der berühmte Bigamist? Ich gestehe, daß ich mir geschmeichelt hatte, nur selten um eine Antwort verlegen zu sein, aber in diesem Fall war ich sprachlos.

„Ich habe elf Frauen gehabt, mein Herr", fuhr er fort.

„Die meisten Männer haben mit einer gerade genug zu schaffen."

„Ach, das ist nur Mangel an Übung. Wenn man elf gehabt hat wie ich, dann gibt es nur sehr wenig, was man nicht weiß über Frauen."

„Aber warum sind Sie bei der elften stehengeblieben?"

„Natürlich! Ich wußte, daß Sie das fragen würden. Sofort, als ich Sie erblickte, sagte ich mir: Er hat ein kluges Gesicht. Ja, sehen Sie, mein Herr, das ist es ja gerade, was mich irritiert. Elf ist eine so nichtssagende Zahl. Etwas so Unfertiges. Drei könnte man haben, sieben eventuell, neun soll eine Glückszahl sein, und an zehn wäre schließlich auch nichts auszusetzen. Aber elf! Das ist das einzige, was mich wurmt. Mit Freuden hätte ich alles getragen, wenn es mir vergönnt gewesen wäre, das Dutzend vollzumachen."

Er knöpfte seinen Rock auf und holte aus der inneren Tasche ein dickes und sehr schmieriges Portefeuille hervor. Diesem entnahm er ein großes Bündel von Zeitungsausschnitten; sie waren abgegriffen, zerknüllt und schmutzig. Aber er breitete zwei, drei vor mir aus.

„Nun sehen Sie sich einmal diese Photographien an. Ich frage Sie, erkennt man mich darauf? Es ist eine Schande. Für einen gewöhnlichen Verbrecher könnte man mich halten, wenn man sie sieht."

Die Ausschnitte waren von imposanter Länge. Nach Ansicht der Zeitungsredakteure war Mortimer Ellis offenbar ein Nachrichtengegenstand von besonderem Wert gewesen. Ein Bericht war überschrieben: ‚Ein oft verheirateter Mann', ein zweiter: ‚Ein herzloser Schuft vor seinen Richtern', ein dritter: ‚Ein Schurke erlebt sein Waterloo'.

„Nicht gerade, was man eine gute Presse nennt", murmelte ich.

„Ich kümmere mich nicht darum, was die Zeitungen schreiben", antwortete er mit einem Achselzucken. „Dazu habe ich viel zu viele Journalisten kennengelernt. Nein, der *Richter* ist es, dem ich alle Schuld aufbürden muß. Er hat mich entsetzlich behandelt, und es ist ihm übel bekommen, kann ich Ihnen sagen; noch im gleichen Jahr ist er gestorben."

Ich durchflog den Bericht, den ich in der Hand hielt.

„Ich sehe, daß er ihnen fünf Jahre gegeben hat."

„Unerhört, finden Sie nicht auch? Lesen Sie nur weiter."

Er wies mit dem Zeigefinger auf eine bestimmte Stelle. „‚Drei seiner Opfer baten um Gnade für ihn.' Das zeigt, was sie von mir hielten. Und auf das hin hat er mir fünf Jahre gegeben. Und wie er mich beschimpft, sehen Sie doch nur. Einen herzlosen Schuft nennt er mich – mich, den gutherzigsten Menschen der Welt –, eine Pest der Gesellschaft, eine Gefahr für die Öffentlichkeit; sagt, daß er mich am liebsten auspeitschen ließe, wenn es in seiner Macht stünde. Daß er mir fünf Jahre gegeben hat, nehme ich ihm nicht so übel, obgleich es bestimmt viel zuviel war – niemand wird mir das ausreden –, aber hatte er das Recht, in diesem Ton mit mir zu reden? Nein, das hatte er nicht, und ich werde es ihm nie verzeihen, nie, und wenn ich hundert Jahre alt werde."

Die Wangen des Bigamisten wurden rot, und in seinen wäßrigen Augen leuchtete es einen Augenblick feurig auf. Es war ein schmerzliches Thema, das er hier angeschlagen hatte.

„Darf ich die Ausschnitte lesen?" fragte ich.

„Dazu habe ich sie Ihnen gegeben. Ich möchte, daß Sie sie lesen, Und wenn Sie sie lesen können, ohne einzusehen, daß mir bitter Unrecht geschehen ist, dann sind Sie nicht der Mann, für den ich Sie gehalten habe."

Während ich einen Ausschnitt nach dem anderen überflog, wurde mir klar, woher Mortimer Ellis eine so eingehende Kenntnis der Seebäder Englands besaß. Sie waren sein Jagdrevier. Seine Methode bestand darin, an irgendeinen Ort zu fahren, wenn die Saison vorüber war, und sich in einem der leeren Häuser einzuquartieren. Offenbar gelang es ihm jedesmal schnell, die Bekanntschaft eines weiblichen Wesens zu machen, einer Witwe oder einer alten Jungfer, deren Alter, wie ich bemerkte, zwischen fünfunddreißig und fünfzig schwankte. Sie alle sagten vor Gericht aus, daß sie ihn in einem Seebad kennengelernt hätten. Er machte ihnen nach ungefähr vierzehn Tagen einen Heiratsantrag. Bald darauf fand die Hochzeit statt. Er veranlaßte sie auf die oder jene Weise, ihm ihre Ersparnisse anzuvertrauen, und unter dem Vorwand, geschäftlich nach London reisen zu müssen, verließ er sie dann nach einigen Monaten auf Nimmerwiedersehen. Nur eine einzige war ihm wieder begegnet bis zu dem Tag, wo sie ihn alle in ihrer Eigenschaft als Zeuginnen vor Gericht wiedergesehen hatten. Es waren durchweg Frauen aus gutbürgerlichen Kreisen; die eine war die Tochter eines Arztes, die andere eine Pastorentochter; dann war eine Pensionsbesitzerin darunter, die Witwe eines Geschäftsreisenden und auch eine ehemalige Schneiderin. Ihr Vermögen bewegte sich im wesentlichen zwischen fünfhundert und tausend Pfund. Aber welche Summe es auch sein mochte, den irregeführten Frauen wurde alles bis auf den letzten Pfennig abgeknöpft. Einige von ihnen erzählten wahrhaft jammervolle Geschichten über das Elend, in dem er sie zurückgelassen hatte. Aber alle gaben sie zu, daß er ein guter Ehemann gewesen wäre. Und nicht genug, daß drei von ihnen tatsächlich um Gnade für ihn baten, eine erklärte sich sogar auf der Zeugenbank bereit, ihn jederzeit wieder aufzunehmen, wenn er zu ihr zurückkehren wollte. Er bemerkte, daß ich gerade diese Stelle las.

„Und sie hätte für mich gearbeitet“, sagte er, „darüber besteht kein Zweifel. Aber ich sagte mir: Nein, Begrabenes soll man begraben sein lassen. Niemand weiß ein saftiges Stück Braten besser zu schätzen als ich, aber für kalt und aufgewärmt bin ich nicht, muß ich gestehen.“

Nur ein Mißgeschick trug die Schuld, daß Mortimer Ellis nicht auch noch eine zwölfte Frau geheiratet und damit das ersehnte Dutzend erreicht hatte. Denn er war verlobt mit einer Miss Hubbard – „zweitausend Pfund hatte sie, nicht einen Penny weniger, in Kriegsanleihe“, vertraute er mir an –, und das Aufgebot war schon verkündet, als eine seiner früheren Frauen ihn erblickte, Erkundigungen einzog und sich mit der Polizei in Verbindung setzte. Genau einen Tag vor seiner zwölften Hochzeit wurde er arretiert.

„Eine Böse war das“, sagte er, „hineingelegt hat die mich, grausam!“

„Ja, wie hat sie denn das gemacht?“

„Gott, ich habe sie in Eastbourne kennengelernt, im Dezember einmal, und im Lauf unseres Gesprächs hat sie mir erzählt, daß sie Schneiderin gewesen sei und sich zur Ruhe gesetzt habe. Sie sagte, sie hätte ein hübsches Stück Geld gemacht. Es war nicht genau herauszukriegen, wieviel, aber sie gab mir zu verstehen, daß es so an die fünfzehnhundert Pfund waren, und als ich sie dann heiratete, wissen Sie, was sich da herausstellte? Sie werden es nicht glauben: Keine dreihundert Pfund hatte sie. Und ausgerechnet die hat mich angezeigt. Bedenken Sie, nie hatte ich ihr einen Vorwurf gemacht. Ein anderer wäre ihr grob gekommen, wenn er den Schwindel entdeckt hätte. Ich habe sie niemals fühlen lassen, daß ich auch nur enttäuscht war. Ich bin einfach weggegangen ohne ein Wort.“

„Aber nicht ohne die dreihundert Pfund, nehme ich an.“

„Aber, mein Herr, seien Sie doch nicht unvernünftig“, entgegnete er in beleidigtem Ton. „Wie lange können dreihundert Pfund schon reichen? Und ich war vier Monate mit ihr verheiratet, ehe sie die Wahrheit eingestand.“

„Verzeihen Sie die Frage“, sagte ich, „und führen Sie sie bitte ja nicht auf eine geringe Einschätzung Ihrer persönlichen Vorzüge zurück – warum haben alle diese Frauen Sie geheiratet?“

„Weil ich sie darum gebeten habe“, antwortete er, sichtlich auf das höchste erstaunt.

„Aber haben Sie nie einen Korb bekommen?“

„Sehr selten. Nicht öfter als vier- oder fünfmal in meiner ganzen Laufbahn. Natürlich habe ich meinen Antrag immer erst gemacht, wenn ich meiner Sache schon ziemlich sicher war, und ich will nicht behaupten, daß ich nicht manchmal auch eine Niete gezogen habe. Man kann nicht verlangen, daß es jedesmal zum Klappen kommt, wenn Sie mich richtig verstehen. Oft habe ich mich mehrere Wochen um eine Frau bemüht, ehe ich erkannte, daß nichts zu machen sei.“

Ich gab mich eine Weile meinen Überlegungen hin, aber bald bemerkte ich, daß ein breites Lächeln über die beweglichen Züge meines Freundes glitt.

„Jetzt verstehe ich erst, was Sie meinen“, sagte er. „Mein Äußeres gibt Ihnen zu denken. Sie können nicht begreifen, was die Frauen an mir finden. Das kommt vom Romanlesen und Ins-Kino-Laufen. Sie meinen, was die Frauen wollen, das sei der Cowboytyp oder eine Art Spanier mit blitzenden Augen und olivfarbener Haut oder ein eleganter Tänzer. Sie bringen mich zum Lachen!“

„Das freut mich“, sagte ich.

„Sind Sie verheiratet, mein Herr?“

„Ja. Aber ich habe nur eine Frau.“

„Da können Sie nicht urteilen. Nach einem einzigen Beispiel kann man nicht generalisieren, wenn Sie mich richtig verstehen. Was wüßten Sie zum Beispiel von Hunden, wenn Sie nie einen anderen gehabt hätten als einen Bullterrier?“

Die Frage war rhetorisch, und ich fühlte, daß sie keiner Antwort bedurfte. Er wartete den richtigen Moment ab und fuhr dann fort: „Sie befinden sich in einem Irrtum, mein Herr. In einem ausgesprochenen Irrtum. Eine Frau mag sich in einen gutaussehenden jungen Kerl vergaffen, aber sie wird ihn niemals heiraten wollen. In Wirklichkeit machen sich die Frauen nichts aus gutem Aussehen. Douglas Jerrold, der ebenso häßlich wie geistreich war, pflegte zu sagen, man müßte ihm nur zehn Minuten Vorsprung bei einer Frau lassen, und er könnte den schönsten Mann im Zimmer ausstechen. Auch Geist wollen sie nicht. Sie wollen nicht, daß ein Mann geistreich sei; sonst glauben sie nicht, daß er es ernst meint. Sie wollen nicht, daß er gut aussehe; sonst glauben sie ebenfalls nicht, daß er es ernst meint. Nur eines wollen sie wirklich: daß er es ernst meint. Vor allen Dingen Sicherheit. Und dann – Aufmerksamkeit. Ich mag nicht schön sein, und ich mag nicht unterhaltend sein, aber glauben Sie mir, ich besitze das, was jede Frau sich wünscht: Zuverlässigkeit. Und der Beweis dafür ist, daß ich alle meine Frauen glücklich gemacht habe."

„Es wirft sicherlich ein gutes Licht auf Sie, daß drei um Gnade für Sie gebeten haben und eine sogar bereit war, Sie wieder zurückzunehmen."

„Sie können sich nicht vorstellen, was für eine Sorge das für mich war, die ganze Zeit im Gefängnis. Ich fürchtete, sie würde bei meiner Haftentlassung vor dem Tor auf mich warten, und ich hatte zu dem Direktor gesagt: ‚Um Gottes willen, Sir, schmuggeln Sie mich hinaus, damit mich nur ja niemand sieht.'"

Er zog abermals die Handschuhe straff, und sein Blick fiel wieder auf das Loch im ersten Finger.

„Das kommt davon, wenn man möbliert leben muß. Wie soll ein Mann sich seine Sachen in Ordnung halten, wenn er keine Frau hat, die für ihn sorgt. Ich war zu oft verheiratet, um ohne Frau leben zu können. Es gibt Männer, denen es keinen Spaß macht, verheiratet zu sein. Das kann ich einfach nicht begreifen. Aber es ist wohl schon so: Etwas wirklich Gutes kann man nur leisten, wenn man mit dem Herzen dabei ist: Und ich liebe es, Ehemann zu sein. Es fällt mir nicht schwer, die verschiedenen kleinen Dinge zu tun, die den Frauen Freude machen und mit denen die meisten anderen Männer sich einfach nicht abgeben wollen. Wie schon erwähnt, eine Frau verlangt Aufmerksamkeit. Ich bin nie aus dem Haus gegangen, ohne meiner Frau einen Kuß zu geben, und nie heimgekommen, ohne ihr wieder einen zu geben. Und nur sehr selten bin ich nach Hause gekommen, ohne ihr etwas Schokolade oder ein paar Blumen mitzubringen. An die Ausgabe habe ich dabei niemals gedacht."

„Es war schließlich auch nicht Ihr Geld, mit dem Sie bezahlt haben", warf ich ein.

„Und was will das schon besagen! Kommt es denn auf das Geld

an, das man für ein Geschenk ausgelegt hat? Nein! Auf den Geist kommt es an, aus dem heraus man schenkt. Nur das zählt bei den Frauen. Nein, ich bin wirklich kein eingebildeter Mensch, aber das eine kann ich von mir behaupten: Ich bin ein guter Ehemann."

Ich schaute flüchtig auf die Berichte, die ich immer noch in der Hand hielt.

„Ich will Ihnen sagen, was mich wundert", sagte ich. „Alle diese Frauen waren sehr achtbare, ordentliche Personen, alle hatten sie ein gewisses Alter, waren ruhig und gesetzt. Und doch haben sie Sie geheiratet, ohne irgendwelche Erkundigungen einzuziehen, und nach allerkürzester Bekanntschaft."

Er legte seine Hand nachdrucksvoll auf meinen Arm.

„Das also verstehen Sie nicht, mein Herr. Sehen Sie, in allen Frauen ist eine Sucht, verheiratet zu sein. Gleichgültig, ob sie jung oder alt sind, klein oder groß, schwarz oder blond, alle haben sie eines gemeinsam: Sie wollen heiraten. Und vergessen Sie eines nicht, ich habe mich jedesmal in der Kirche trauen lassen. Keine Frau fühlt sich wirklich sicher, wenn sie nicht kirchlich getraut ist. Sie sagen, ich sei keine Schönheit – zugegeben –, ich habe mich auch nie für eine Schönheit gehalten, aber selbst wenn ich nur ein Bein und dazu einen Buckel hätte, könnte ich Frauen finden, soviel ich nur wollte, die mit Freuden bereit wären, mich zu heiraten. Es ist eine Manie geradezu, eine Krankheit. Tatsächlich war doch kaum eine unter ihnen, die mich nicht schon nach der zweiten Zusammenkunft genommen hätte – ich liebe es bloß, das Terrain etwas gründlicher zu sondieren, ehe ich mich exponiere. Als das Ganze herauskam, herrschte mächtige Aufregung, weil ich elfmal geheiratet hatte. Elfmal? Ja, das ist doch gar nichts, nicht einmal ein volles Dutzend. Dreißigmal hätte ich heiraten können, wenn ich gewollt hätte. Ehrenwort, mein Herr. Wenn ich bedenke, was für Möglichkeiten sich mir geboten haben, so kann ich mich nur wundern über meine Zurückhaltung."

„Sie erwähnten vorhin, daß Sie gern Geschichtliches lesen."

„Ja, bei Warren Hastings war das doch auch so, nicht? Es fiel mir gleich auf, als ich es las. Haargenau paßte es auf mich."

„Und Sie fanden diese ständige Freierschaft nicht etwas monoton?"

„Gott, ich bin ein logisch veranlagter Mensch, und es bereitete mir eine nie versagende Freude, zu beobachten, wie die gleichen Folgen aus den gleichen Ursachen entstehen, wenn Sie wissen, was ich meine. Bei Frauen zum Beispiel, die noch nicht verheiratet gewesen waren, gab ich mich regelmäßig für einen Witwer aus. Das wirkte wie ein Zauber. Denn sehen Sie, eine ledige Person will einen Mann, der etwas weiß. Bei einer Witwe ist das wieder anders. Da sagte ich immer, ich sei Junggeselle. Denn eine Witwe hat Angst, der Mann könnte zuviel wissen, wenn er schon einmal verheiratet war."

Ich gab ihm seine Ausschnitte zurück; er faltete sie sauber zusammen und legte sie in seine schmierige Brieftasche.

„Ich bin der Ansicht, mein Herr, daß man mich vollkommen verkannt hat. Überlegen Sie, was man über mich sagt: ‚Pest der Gesellschaft' – ‚Gewissenloser Gauner' – ‚Gemeiner Schwindler'. Und dann schauen Sie mich an. Bin ich der Mann, auf den das alles zutrifft? Sie kennen mich, Sie sind ein Menschenkenner, ich habe Ihnen alles von mir erzählt. Halten Sie mich für einen schlechten Menschen?"

„Meine Bekanntschaft mit Ihnen ist nur sehr flüchtig", antwortete ich mit, wie mir schien, bemerkenswertem Takt.

„Ich möchte wissen, ob die Richter, ob die Geschworenen, ob die Öffentlichkeit je auf den Gedanken gekommen ist, die Sache auch einmal von meinem Standpunkt aus zu betrachten. Die Menge bedrohte mich, als ich in den Gerichtssaal geführt wurde, und die Polizei mußte mich vor ihrer Gewalttätigkeit schützen. Hatte auch nur einer bedacht, was ich für diese Frauen getan hatte?"

„Sie hatten ihnen ihr Geld genommen."

„Natürlich hatte ich ihnen ihr Geld genommen. Ich muß doch leben wie jeder andere auch. Aber was hatte ich ihnen für ihr Geld gegeben?"

Dies war wieder eine rhetorische Frage, und obgleich er mich anblickte, als erwarte er eine Antwort, hielt ich den Mund. Ich wußte wirklich nicht, was ich sagen sollte. Seine Stimme klang eindringlich, und er sprach mit Emphase. Ich konnte sehen, daß es ihm ernst war.

„Ich will Ihnen sagen, was ich ihnen für ihr Geld gegeben habe. Romantik. Schauen Sie sich diesen Ort an."

Er machte eine weite runde Geste, die das Meer und den

Horizont umspannte. „In England gibt es hundert Orte wie diesen. Schauen Sie sich dieses Meer und diesen Himmel an; diese Pensionen; diesen Landungssteg; den Strand. Ist es nicht trostlos? Kann man nicht trübsinnig werden bei diesem Anblick? Für Sie spielt das natürlich weiter keine Rolle. Sie sind auf ein, zwei Wochen hergekommen, weil Sie erholungsbedürftig sind oder aus sonst einem Grund. Aber denken Sie doch an die Frauen, die jahraus, jahrein hier leben müssen. Sie haben keinerlei Möglichkeiten. Kaum, daß sie einen Menschen kennen. Sie haben gerade nur das bißchen Geld, von dem sie leben, und damit Schluß. Haben Sie je bedacht, wie furchtbar ihr Leben ist? Genauso trostlos wie die Seepromenade, eine lange, gerade, zementierte Straße, die immer weitergeht, von einem Seebad zum anderen. Selbst die Saison bringt ihnen keine Aufheiterung. Sie gehören nicht mit dazu. Sie könnten ebensogut tot sein. Und dann komme ich. Ich bitte Sie zu beachten, daß ich mich nie einer Frau genähert habe, die sich nicht mindestens zu einem Alter von fünfunddreißig Jahren bekannt hat. Und ich gebe ihnen Liebe. Bedenken Sie doch: Viele von ihnen haben nie erfahren, was es ist, einen Mann zu haben, der ihnen das Kleid hinten zuknöpft. Viele haben es nie erlebt, im Dunkeln auf einer Bank zu sitzen und den Arm eines Mannes um ihre Schultern zu fühlen. Ich bringe ihnen Abwechslung und Aufregung. Ich gebe ihnen neues Selbstvertrauen. Sie stehen verstaubt auf einem Wandbrett, und ich komme ganz sachte daher und hole sie behutsam herunter. Ein kleiner Sonnenstrahl in ihrem freudlosen Dasein. Das war ich. Kein Wunder, daß sie mir zuflogen, kein Wunder, daß sie mich wieder zurückhaben wollten. Die einzige, die mich verriet, war die Schneiderin – sie behauptete, Witwe zu sein, aber im Innersten war ich immer überzeugt, daß sie nie verheiratet gewesen ist. Sie sagen, ich hätte diesen Frauen übel mitgespielt; wieso denn? Ich habe Glück und Glanz in elf Leben gebracht, die längst mit allen Hoffnungen abgeschlossen hatten. Sie sagen, ich sei ein Schuft und ein Schurke; Sie haben unrecht. Ich bin ein Philanthrop. Fünf Jahre hat man mir gegeben; die goldene Verdienstmedaille hätte ich bekommen müssen."

Er zog seine leere Zigarettenschachtel heraus und blickte mit melancholischem Kopfschütteln auf sie. Als ich ihm mein Etui hinhielt, bediente er sich wortlos. Ich erlebte das Schauspiel, einen guten Menschen im Kampf mit seiner Gemütsbewegung zu sehen.

„Und was hat es mir schließlich eingebracht, frage ich Sie?" fuhr er nach kurzer Pause fort. „Unterkunft und Verpflegung und das bißchen Geld, um mir Zigaretten zu kaufen. Aber zurücklegen konnte ich mir nie etwas, und der Beweis dafür ist, daß ich jetzt, wo ich nicht mehr so jung bin wie früher, keine drei Shilling in der Tasche habe."

Er blickte mich von der Seite an. „Es ist ein großer Abstieg, sich in einer solchen Lage zu befinden. Ich habe immer bezahlt, was ich verbraucht habe, und nie im Leben einen Freund um ein Darlehen bitten müssen. Ob Sie mir wohl mit einer Kleinigkeit aushelfen könnten, mein Herr? Es ist demütigend für mich, so etwas zu verlangen, aber wenn Ihnen ein Pfund nicht zu viel wäre, würden Sie mir einen großen Gefallen tun."

Nun, Unterhaltung für ein Pfund hatte mir der Bigamist sicherlich geliefert, und ich langte nach meiner Brieftasche.

„Mit Vergnügen", sagte ich.

Er schaute auf die Banknote, die ich herausnahm.

„Zwei könnten es wohl nicht sein?"

„Doch, es können auch zwei sein."

Ich reichte ihm die beiden Pfundnoten, und er stieß einen kleinen Seufzer aus, während er sie entgegennahm.

„Sie ahnen nicht, was es bedeutet, nicht zu wissen, wo man abends sein Haupt hinlegen soll, wenn man wie ich an die Bequemlichkeit eines häuslichen Daseins gewöhnt ist."

„Eines müssen Sie mir noch erklären", sagte ich. „Sie dürfen mich nicht für zynisch halten, aber ich war immer der Ansicht, daß Frauen die Maxime ‚Geben ist seliger denn Nehmen' ausschließlich auf unser Geschlecht beziehen. Wie ist es Ihnen gelungen, diese braven und in Geldsachen doch sicherlich sehr genauen Wesen zu bewegen, Ihnen so vertrauensvoll ihre ganzen Ersparnisse auszuliefern?"

Ein belustigtes Lächeln breitete sich über seine unbedeutenden Züge.

„Nun, mein Herr, Sie wissen doch, was Shakespeare über den Ehrgeiz sagt, ‚der sich selbst überrennt'. Das ist die Erklärung. Erzählen Sie einer Frau, daß Sie sich verpflichten, ihr Kapital in sechs Monaten zu verdoppeln, wenn Sie frei damit walten können, und sie wird es Ihnen nicht schnell genug übergeben können. Habgier ist es, was dahintersteckt. Nichts als allergewöhnlichste Habgier..."

Es war eine scharfe Sensation, aufreizend für den Appetit (wie heiße Soße mit Eiscreme), von diesem amüsanten Gauner zu der züchtigen Ehrbarkeit – ganz Lavendelsäckchen und Krinolinen – der St. Clairs und Miss Porchesters zurückzukehren. Ich verbrachte nun jeden Abend mit ihnen. Kaum hatten ihn die Damen verlassen, sandte mir Mr. St. Clair seine Empfehlungen an den Tisch und ließ mich bitten, ein Glas Portwein mit ihm zu trinken. Wenn wir fertig waren, gingen wir in die Halle und tranken Kaffee. Mr. St. Clair ließ sich sein Gläschen alten Brandy schmecken. Die Stunden, die ich mit diesen Leuten verbrachte, waren von so erlesener Langeweile, daß sie einen ganz besonderen Zauber für mich hatten. Die Wirtin hatte ihnen erzählt, daß ich Stücke schrieb.

„Wir pflegten oft ins Theater zu gehen, als Henry Irving noch im ‚Lyzeum' spielte", sagte Mr. St. Clair. „Ich hatte einmal das Vergnügen, seine Bekanntschaft zu machen. Sir Everard Millais hatte mich in den ‚Garrick Club' zum Souper eingeladen und stellte mich bei dieser Gelegenheit Mr. Irving vor."

„Erzähle doch, was er zu dir gesagt hat, Edwin", bat Mrs. St. Clair. Mr. St. Clair nahm eine dramatische Pose an und gab eine gar nicht üble Imitation Henry Irvings zum besten.

„‚Sie haben einen Schauspielerkopf, Herr St. Clair', hat er zu mir gesagt. ‚Wenn Sie sich je entschließen sollten, zur Bühne zu gehen, dann kommen Sie zu mir, und ich werde Ihnen eine Rolle geben.'" Mr. St. Clair wurde wieder er selbst. „So etwas hätte einem jungen Menschen schon den Kopf verdrehen können."

„Aber nicht Ihnen", äußerte ich.

„Ich will nicht leugnen, daß vielleicht auch ich der Versuchung erlegen wäre, wenn nicht bestimmte Umstände dagegen gewesen wären. Aber ich hatte Pflichten gegen meine Familie. Es hätte meinem Vater das Herz gebrochen, wenn ich das Geschäft nicht übernommen hätte." – „Was für ein Geschäft ist das, wenn ich fragen darf?"

„Ich bin Teehändler. Meine Firma ist die älteste in der City von London. Ich habe vierzig Jahre meines Lebens *einem* Ziel gelebt: meine Landsleute in dem Wunsch zu unterstützen, Ceylon-Tee zu trinken anstatt chinesischen, wie es in meiner Jugend allgemein üblich war."

Ich fand es entzückend charakteristisch für ihn, daß er sich ein Leben lang dafür eingesetzt hatte, dem Publikum anstelle einer Ware, die es haben wollte, eine andere, unerwünschte aufzuzwingen.

„Aber in seiner Jugend hat mein Gatte oft in Dilettantenvorstellungen mitgewirkt, und er galt für sehr begabt", sagte Mrs. St. Clair.

„In Shakespeare-Stücken zum Beispiel oder in der ‚Lästerschule'. Ich habe mich dazu hergegeben, wertloses Zeug zu spielen. Aber das gehört der Vergangenheit an. Ich hatte eine gewisse Begabung, und vielleicht war es schade, sie zu vernachlässigen. Aber jetzt ist es zu spät. Wenn wir Gesellschaften geben, dann lasse ich mich manchmal von den Damen überreden, die großen Hamlet-Monologe zu deklamieren. Das ist aber auch alles."

O Gott, o Gott, o Gott! Ich dachte mit fasziniertem Schauder an diese Gesellschaften und fragte mich, ob es mir wohl auch beschieden sein würde, einmal eingeladen zu werden. Mrs. St. Clair warf mir ein kleines Lächeln zu, halb schamhaft, halb schockiert.

„Mein Mann war ein großer Bohemien in seiner Jugendzeit", sagte sie.

„Nun ja, man muß sich ja die Hörner ablaufen. Ich kannte eine ganze Reihe von Malern und Schriftstellern, Wilkie Collins zum Beispiel, und selbst Leute, die für Zeitungen schrieben. Watts hatte ein Porträt von meiner Frau gemalt, und ich habe ein Bild von Millais gekauft. Ich kannte auch einige von den Präraffaeliten."

„Besitzen Sie einen Rossetti?" fragte ich.

„Nein. Ich bewundere wohl Rossettis Talent, aber mit seinem Privatleben konnte ich mich niemals abfinden. Es wäre gegen meine Prinzipien, ein Bild von einem Künstler zu kaufen, den ich nicht ebensogern an meinen Tisch bitten würde."

Mir wirbelte der Kopf. Als Miss Porchester, auf die Uhr blickend, fragte: „Willst du uns heute nicht vorlesen, Onkel Edwin?", zog ich mich zurück.

Es geschah an einem Abend – ich saß mit Mr. St. Clair bei einem Glas Portwein –, daß er mir die traurige Geschichte seiner Nichte erzählte. Sie war mit einem Neffen der Mrs. St. Clair, einem Rechtsanwalt, verlobt gewesen, als sich eines Tages herausstellte, daß er ein Verhältnis mit der Tochter seiner Wäscherin gehabt hatte.

„Es war eine furchtbare Sache", sagte Mr. St. Clair, „eine furchtbare Sache. Selbstverständlich wählte meine Nichte den einzig möglichen Ausweg. Sie schickte ihm seinen Ring, seine Briefe und seine Photographie zurück und erklärte, daß sie niemals seine Frau werden könnte. Sie flehte ihn an, die junge Person zu heiraten, an der er sich so schwer vergangen hatte, und versprach, ihr eine Schwester sein zu wollen. Es hat ihr das Herz gebrochen. Sie hat seither nie wieder einen Mann geliebt."

Mr. St. Clair schüttelte den Kopf und seufzte.

„Nein. Wir hatten uns sehr in ihm getäuscht. Es war ein schwerer Kummer für meine Frau, daß ihr leiblicher Neffe einer so ehrlosen Handlungsweise fähig gewesen war. Kurze Zeit darauf hörten wir, daß er sich mit einer jungen Dame aus guter Familie mit zehntausend Pfund Vermögen verlobt habe.

Ich betrachtete es als meine Pflicht, an ihren Vater zu schreiben und ihn mit den Tatsachen bekanntzumachen. Er beantwortete meinen Brief in der ungebührlichsten Art. Es sei ihm lieber, wenn sein Schwiegersohn vor seiner Verheiratung Verhältnisse hätte als nachher."

„Und was geschah weiter?"

„Sie haben geheiratet, und jetzt ist der Neffe meiner Frau ein hoher Richter und seine Gattin Mylady. Aber wir haben uns nie bewegen lassen, sie zu empfangen. Als der Neffe meiner Frau in den Adelsstand erhoben wurde, schlug Eleanor vor, ihn und seine Frau zum Dinner einzuladen. Aber meine Frau entgegnete, daß er nie den Fuß über unsere Schwelle setzen sollte, und ich bestärkte sie in dieser Ablehnung."

„Und die Tochter der Wäscherin?"

„Sie hat sich mit einem Mann ihres eigenen Standes verheiratet und hat ein Wirtshaus in Canterbury. Meine Nichte, die etwas Vermögen besitzt, hat für sie getan, was sie nur konnte, und ist die Patin ihres ältesten Kindes."

Arme Miss Porchester. Sie hatte sich auf dem Altar viktorianischer Moral geopfert, und ich hege die Befürchtung, daß das

Bewußtsein, edel gehandelt zu haben, der einzige Lohn war, der ihr daraus erblühte.

„Miss Porchester ist eine ungewöhnlich reizvolle Erscheinung“, sagte ich. „Als sie jünger war, muß sie wundervoll gewesen sein. Wie merkwürdig, daß sie keinen anderen Mann geheiratet hat!“

„Miss Porchester galt allgemein für eine große Schönheit. Alma Tadema bewunderte sie so sehr, daß er sie bat, ihm für eines seiner Bilder Modell zu sitzen. Aber das konnten wir natürlich nicht zugeben.“ Mr. St. Clairs Ton ließ erraten, daß diese Zumutung sein Schicklichkeitsgefühl auf das tiefste verletzt hatte. „Nein, Miss Porchester hat nie einen andern geliebt als ihren Vetter. Sie spricht niemals von ihm, und es sind jetzt fünfunddreißig Jahre, daß sie sich von ihm getrennt hat. Aber ich bin überzeugt, daß sie ihn immer noch liebt. Sie ist eine echte Frau, ‚*ein* Leben, *eine* Liebe‘, und obzwar ich vielleicht bedauere, daß ihr die Freuden der Ehe und der Mutterschaft versagt geblieben sind, muß ich ihre Treue bewundern.“

Doch das Herz der Frau ist unberechenbar, und vorschnell ist der Mann, der an keinen Wandel glaubt. Vorschnell, Onkel Edwin. Du kennst Eleanor nun schon viele Jahre, denn als ihre Mutter erkrankte und starb und du die Waise in dein behagliches, ja luxuriöses Haus in Leinster Square brachtest, da war sie noch ein halbes Kind; aber was, wenn es nun die Probe gilt, Onkel Edwin, was weißt du wirklich von Eleanor?

Seit dem Abend, da Mr. St. Clair mir die rührende Geschichte von Miss Porchesters unglückseliger Brautschaft anvertraut hatte, waren erst zwei Tage vergangen. Ich kehrte des Nachmittags nach einer Runde Golf in das Hotel zurück. Da kam die Wirtin aufgeregt in mein Zimmer gelaufen.

„Mr. St. Clair läßt bitten, Sie möchten sich sofort, wenn Sie nach Hause kommen, zu ihm auf Nummer siebenundzwanzig bemühen.“

„Mit Vergnügen. Aber warum denn?“

„Ach, eine schreckliche Aufregung. Man wird Ihnen schon alles erzählen.“

Ich klopfte an die Tür. Ich hörte ein „Herein, herein!“, das mich daran erinnerte, daß Mr. St. Clair einst in der vornehmsten Dilettantentruppe, die es zu seiner Zeit in London gab, Shakespeare-Rollen gespielt hatte. Ich trat ein und sah Mrs. St. Clair auf dem Sofa liegen, ein in Eau de Cologne getränktes Tuch auf dem Kopf und ein Riechfläschchen in der Hand. Mr. St. Clair stand vor dem Feuer, in einer Pose, die alle Anwesenden mit Erfolg daran hinderte, auch etwas von der Wärme zu profitieren.

„Ich muß mich entschuldigen, Sie in dieser unzeremoniellen Form zu uns gebeten zu haben. Aber wir sind in großer Verzweiflung und haben gedacht, daß Sie uns vielleicht helfen könnten, Licht in die Angelegenheit zu bringen."

Er war im tiefsten verstört.

„Ja, was ist denn geschehen?"

„Unsere Nichte, Miss Porchester, ist durchgebrannt. Heute früh ließ sie meiner Frau sagen, sie hätte ihre ‚Migräne'. Wenn sie ‚ihre Migräne' hat, dann wünscht sie vollkommen allein gelassen zu werden, und meine Frau ist also erst am Nachmittag hinaufgegangen, um nach ihr zu sehen. Das Zimmer war leer. Der Koffer gepackt, das Reisenecessaire mit der silbernen Einrichtung fort. Und auf dem Kissen lag ein Brief, der uns von ihrem unüberlegten Schritt in Kenntnis setzte."

„Das tut mir unendlich leid", sagte ich. „Aber ich weiß nicht ganz, was ich in diesem Fall tun kann."

„Wir hatten den Eindruck, daß Sie der einzige Mann in Elsom sind, den sie kannte."

„*Ich* bin nicht mit ihr durchgebrannt", sagte ich. „Ich bin ein verheirateter Mann."

„Also nicht. Im ersten Augenblick dachten wir, daß vielleicht – aber wenn Sie es nicht sind, wer kann es sonst sein?"

„Das weiß ich wirklich nicht."

„Zeige ihm den Brief, Edwin", sagte Mrs. St. Clair vom Sofa her.

„Bewege dich nicht, Gertrud, oder dein Reißen kommt wieder."

Miss Porchester hatte ‚ihre Migräne' und Mrs. St. Clair ‚ihr Reißen'. *Was* hatte Mr. St. Clair? Ich hätte jede Wette eingehen wollen, daß Mr. St. Clair ‚seine Gicht' hatte. Er gab mir den Brief, und ich las ihn mit dem geziemenden Ausdruck aufrichtigen Bedauerns.

Liebster Onkel Edwin, liebste Tante Gertrud!

Wenn Ihr diesen Brief bekommt, bin ich weit fort. Ich werde mich heute vormittag mit einem Mann trauen lassen, der mir teuer ist. Ich weiß, daß ich unrecht tue, Euch auf diese heimliche Weise zu verlassen, aber ich hegte die Befürchtung, daß Ihr meiner Heirat Hindernisse in den Weg legen würdet. Und da nichts mich bewegen könnte, meinen Entschluß zu ändern, hielt ich es für das beste, zu handeln, ohne Euch etwas zu sagen. Es wird uns allen viel unnötigen Kummer ersparen. Mein Verlobter ist ein sehr zurückgezogener Mensch, infolge seines langen Aufenthaltes in tropischen Ländern von etwas labiler Gesundheit, und er hielt es für das richtigste, die Hochzeit in aller Stille zu feiern. Wenn Ihr wißt, wie strahlend glücklich ich bin, werdet Ihr mir hoffentlich verzeihen. Bitte schickt meinen Koffer in das Gepäckbüro am Victoria-Bahnhof.

Eure Euch liebende Nichte
Eleanor

„Ich werde ihr nie verzeihen", sagte Mr. St. Clair, als ich ihm den Brief zurückgab. „Nie wieder soll sie den Fuß über unsere Schwelle setzen, Gertrud. Ich verbiete dir, in meiner Gegenwart auch nur ihren Namen zu nennen."

Mrs. St. Clair fing leise zu schluchzen an.

„Sind Sie nicht allzu hart?" fragte ich. „Aus welchem Grund sollte Miss Porchester eigentlich nicht heiraten?"

„In ihrem Alter!" antwortete er böse. „Es ist lächerlich. Der ganze Leinster Square wird sich über uns lustig machen. Wissen Sie, wie alt sie ist? Einundfünfzig."

„Vierundfünfzig", sagte Mrs. St. Clair unter Tränen.

„Sie war mein Augapfel. Sie war uns wie eine Tochter. Seit Jahren ist sie eine alte Jungfer. Ich finde es geradezu unanständig von ihr, ans Heiraten zu denken."

„Für uns war sie immer ein Mädchen", verteidigte Mrs. St. Clair.

„Und was ist das überhaupt für ein Mann, den sie geheiratet hat? Wissen Sie, was mich am meisten wurmt? Die Unaufrichtigkeit! Sie muß ja vor unserer Nase mit ihm poussiert haben! Nicht einmal seinen Namen teilt sie uns mit. Ich fürchte das Schlimmste."

Mit einem Mal hatte ich eine Inspiration. Morgens, nach dem Frühstück, war ich ausgegangen, um mir Zigaretten zu kaufen, und im Tabakladen stieß ich auf Mortimer Ellis. Ich hatte ihn ein paar Tage nicht gesehen.

„Sie sehen ja schmuck aus", sagte ich.

Seine Stiefel waren geflickt und sauber geputzt, sein Hut gebürstet, er trug einen reinen Kragen und neue Handschuhe. Ich fand, daß er meine zwei Pfund vorteilhaft angelegt hatte.

„Ich muß heute geschäftlich nach London fahren", sagte er.

Ich nickte und verließ den Laden.

Ich erinnerte mich, daß ich vierzehn Tage zuvor auf einem Gang durch die Wiesen Miss Porchester begegnet war. Nicht weit dahinter kam Mortimer Ellis. War es möglich, daß sie einen gemeinschaftlichen Spaziergang unternommen hatten und er, als sie meiner ansichtig wurden, zurückgeblieben war? Beim Himmel, es dämmerte mir.

„Sie haben mir doch einmal erzählt, daß Miss Porchester einiges Vermögen besitzt", sagte ich.

„Nicht viel, etwa dreitausend Pfund."

Nun war ich meiner Sache sicher. Bestürzt blickte ich die beiden an. Plötzlich sprang Mrs. St. Clair mit einem Schrei auf die Beine.

„Edwin, Edwin. Was, wenn er sie jetzt nicht heiratet?"

Mr. St. Clair hob die Hand an den Kopf und sank, dem Zusammenbruch nahe, auf einen Stuhl.

„Die Schande würde ich nicht überleben", stöhnte er.

„Regen Sie sich nicht auf", sagte ich. „Er wird sie bestimmt heiraten."

Sie achteten nicht auf das, was ich sagte. Sie nahmen vielleicht an, ich hätte plötzlich den Verstand verloren. Ich war meiner Sache nun vollkommen sicher. Mortimer Ellis hatte seinen Ehrgeiz schließlich doch noch gestillt. Miss Porchester machte das Dutzend voll.

W. Somerset Maugham Werkausgabe in Diogenes Taschenbüchern

Gesammelte Erzählungen in zehn Bänden
Aus dem Englischen von Felix Gasbarra, Marta Hackel, Ilse Krämer, Claudia und Wolfgang Mertz, Wulf Teichmann, Friedrich Torberg, Kurt Wagenseil, Mimi Zoff u.a.

Honolulu
Gesammelte Erzählungen I. detebe 20331

Das glückliche Paar
Gesammelte Erzählungen II. detebe 20332

Vor der Party
Gesammelte Erzählungen III. detebe 20333

Die Macht der Umstände
Gesammelte Erzählungen IV. detebe 20334

Lord Mountdrago
Gesammelte Erzählungen V. detebe 20335

Fußspuren im Dschungel
Gesammelte Erzählungen VI. detebe 20336

Ashenden oder Der britische Geheimagent
Gesammelte Erzählungen VII. detebe 20337

Entlegene Welten
Gesammelte Erzählungen VIII. detebe 20338

Winter-Kreuzfahrt
Gesammelte Erzählungen IX. detebe 20339

Fata Morgana
Gesammelte Erzählungen X. detebe 20340

Als Diogenes Sonderband
Meistererzählungen
Ausgewählt von Gerd Haffmans

Das gesammelte Romanwerk in bisher zehn Bänden

Rosie und die Künstler
Roman. Deutsch von Hans Kauders und Claudia Schmölders. detebe 20086

Silbermond und Kupfermünze
Roman. Deutsch von Susanne Feigl. detebe 20087

Auf Messers Schneide
Roman. Deutsch von N. O. Scarpi. detebe 20088

Theater
Roman. Deutsch von Renate Seiller und Ute Haffmans. detebe 20163

Damals und heute
Roman. Deutsch von Hans Flesch und Ann Mottier. detebe 20164

Der Magier
Roman. Deutsch von Melanie Steinmetz und Ute Haffmans. detebe 20165

Oben in der Villa
Roman. Deutsch von William G. Frank und Ann Mottier. detebe 20166

Mrs. Craddock
Roman. Deutsch von Elisabeth Schnack. detebe 20167

Der Menschen Hörigkeit
Roman. Deutsch von Mimi Zoff und Susanne Feigl. detebe 20298, 2 Bände in Kassette